二 見 文 庫

メーデー　極北のクライシス

グレーテ・ビョー／久賀美緒＝訳

MAYDAY
by
Grethe Bøe

戦争では、最初に真実が犠牲になる。

――アイスキュロス

メーデー　極北のクライシス

登　場　人　物　紹　介

イルヴァ・ノルダール	ノルウェー空軍の女性パイロット
ジョン・エヴァンス少佐	アメリカ空軍の伝説的パイロット。イルヴァの教官役
ストーム・ブーレ	イルヴァの男友達。ノルウェー・サイバー防衛軍の兵士
ジョージ・ローヴ	アメリカ軍の退役中将。警備会社〈タイタンズ・セキュリティ〉のCEO
イーゴリ・セルキン少尉	ロシア軍のパイロット
イヴァナ・ホドルコフスキー少佐	イーゴリの直属の上官
スヴェトラ将軍	ホドルコフスキーの上官
メアリー・ノルダール	イルヴァの母親
ゲイル・ノルダール	イルヴァの父親。故人
インガ・マリヤ	メアリーの姪

プロローグ

固く凍った氷ばかりが広がる荒涼とした平原を、震えるような静寂だけが覆っていた。そこにぽつんと横たわる女のまわりを、きらきらと輝く雪の結晶が軽やかに舞っている。呼吸は浅く、かろうじて生きているとわかるくらい弱々しい。女は意識を保とうと必死であがいていた。子どもの頃はよく冬の夜にこうして横たわって、何か聞こえないかとじっと耳を澄ましたものだった。雪が降る音が本当に聞こえるかどうか知りたくて。

なんとか手を少し持ちあげて、腕時計を見た。ガラスが割れ、吹き飛ばされた時間のまま針が止まっている。だがコンパスは衝撃に耐え、北を指していた。イルヴァは顔をあげた。北へ進み、故国ノルウェーにたどり着かなくてはならない。

骨の髄まで凍えていた。ずいぶん前から手足の指の感覚はなく、体がどうしようもなく震えている。顔の皮膚は凍傷になり、最初は死ぬほどかゆかったが、今は自分の顔とは思えないくらい何も感じない。

イルヴァは目を閉じた。ふわふわした雪がまぶたの上で溶け、なぜだか少しほっとする。ずっと戦ってきた眠気に、だんだんと負けつつあった。暖炉の前で柔らかい毛布にくるまり、あたたかいココアを飲んでいるような気分だった。太陽に熱せられた岩の上で、裸の体をけだるく絡め合わせているようでもある。海水で濡れた髪、額にびっしり浮いた玉の汗、鼻をつく日焼け止めローションと海の匂いが感じられる。イルヴァはほほえんだ。太陽がじりじりと肌を焼き、体のなかも外も、すべての場所が熱い。どうしてその心地よさに負けてはいけないのだろう。うっとりするようなすてきな夢にならば、負けてもいいのでは？　ただ抵抗するのをやめればいい。もはや痛みさえ感じないのだから。あきらめれば悪夢は終わり、安らぎが得られる。呼吸がしだいに遅くなり、体の内側にぬくもりが広がっていく。イルヴァは氷の上に、ぴくりともせずに横たわった。

音が消え、しんと静まり返る。

「起きろ！」

冷たい暗闇に鋭い声が響いた。イルヴァは目を開けて凍りついた平原を見渡したが、誰もいない。彼女しかいなかった。

「今眠ったら、二度と目を覚まさないぞ！」

ふたたび声が聞こえた。これは父親の声だ。だけど、そんなことはありえない。父親はすでに死んでいる。その場面を見たのだから、間違っていないはずだ。

目を動かしてもう一度あたりを見まわしたが、やはり凍った白い大地しかない。

イルヴァは歯を食いしばり、膝をついて体を起こそうとした。すると突き刺すような痛みが目の奥で爆発し、体がぐらりと揺れた。口のなかは血の味がした。

本当に、もうこれ以上は無理だ。涙がわいてきて、荒涼とした白い景色が水色にぼやける。目のまわりの薄い皮膚に涙が染みて、ちくちくする痛みで頭がどうかなりそうだ。そこで手で顔をこすって必死に目を開き、降り積もった小さな氷の結晶のあいだに湯気の立つ血が吸いこまれていくさまを見つめた。きれいだと思いながらも吐き気がこみあげ、安らぎに満ちた無の誘惑にまたしても屈しそうになる。無の抱擁に身を任せてしまいたい。

だが、国境を越えなければならない。あきらめてはだめだ、とイルヴァは自分に言い聞かせた。最後の力を振り絞って立ちあがり、凍った平原をよろよろと歩き出す。一歩、二歩、三歩……。国境は何キロも先だ。

体が震え始め、膝ががくりと折れる。固まった雪原に頭から倒れこんでも、頰を刺すような冷たさはほとんど感じなかった。痛みを感じる能力が失われつつあるということが何を意味するのか、イルヴァは知っていた。痛みは生きているというたしかなしるしだ。それなのに彼女はそれをほとんど感じていない。凍結した細かい氷の針が冷たい平原を漂い、上質な毛布のように彼女を覆っていく。これは霜だ。

一瞬、地下室の床に横たわっている父親が見えた。彼女に向かって手を伸ばしているが、その腕は力を失った触手のようだし、呼吸は浅く苦しげで、あえぐように空気を吸っている。唇が動いてはいるものの、音はしない。何かを言おうと懸命に息を吐き、口の右端がよじれて気味の悪いゆがんだ表情になっている。

父が必死で言おうとしたことを、イルヴァは一度も理解できたことがなかった。

何を言おうとしているの、父さん？

イルヴァはきらめく荒野を見渡した。ここはまるで、最後のクリスマスに父親がくれたスノードームのなかのようだ。彼女は今、薄いガラス玉のなかで生まれたての無防備な赤ん坊のごとく横たわり、誰かが世界を揺するのを待っている。

胎児のように丸まってぼんやりと目を開けていたイルヴァは、頭上の黒い影に気づいた。目を凝らすと、大きなイヌワシが旋回しているのが見えた。音もなく、かなり低いところを飛んでいる。その猛禽の姿は美しく、同時に恐ろしかった。茶色い翼には白っぽい斑点が散り、白い尾羽の先には黒い縞が入っている。イルヴァはほほえんだ。ワシの翼が空をさえぎり、彼女の上に影を落とすのを見て目をつぶる。

その瞬間にイヌワシは降下し、五センチほどの爪でフライトスーツに穴を開けた。その下のジャンパーまで切り裂いて、彼女の肌を傷つける。ワシはすばやい一撃で、イルヴァの背中に爪を深く食いこませた。そのまま骨に沿って皮膚を削り取る爪から逃れるため、イルヴァはあわてて腹這いになった。ワシは獲物をとらえて飛びあがろうと、翼の角度を変えている。しかし力強く羽ばたいたものの、やはり彼女は重すぎたらしい。それでもワシは獲物を放そうとしなかった。飢えていて、どうしても餌が必要なのだ。二メートルにもなる翼を広げたワシに見おろされても、イルヴァにはもう悲鳴をあげる力が残っていなかった。顔も唇も、凍りついた白い仮面のようだ。彼女はワシの琥珀色の目を見つめた。

ワシが小鹿をとらえて飛び去ったという話を聞いたことがある。曲がった鋭いくちばしで、もがいている獲物から肉を食いちぎる姿を見たこともある。爪がさらに深く食いこんでくる。イヌワシに見おろされながら、イルヴァは痛みにうめいた。やがてそれが襲ってきた。

1

一週間前

軍事演習〈アークティック・ブリザード〉が始まったとき、その名に反してあたりは静まり返っていた。ノルウェー最北部で行われるそれは、六万人の兵士が参加する北大西洋条約機構(NATO)史上最大の冬期演習だった。演習地域内のあちこちの基地に配属された大勢の兵士たちが開始式典を見守るためにボードー空軍基地に集まっており、小さな町は活気にあふれていた。

NATOの戦闘機パイロットたちは翌日の演習開始を前にボードーでブリーフィングを行うため、一番大きな格納庫に午後五時までに集合することになっていた。イルヴァ・ノルダールが浮き立った気分で格納庫に近づいていくと、コンクリートの壁に反響する笑い声が聞こえてきた。パイロットたちがかつての同僚との再会を喜び合っているのだ。彼女は入口で足を止め、テキサスのシェパード空軍基地で行われたユーロ＝NATO共同ジェットパイロットトレーニングプログラム（ENJJPT）にともに参加した三十七人の戦闘機パイロットを見つめた。子どもの頃によく走りまわっていた格納庫に彼らがいるのを見るのは、奇妙な気分だった。それを言うなら、そもそもこうしてボードーに戻ってきたこと自体がそうだ。故郷を出て経験を積んだあと、すべてが始まった場所へ戻るというのは、何もかも前と同じなようでいて何もかも前とは違うと思い知らされることでもある。

格納庫は昔より小さく見えるし、過ぎ去った年月の分だけ古びている。ここでイルヴァの父は同僚のパイロットたちと、壁際にあるテレビの前で常に世界のどこかで起こっている不穏な出来事について議論していた。彼らの背後でテレビがちらちらと光を放っていた光景が記憶に残っている。ベルリンの壁が崩壊し、イルヴァが生まれた一九八九年十一月九日木曜日にも、同じ光景があったに違いない。その日は歴史の終わりとは言えないまでも、父にとっても世界にとっても大きな転換点だったことはたしかだ。

その日以降、鉄のカーテンのどちら側のリーダーも、共通の永遠の敵に対してそれぞれの国民を団結させることで自らを正当化する必要がなくなった。みんなが同じ側に立つようになったからだ。民主主義に伴う自由市場の見えない手が、ついにどちらの世界にも広がった。ただし見えない手をいいものだと思うのは、酔っ払いが集まるパーティーに来た若い女の立場になったことがない人間だけだろう。

冷戦が終結したあと、この灰色の格納庫が顧みられなくなっていたのは明らかだ。だが建物は劣化しているとはいえ、頑丈な灰色の壁も雰囲気も匂いも、イルヴァが入り浸っていた当時と変わらない。

V・〝エイジャックス〟・アーマー少佐が入ってくると、格納庫は静まり返った。アメリカ初の黒人女性戦闘機パイロットである少佐が要求する水準は高く、シェパード空軍基地での彼女の講義の人気は高かった。みんなが席につけるよう、少佐はゆっくりと足を運んだ。きちんと注目されるのが好きなのだ。

「パイロット諸君、ボードーと演習〈アークティック・ブリザード〉へようこそ」

少佐の声が格納庫に響き、パイロットたちは彼女を見つめた。

「諸君の多くは、この秋にENJJPTを終了した気心の知れた仲間同士だと思う。だけど社会に出た今、あなたたちは何も知らないひよっこよ！」

パイロットたちのあいだに厳粛な気持ちと期待と興奮が高まっていく。

「ひとりずつ、戦闘機教官訓練過程(FWIT)によって承認された教官について、一日に最低二回は飛んでもらうわ」

パイロットたちのあいだに満足げな表情が広がった。誰もが空に出るのを待ちわびているのだ。

みんな飛びたがっている。

午後五時四十三分、イルヴァは教官と会うことになっている本館へ向かっていた。教官の名前はもうわかっている。誰もが知っているジョン・〝ストーン〟・エヴァンス少佐で、彼に指導してもらえるのはどのパイロットにとっても最大の夢であると同時に最低の悪夢でもあった。彼はＮＡＴＯ内で伝説的なパイロットとして崇拝されているが、人間嫌いで単独行動を好むということも知られている。

駐機場を歩いていたイルヴァは、Ｆ‐35の一群が置かれている場所に差しかかった。ほかにもＦ‐16が数機に、ユーロファイターや空中警戒管制機（AWACS）も見える。イルヴァはおもちゃ屋にいる子どものように、そのすべてを操縦してみたくてしかたがなかった。ただし、ここにある航空機はどれもおもちゃと違ってとてつもなく高価だが。五十二機のＦ‐35の購入費用として、ノルウェーはアメリカに七百億クローネ（約九千億円）をはるかに超える金額を払っている。だがそれも、世界じゅうで毎年軍事関係に費やされている一兆六千億ドル（約二百兆円）超という金額と比べれば、大海の一滴だ。あまりにも莫大(ばくだい)で、イルヴァにはどのくらいの金額なのか見当もつかなかった。ちょっとした興味からある夏の夜に計算してみたのだが、これだけの金があれば貧困と死に至る主な病気の両方を余裕で撲滅できるとわかった。たった一年分の軍事予算で！

ロビーに着くと、彼はすでに来ていた。イルヴァが最初に感じたのは失望だった。伝説の男ジョン・エヴァンスは見たところ、どこにでもいる中年男性と変わらなかった。身長はおよそ百八十五センチ、髪は短く、筋肉質のたくましい体に標準的なフライトスーツをまとっている。自分が何を期待していたのかわからないが、イルヴァは彼がもっと長身でなかったことにがっかりしていた。ただしひとつだけ、目の前の男が凡人ではないかもしれないと思わせるものがあった。顎の筋肉だ。きれいにひげを剃(そ)った幅の狭い痩せた顔の日に焼けた肌の下で、顎の筋肉がまるで骨のようにしっかりと盛りあがっていた。近くで見ると、爬虫類(はちゅうるい)のコモドオオトカゲに似ている。

ひと目見て、みんなが彼を〝無表情(ストーンフェイス)〟と呼ぶ理由がわかった。その冷たく凍りついたような青い目のせいだ。この男に感心されることも、敬意を払われることもないだろう。だったら、イルヴァの目標は彼に見捨てられないことだ。それでさえ達成できるかどうかわからなかった。彼がにこりともせずに声をかけてくる。

「ジョン・エヴァンス少佐だ。この演習のあいだ、わたしがきみを指導する。明朝六時にここで会おう」

少佐はそれしか言わなかった。必要なことはすべて話したというわけだ。

彼がしゃべっているあいだ、イルヴァは少佐の目を見つめて観察した。女は空軍における エリート男性同士の聖なる絆をけがす存在だと考える、男尊女卑の男は多い。エヴァンス少佐もそのひとりなのだろうか？　だから簡潔に指示を告げるあいだ、彼女のほうをほとんど見ようとしないのだろうか？　今の時点ではなんとも言えない。何を考えているのか、表情からは読み取れなかった。

でも、だからどうだというのだろう。イルヴァはエヴァンス少佐の内面にはまったく興味がなかった。アメリカ空軍最高の戦闘機パイロットと一緒に飛ぶチャンスを与えられたことを思えば、人間的な魅力に欠けていようが関係ない。彼の知識がほしい。少しでも敬意を勝ち取りたい。ただそれだけだ。彼女は伊達にパイロットの娘に生まれたわけではない。

2

　ボードー・アートセンターは、上品に装った政治家や制服姿の軍幹部、軍事関連産業で高給を得ている代表者、将校、民間コンサルタントといった人々でごった返していた。メディア関係者は比較的少ないが、イルヴァが気づいたところではＮＲＫ、ＴＶ２のほか、国際的な新聞社が二社、ステージに近い席を陣取っている。アルマーニに身を包んだノルウェーの防衛大臣が壇上にあがり、たとえ話を使う彼女のいつもの語り口で今年のＮＡＴＯ演習の意義について説明を始めた。

「世界終末時計は午前零時まであと一分というところまで来ています。残された時間は一分です。だから、わたしたちは行動を起こさなければならないのです」

　こんなふうに政治家が世界終末時計を引き合いに出して安全保障問題について語るのを、イルヴァは何度も聞いていた。『原子力科学者会報』では科学者が一九四七年から人類の自己破壊衝動を測定しており、その一環としてかの有名な世界終末時計を導入した。この時計は人類絶滅までの時間を、午前零時に近づいていく時計の針で視覚的に表す。科学者たちは当初、核戦争の危険だけを監視していたが、環境の変動や生物科学分野での発見が人類を滅亡させる可能性のある脅威として存在感を増してくると、こうした人間の活動に起因する要素も予測に含めるようになった。そして防衛大臣によれば、人類は今、最終決戦まであと六十秒というところまで来ているらしい。

　イルヴァは集まっている人々を自分の席から眺めた。彼らは防衛大臣の話に耳を傾け、ステージからの光を浴びて青く染まっている。防衛大臣がしゃべっている内容はすでに彼らも承知していることだろうが、確認するのも悪くないとでも思っているのだろう。結局のところ、大臣が話している脅威によって彼らは生活の糧を得ているのだから。イルヴァもそうだ。お膳立てが整い、敵を明らかにして任務をはっきりさせるときが来た。

「未採掘の石油や天然ガス資源の三分の一、そして貴重な鉱物資源が大量に北極の海底に眠っていて、これらは地球温暖化によって永久凍土と海氷が溶けると、採掘可能になります。ロシアは北極圏での軍備増強に、最近では数兆ドルを費やすようになっているのです。今年のＮＡＴＯの演習では、北方地域におけるわれわれの共通の利益をロシアから守るための、有益なスキルを獲得できるでしょう」

防衛大臣は言葉を切り、水をひと口含んで聴衆を見渡した。人々は賢い子どものように、彼女が言葉を続けるのを黙って待っている。大臣はページをめくった。

いつもならイルヴァも大臣の話をちゃんと聞いただろう。けれど今回は知っていることばかりだったので、席を立って目立たないようにその場から去り、ロビーに行って座った。ボードーのこの新しく作られた立派な建物に入るのは、初めてだった。窓が大きいので一方の端には港が、もう一方の端には海と山が接する壮大な風景が見えるが、故郷の風景を前にイルヴァは悲しい気分になった。かつてこの町を出たのは、たまたまそうなったからではない。そして今回この基地に来たのも、自ら選んだことではなかった。

窓ガラスの向こうに、幽霊のような姿が見えた。ガラスに映った自分が黙って見つめ返している。そこから目をそらしたとたん、視界の端で窓に黒い影がよぎった。

「まさか、イルヴァか？」

誰の声かすぐにわかって、イルヴァは振り向いた。そこには父のかつての親友があたたかい笑みを浮かべて立っていた。ジョージ・ローヴ将軍。その顔には過ぎた歳月が刻まれていたが、笑顔は十歳のイルヴァをコックピットに乗せてテキサスまで飛んでいくふりをさせてくれた優しいアメリカ人将校だったときと変わっていなかった。

みっしり生えた短髪には白髪が交じっているし、顔にはしわが刻まれていたものの、朗々としたバリトンの声には昔と同じ誠実さと親愛の情がこもっていて、イルヴァは思わず立ちあがって敬礼した。

「ミスター・ローヴ、将軍」

呼びかけ方はこれでよかっただろうか？　子どもの頃は〝ゴッゴ〟と呼んでいたが、今それを使うのはおそらく適切ではない。将軍はうなずいた。

「ノルウェー空軍の戦闘機パイロットか」

イルヴァは背筋を伸ばした。自分が戦闘機パイロットになったという事実に隠しきれない誇りを感じていることに気づく。ジョージ・ローヴはあたたかい笑みとかすかな感傷を浮かべて、そんな彼女を見つめていた。

「ゲイルはすごく誇りに思っただろうな」

父が死んで何年も経つのに、その名前を聞くと今でも胸が痛んだ。彼女を一心に見つめているローヴには、一緒にいる人間に全力で注意を向けることで、その部屋で一番の重要人物になったかのように感じさせる力がある。

「もう二十年になるのか」

イルヴァはうなずいた。

「そうです、将軍」

彼はほほえむと、他人行儀を退けるように手を振った。

「ジョージだ。ジョージと呼びなさい」

イルヴァからすると、〝ゴッゴ〟か〝ローヴ将軍〟と呼ぶほうがしっくりくる。彼を〝ジョージ〟として見たことはなかった。

「今もアメリカ空軍にいるんですか、将軍？」

彼が笑みを浮かべる。

「〈カーライル・グループ〉でほんのしばらく事務仕事をしただけで、もう現場が恋しくなったよ。どんな気分か、きみにもわかるだろう？」

イルヴァはほほえんだ。現場で活躍していた人間ほどデスクワークに適応できないと、誰もが知っている。

「早期で退役したあと、今は警備会社を経営しているよ。ＮＡＴＯの戦略アドバイザーも務めている」

もしも安全保障や軍事戦略についてアドバイスできる人間がいるとしたら、ジョージ・ローヴを置いてほかにはいないとイルヴァは知っていた。こうしてまた会うと胸が痛んだが、同時に心が慰められもした。彼の顔を見ると、力強く頼れる存在だった父を思い出す。父が死んだあとは混沌とした状況になり、ローヴとは疎遠になった。しかし将軍と父は兄弟のように仲がよく、ローヴがどんどん出世して三ツ星の将軍に、すなわち中将になったことを、ゲイルは友人として誰よりも誇りに思っていた。父が彼を崇拝していた理由が、イルヴァにはよくわかった。ローヴには信じられないほどのカリスマ性があり、陽気で人当たりがいいのに威圧的という矛盾した資質を兼ね備えているのだ。両方を持っている人間はめったにいない。

勲章をいくつもつけた将軍と、イルヴァは見つめ合った。ローヴの視線が何かの答えを探すようにイルヴァの上にとどまる。昔から彼は、こんなふうに人を見たものだ。

「お母さんはどうしている？」

ローヴが尋ねて当然の質問だった。でも、なんと答えるべきだろう？　ほとんどの時間をソファの上で過ごし、薬を口に放りこみながらテレビのチャンネルを次々に変えていると？　迷宮のような心の闇にとらわれていて、家から出ることはめったにないと？　母もイルヴァと同じく、父は病気で死んだのではなく殺されたと考えていると？

イルヴァは明るい笑みを作った。

「元気ですよ」

ローヴはイルヴァを見つめたまま、視線をそらさない。彼女が口にしていない事実を聞きたいのだ。だからこそ、彼女は嘘(うそ)をついた。

「きみのお母さんほど優しくて繊細な女性はいない」

残念ながら、ローヴが母について言ったことは完全に正しい。だから母は自らの繊細な心にとらわれ、いつまでも立ち直れないのだ。イルヴァは母と同じ轍(てつ)を踏まないよう、懸命に抵抗している。母みたいにみじめな人生を送りたくないからだ。

ローヴはイルヴァの反応に気づいた。

「きみのお父さんが死んだあと、お母さんは打ちのめされていた……」

もう充分だ。イルヴァはこの話題を出されたときに備えて、答えをいくつも用意していた。父の知り合いだが葬式のあとは一度も顔を見せなかった人間に対して、なんと答えるかを。勇敢な母は夫の死後、悲しみに暮れていたものの、善良で忠実な妻らしくやがて立ち直り、ふたたび自分の足で歩み始めたという話を彼らは聞きたがっている。

王と国のためにふたたび立ちあがったという話を。

「今はすっかり元気にしています」

イルヴァはにっこりして、視線をそらさなかった。これは彼女の才能だった。小さい頃から人が何を望んでいるかを聞き取り、自分の外見を巧みに操作した。汗のかき方から息遣い、鼓動の速さまで。彼女にはするべきことができるのだ。ローヴは一瞬戸惑ったように黙っていたが、すぐににっこりして何を考えているかわからない視線を彼女に向け、話を打ち切った。

「会えてうれしかったよ、イルヴァ」

「わたしもです、将軍」

イルヴァはにこやかに何度もうなずいた。いつものように。そしてローヴがホールのほうへ歩み去ると、気を緩めて心臓が激しく打つのに任せた。

彼女が生きてきた歳月の三分の二に当たる二十年という時を経ての再会だったが、ボードー空軍基地の格納庫で父やローヴと一緒に遊んでいたのがまるで昨日のことのように感じられた。そのままローヴを見送っていると、彼がエヴァンス少佐と一緒にホールへ入っていくのが見えた。世界を救うためにふたたび立ちあがろうとしている、アメリカ空軍のかつての英雄たち。だが世界は、彼らに救われたいと思っているのだろうか？

3

イルヴァは広場を横切りながら、ぶるりと震えた。ボードー・フィヨルドに白波が打ち寄せては砕けている。父が生きていたらどんな人生を送っていただろう。自分はどんな人間になっていただろうか。父みたいになりたくて、これまで父と同じ道を歩んできた。

「どこへ行くんだい？」

イルヴァは足を止めた。彼女の息を止められる唯一の男の声を聞いて体が熱くなり、胸がどきどきして、めまいを覚えた。ボードー市街の陰鬱な雰囲気でさえ、彼女を正気に戻すことができない。振り返ると、ストームがほほえみながら立っていた。彼のまわりを雪が舞うさまは、街灯の下を蛾(が)がひらりひらりと飛んでいるようだ。イルヴァが外で彼といるところを見られたくないと知っているのに、まるでゲームでも楽しむかのごとくにやにやしている。

ストームはいつも、失うものなど何もないかのように見える。実際、イルヴァが知る限り、彼には失うものがない。初めてベッドをともにしたあと、ノルウェー・サイバー防衛軍——CYFORの一員のくせにあまりにも簡単に人を信じすぎではないか、とイルヴァは彼を責めた。

「安心しろ。ぼくは猜疑心の塊なんだ」

イルヴァの問いかけを、ストームはユーモアでかわしたのだった。彼はいつも曖昧な答えを返してきた。いかようにも解釈できる答えを。

イルヴァはふたたび歩き出した。

「母に会いに行くところなの」

「車で送ってやるよ」

「そんなことをしてもらう必要はないわ」

「ああ、必要はないだろうが、そうしたいんだ」

イルヴァが足を止めて見あげると、彼は優しく笑った。

「あなたの望みをかなえるのがわが務めなのです、マダム」

イルヴァの望みが彼の望みとは正反対でも、ストームは同じことを言うのだろうか？　そうは思えない。彼女はふたたび歩き始めながら切り返した。

「遊ばないでいつもそんなふうに仕事モードでいると、退屈な人間になっちゃうわよ、ストーム」

彼はその言葉をのんきな顔で聞き流した。

「じゃあ、一緒に少し遊んでもらわないと……」

イルヴァは足を止めて振り返り、彼を見あげた。ストームほど背の高い男を彼女は知らない。空軍には身長が百九十三センチ以上あると戦闘機パイロットになれないという規則があるので、彼女の職場に二メートル近い身長の男はいなかった。しかしどちらにしても、ストームみたいな男は空軍にはなじまないだろう。三日分の無精ひげと背中まで無造作に伸ばした長い髪なんて格好で出勤してくる戦闘機パイロットは皆無だ。そして体の大きさに見合った高いＩＱを隠すために、頭がよくないふりをするパイロットもいない。

ストームがイルヴァの頬についた雪を丁寧に払って彼女を引き寄せ、清潔な香りとぬくもりで包みこむ。こんなふうに彼と身を寄せ合うのは信じられないほどすばらしくて、だからこそイルヴァはそうするのがいやでならなかった。

「よし、こうしよう。きみをお母さんのところまで送っていく。そのあと戻ってきたら、ぼくと遊んでくれ」

彼の手からイルヴァの背中の一部に熱が伝わると、体の奥のほうで熱い感覚がわきあがった。ストーム・ブーレについて語る言葉はいくつもあるが、そのなかに〝退屈〟という言葉はない。

4

玄関のドアを開けたとたん、悪臭がぶつかってきた。散らかった室内、暗闇、何かが腐ったようなむっとする匂いですぐにわかった。母はまた発作を起こし、落ちこんでいる最中なのだろう。イルヴァは大きく息を吸いこんでから家に入った。

考えてはいけない。娘としての務めを果たしたいのに、あれこれ考え始めたらなかに入れなくなってしまう。けれど、そう思っているそばから、鼻をつく匂いと廊下の惨状が過去の記憶をよみがえらせた。

イルヴァは二階へと続く階段に目をやった。警戒を怠らないようにしながら、家のなかの様子を探る。居間からは物音が聞こえるが、二階は静まり返っていて、静寂がひたひたとおりてくるようだ。二十年前に彼女を目覚めさせた音の残響が、今も壁を震わせている。

あの恐ろしい夜の記憶が薄れることはなかった。『はるかな国の兄弟』を胸に伏せて眠っていたイルヴァは、突然聞こえてきた声にはっと夢から覚めた。不安げに体を起こすと、心臓をどきどきさせながらベッドの上で耳を澄ました。誰かいるのかと心配になって窓の外をうかがっても、しんしんと雪の降る気配しかせず、街灯の下でかすかな風にふわふわと舞う雪しか見えなかった。ベッド脇のテーブルに置いた時計は三時半を指していた。

眠かったのであたたかい掛布団の下に戻ったけれど、ふたたびかすかな音が聞こえた。音は地下室から聞こえた気がして、イルヴァは息を止めて耳をそばだてた。さっきよりもはっきり聞こえるようになったその音は、ささやき声のようだ。それからかさかさという不吉な音がした。いるべきではない場所にいる人間が、ひっそり動くときにたてるような音だった。

足音をひそめて廊下へ出ると、両親の寝室のドアが開いていた。その隙間から母の荒い息遣いがもれ聞こえ、廊下の明かりに照らし出されたベッド脇のテーブルには命を持たない動物の群れのように並んでいる薬の小瓶が見えた。母は夢も見ずにぐっすり眠っているようだが、父はベッドにいなかった。どこに行ったのだろう？

静かに階段をおりる少女の素足が、リノリウムの床の上でぴたぴたと音をたてた。地下室のドアは開いていたが、その奥は暗かった。それなのにささやき声は、さらにはっきりと聞こえた。イルヴァはじりじりと近づいた。暗い地下室から冷たい風が吹きあがってくる。父の苦しげなうめき声がしたかと思うと、何も聞こえなくなった。

そのとき、地下室の階段を誰かがものすごい勢いで駆けあがってきたので、イルヴァはぎりぎりのところで地下室のドアの後ろに隠れた。玄関が開き、風が吹きこんでキッチンのカーテンが持ちあがる。地下室から飛び出した何者かは夜の闇に紛れて姿を消し、やがて玄関のドアが音もなく閉まった。すると、沈黙が冷たく予測不能なものに変わった。まるで古い木の家が息を止めたかのようだ。

地下室から伝わってくる沈黙に、惑星がプリントされた青いパジャマに身を包んだイルヴァの背筋を震えが駆けおりた。それでも裸足で階段をおりていくと、地下室の窓から差しこむ黄色い光のなかに人の姿が見えた。ぼんやりと目を開いて床に横たわり、あえぐように息をしながらがくがく痙攣していた。恐怖に駆られたイルヴァは足音をひそめて近寄り、父を見おろした。病気の動物を思わせる姿は、見知らぬ他人のように見えた。父が何かを伝えようとしているのがわかって、彼女はかがみこんで父の口元に耳を寄せた。

子どもだった彼女の柔らかい頬にあたたかい息がかかったが、しわがれ声が喉からもれるだけで言葉は聞き取れなかった。イルヴァは全身が冷たくなり、うなじの毛が逆立った。逃げ出したいのに、細い腕をつかまれてしまっているし、父の唇は動いている。けれど、やはり言葉は出てこない。イルヴァは身をよじって逃れたが、恐ろしすぎて悲鳴も出なかった。父が手を伸ばし、唇を動かし続けている。いったい何を伝えようとしているのだろう？　ゲイル・ノルダール大佐が、怯えて涙を浮かべ、混乱している幼い娘を見あげた。

イルヴァの目の前で、父の体がぐったりと床に沈んだ。痙攣が止まって腰のまわりに尿が広がり、筋肉が弛緩して死が体を覆っていった。

警察と救急車が到着すると、父は担架で運ばれた。そして母は、狂ったように泣き続けた。

イルヴァはぶるりと身を震わせた。大きく息を吸って気の滅入る記憶を振り払い、居間に入っていく。

テレビで流れているのはくだらない娯楽情報番組で、空虚な言葉を繰り返し吐き出し続けていた。母のメアリーはソファでぐっすり眠っていた。濃紺のシルクのキモノをまとい長い白髪をおろしている母は、年老いたペルセポネのようだ。イルヴァには芸術を解する目がいっさいなく、子どもの頃に母に展覧会という展覧会へ連れていかれなければ、ペルセポネが誰かということすら知らなかっただろう。冥界の王ハデスが美しいペルセポネに恋をする話が、イルヴァは大嫌いだった。優しく求愛して彼女に選択を委ねる代わりに、ハデスは美しい娘を無理やりさらって妻になるよう迫るのだ。なんという陳腐な話か。ハデスがそのあと、意に反して連れてこられ、心に傷を負った女性とうまくいったのか、近づくたびに小さくなって憎しみの目を向ける女性と幸せになれたのか、母の終わりのない話をほとんど聞いていなかったイルヴァにはわからないままだ。

パイロットの妻としての生活を楽しむわけでもなく、かといって夫の仕事によって余儀なくされる暮らしから離れて自立し、自分なりの在り方を求めるわけでもない母が理解できず、イルヴァはいつももどかしい思いに駆られていた。母は前向きに生きる代わりに本当の自分を抑え、薬の力を大いに借りながら、周囲からの期待と本当の自分とのあいだで流されるように生きていた。今、母が冥界にとらわれたペルセポネのように生きているのは、その最悪の結末とも言えるだろう。

イルヴァは世界じゅうのあちこちの基地を転々としながら育ったが、どこも奇妙なくらい似通っていて、常に同じ場所に住んでいるように感じられた。戦争や平和やビジネスに関することは男の世界のもの。お飾りである女は、取るに足りない補助的な存在としての暮らしに追いやられていた。

毎朝、母は見つけられるなかで一番質素な服を着て髪をきつくひっつめ、外の世界へ出ていった。自分を押し殺し、本当の姿を隠して魅力のかけらもないように見せなければならなかったのだ。ほかの女たちから嫉妬されないように。平凡な者たちから非難されないように。男たちの欲望を不適切にあおらないように。

しかしそんなみじめな生活を送りながらも、母は娘にふたつの貴重な教えを授けた。ひとつは、いつでも自分で食べていけるようにならなければならないということ。父に経済的に依存していたため彼の意に従うしかなかった母は、このことを身をもって学んだのだろうとイルヴァは考えていた。母がすべてを振り切って逃げ、自分がやりたいことをする勇気を持ったことは一度もなかった。ほかの人間の金で生きている人間が本当に自由になれることはない。ふたつ目の教えは、男を喜ばせるために自分を貶(おとし)めてはならないということだ。男たちは手なずけられない強い女を嫌うくせに、そういう女にのぼせあがる。結婚相手には頭が空っぽな女を選ぶくせに、じゃじゃ馬を求めるのだ。

イルヴァは部屋の入口に立って、大きないびきをかいている母を見つめた。キモノはしわくちゃでくすみ、染みがついている。テレビがちかちかと光を放ち、けばけばしい青いまたたきが部屋に広がっていた。ロシアの外務大臣がカメラに向かって話している。NATOの軍事演習を挑発行為と見なし、非難しているのだ。だがノルウェーの防衛大臣は記者たちに、この演習はずいぶん前から告知されており、現行の協定に従って行われるものだと請け合っている。

目新しい情報でもなかったので、イルヴァはキッチンへ行った。冷蔵庫には五日前に彼女が買ってきたフィヨルドランド・ブランドの各種インスタント食品が、詰めたときのまま棚に並んでいた。一日分ずつ積みあげて付箋に月曜、火曜、水曜……と曜日を書いて貼っておいたのだが、母は一日分も手をつけていなかった。

居間に戻ると、母はまだ眠っていた。テーブルの上には薬の小瓶が数本並んでいる。

「母さん」

反応しない母を、イルヴァはそっと揺すった。

「母さん……」

やはり反応がないので、今度はもう少し強く揺する。

「母さん！」

テレビの音が耳障りで、イルヴァはソファの上にごちゃごちゃとのっている本や服や食べ残しをかきまわしてリモコンを探した。すると、ようやく母が目を覚ました。装身具やブレスレットをじゃらじゃらさせながら体を起こし、見知らぬ人間がいたとでも言わんばかりに警戒した視線を向ける。

イルヴァは母の下敷きになっていたリモコンを見つけ、ようやくテレビを消した。

「元気？　母さん」

母は混乱し、少し怯えているようにも見える。

「ちょっと持って帰りたいものがあって寄ったの」

母が無言でうなずいたあとイルヴァからリモコンを取り返してテレビをつけ直したので、部屋にふたたび青い光と話し声が広がった。

ソファの上で無表情にテレビが放つ光を浴びている母は、痩せこけた貧弱な鳥の雛のようだ。イルヴァはキッチンに行って、電子レンジで食事をあたためた。何か食べさせなければと思ったのだが、母は差し出されたトレイを押しやった。

「ちゃんと食べなくちゃ」

母はうなずいたものの、催眠術にかかっているかのようにちかちか光るテレビに見入っている。イルヴァは腹が立ってため息をつき、本や食べ物のかすが散らかり放題になっている部屋を見まわした。母の混沌とした頭のなかをそのまま表しているようだと思うと、いらだつというよりぞっとした。

「母さん、わたしはこれから演習でしばらく来られないけど、戻ってきたらここを片づけるわね」

どうやら母には娘の声が届いていないらしい。イルヴァは母の薬を悲しい思いで眺めた。不幸な女はどれだけ薬をのんだら満足するのだろう？

きっと、いくらのんでも満たされることはないのだ。

「何かいるものはある？」

答えはない。

イルヴァは立ち去った。

5

ジョン・エヴァンスは寒さに体を震わせた。こんな北の地に住もうとする人間がいることが、彼には理解できなかった。慢性的に抱えている背中の痛みが、凍りつくような寒さでずきずきと脈打つ。うずくような痛みとともに生きることには慣れているが、寒さがすべてを悪化させている。NATOの演習が誰もが厭う北極地方の日照時間の短い冬にわざわざ行われるのは、常に夜という状態と骨の髄まで凍える寒さに対応する方法を兵士に学ばせるためだ。雪嵐といつまでも続く暗闇は、リビア砂漠から吹きつける灼熱の風ギブリよりひどいものなのだろうか。

新しい教え子である野心あふれるノルダール少尉に会ったことで、自分がどれだけ疲れているのかを彼は悟った。彼女を始め忌々しい若者たちは、エネルギーと自信に満ちあふれている。イルヴァ・ノルダールのように美しい娘が、なぜ戦闘機パイロットなどという仕事を選んだのだろう？　ジョンにはまるで理解できなかった。彼女なら、喜んで命を懸けてくれる男たちに守られて生きていけるはずだ。彼のような男たちに。鍛錬を重ねた、もっとも強くて勇敢な男たちよりうまく戦えると女が思うなら、男はいったいなんのために戦うのだろう？

軍隊という組織は女のためにあるのではない。好戦的で体力的に優れた男という性の人間、すなわち地球上でもっとも血に飢えた殺人機械を、公共の利益のために奉仕するひたむきな戦士に変えるために存在しているのだ。ジョンは女性に敬意を払っている。その点は問題ではない。彼は女性を愛していた。母親として、恋人として、友人として、男の攻撃性に対する解毒剤として。もし女たちが世界を救いたいと望むなら、男の残虐性とバランスを取るべく正反対の存在となるべきだ。つまり、女は女らしくあらねばならない。

ジョンはそこに立ったまま、滑走路の北東にそびえるシュタイグティンドの山の輪郭を見つめた。空を舞うオーロラの下で悠久の時のなかに佇む山を見ていると、一瞬、そのほかのすべてが頭から消える。

「会う時間を取ってくれて感謝するよ、ジョン」

ジョージ・ローヴが背後から音もなく歩み寄ってきた。いつもどおり、時間ぴったりだ。

ローヴはリビアで捕虜になっていたジョンを救出するため、アメリカ空軍とNATOにもっとも強く働きかけてくれた人物だ。直接会ったことはなかったが、彼を救うためにすべてを危険にさらしてくれたのだとジョンは知っている。報告書には、ジョージ・ローヴが揺るぎない忠誠心を持っていることが記されていた。〝ひとりはみなのため、みなはひとりのため〟を忠実に実行する人物だと。政治家や官僚がジョンを見捨てても、ローヴは強硬に意見を曲げなかったという。ローヴにとって〝ひとりも置き去りにしない〟というのは、新兵勧誘のパンフレットに書かれているだけのモットーではない。

「新しいパイロットを導く師になる気分はどうだ？」

ジョンは返事をせず、山々の上で踊るように動いているオーロラを見つめた。

「重要な仕事なんだぞ、エヴァンス」

ジョンがリビアでの事件のあと空軍で働き続けるために懸命に努力したことを、ジョージ・ローヴは知っている。新しいパイロットを導くという役割は、英雄とあがめられた彼が傷物になってしまったことを隠すための悪あがきだ。

「殊勲飛行十字章、おめでとう。リビアでの活躍が認められたのだろう？」

ジョンは低くしゃがれた声できっぱり訂正した。

「アフガニスタンです」

ジョージ・ローヴはうなずいた。

「ああ、そうだな。それだけの価値がある活躍だった」

ジョンは黙ったまま、暗闇について考えていた。

本当に美しい星空は、人工的な光のない人里から遠く離れた場所でなければ見られない。心安らぐ暗闇をずっと求めてきた彼は、それを見つけられることを願ってこの北の地へ来て、みなが厭う極夜の季節は恐れるようなものではないと知った。一日のうち昼前後の二時間ほど太陽が地平線のすぐ上に顔を出し、魔法としか思えない絵のように美しい冬の光を投げかける。同僚がオーロラの話をするのを聞いたことはあったが、冬の短い昼のあいだだけ見られる淡く柔らかい光に包まれた景色のすばらしさは想像したことがなかった。まぶしいくらい明るくはならないけれど、完全に暗いわけでもない。また、夜空を照らすオーロラの美しさも想像を絶していた。オーロラを見るのは初めてでもないのに、ここで見るオーロラはまったく違っていた。

ローヴが横にいるジョンに目を向ける。

「エヴァンス……ご家族と何があったのかは知っている。つらかっただろう。気の毒なことだ」

今に地球上から暗闇などなくなるのだろう、とジョンは考えた。人工的な光に毒されない夜空を見るために、人はどれほど北まで行かなくてはならなくなるのか？　暗闇はどうやったら光から身を守れるのだろうか？

「同じ苦しみを味わった人間は軍には大勢います。しかし民間人はそういうことをわかっていません。つらい現実です」

ローヴ将軍は息を吸ってジョンに身を寄せ、声をひそめた。

「わかっている」

ジョンは無表情でジョージ・ローヴを見返した。

「本当ですか？」

ローヴが陰鬱な表情でうなずく。

「残念ながらな。わたし自身もうまく対処できなかった。前線にいるときは、平凡な暮らしばかりが思い浮かんだものだ。給料のいいちゃんとした仕事や、家族との団欒といったものがね。そういう暮らしが喉から手が出るほどほしかった。穏やかな一般人に囲まれて送る、同じことの繰り返しの毎日が。趣味にいそしみ、友人と語らう平凡な生活が」

ローヴは苦々しい笑いを浮かべた。

「そんな生活は大嫌いだというのにな」

ジョンは無言で同意して、うなずいた。

「名誉も給料のいいオフィスワークも、同胞愛の代わりにはならない。きみがこれまで犠牲にしてきたすべてを埋め合わせるものにはなりえないんだよ、エヴァンス」

大きく息を吸うと背中が痛み、ジョンは身じろぎをした。

「われわれは、きみが何を犠牲にしてきたのかわかっている」ローヴは続けた。

オーロラの最後のカーテンの端が、霊魂か炎のようにシュタイゲン連峰の山々の上で揺らめいたあと、ほどけて消えていく。

「自分の仕事をしただけです」

ジョンの平坦な声がうつろに響いた。

「国はもっとも勇敢な戦闘機パイロットのひとりであるきみの奉仕に対して、勲章以上のもので報いるべきだ」

ジョンはその言葉を信用できずに、将軍を見つめた。ローヴは何を求めているのだろう？　どうして彼は極寒の夜にここに立ち、ジョンが聞きたいと望んでいた言葉を吐いているのか？

こんなに寒い戸外で、ふたりきりで会いたいと呼び出したのも妙だ。

ローヴはジョンの視線を追って、オーロラの消えた夜空を見あげた。

「北極は新たな中東だ」

ジョンがちらりと目をやると、将軍はただ事実を述べただけだというように淡々としていた。

「もし北極が新たな中東なら、あなたのような人が重要になるでしょう」ジョンは低い声で返した。「そして裕福にもなる」

ローヴがにやりと笑う。

「〝もし〟ではない。いつなるかという時間の問題だ。これからはみんながここで金儲(もう)けをするようになる」

ジョンは表情を変えずにローヴを見つめた。民間の大企業で働くために同胞のいる軍隊を去った中将を、彼は信用していなかった。一般的に民間人は、なかでも大企業で働く民間人は、金儲けの機会を貪欲に漁(あさ)る者たちばかりだ。それは否定のしようがない。

ローヴはジョンの心を読んだらしく、考えこむような笑みを浮かべた。

「われわれは人々を守り、人々は報酬を払う」

ジョンは苦々しい声で笑った。

「あなたは金がほしい。それだけだ」

ローヴがコートをきつく体に巻きつけるのを見て、誇り高い中将が凍えていることにジョンは気づいた。

「ああ、その点についてはきみの言うとおりだ。だが、われわれのような警備会社は軍隊では守れない、あるいは軍があえて足を踏み入れない場所で、援助団体の関係者や大使、ビジネスに携わる人々を守っている」

ジョンはこういう詭弁（きべん）についてはよく知っていた。

「軍が政治的理由から関わりたがらない場所でも？」

ジョージ・ローヴがうなずく。

「そのとおり。つまり軍が危険だから近寄らない、あるいは近づきたがらない無法地帯で、われわれは民間人を守っているんだ」

ローヴは言葉を切ると、相手の敵意をほぐすように笑って両手をあげた。

「その過程で、恐ろしいほどの大金を手にするのはたしかだがね」

ジョンは思わずにやりとした。

「まあ、そうでしょうね」

「とにかく、われわれは顧客を守る。それだけだ」

ジョンは醒めた目をローヴに向けた。

「金のために、ですよね」

ローヴが愛想よくほほえむ。

「きみはただで働くのかね、エヴァンス少佐？」

ジョンの経済状態は周知の事実だし、世間の人々と同じように、請求書の支払いがついてまわる。

「警備とは、脅威を評価したうえで、さまざまな対応策を論理的に計算して練りあげるものだ。だが安全というのは、まったくの別ものだ」

ジョンは理解できずにローヴを見た。

「そうなんですか？」

「安全っていうのは感覚なんだよ。そして人は、確率や数学的計算に基づいて安全だと感じるわけではない。心がどう感じるかがすべてだ。いい警備を提供するには金がかかる。スキルや先見の明が必要なのは当然として、時間をかけて専門の人員の訓練をし、充分な交代要員を用意し、装備をそろえなければならない。だが政治家が、選挙権を持つ民衆にそういう警備を売ることは不可能だ。それだけの予算も時間もない。だから安全を売る。守られているという感覚を売るんだ。大衆は事実ではなく感覚を求めている」

ジョンが息を吸うと、冷たい空気で胸が痛んだ。

「大衆はスズメバチよりテロを怖がる。毎年、テロで死ぬ人間よりスズメバチに刺されて死ぬ人間のほうがはるかに多いというのに」

ジョンはにやりとした。ローヴは凄腕のセールスマンだ。

「政治家は守られているという感覚を大衆に売り、われわれは政治家に警備を売る。政治家は馬鹿ではないからな」

ローヴは今話している内容を誰よりもよくわかっているのだと、ジョンは気づいていた。ローヴは戦争の英雄であり、ワシントンDCで高級将校として過ごしたあと、アメリカでもっとも大きな警備会社を興した男だ。その彼が今、北に目をつけている。

6

イルヴァは、ストームの力強くリズミカルな呼吸音を聞きながら横たわっていた。彼女はひとりで眠るほうが好きだった。くつろげるし快適だからだ。だから誰と付き合っていても、いつもひとりで眠った。北東を向いた大きな窓から差しこむ色あせた月の光に照らされた部屋を、イルヴァは見つめた。光が当たっているところ以外は何もかも黒く沈んでいる。彼と初めて夜を過ごしてから、ほぼ一カ月。本当はひと晩だけにしておくべきだったが、そうはならなかった。

彼がこんなふうに無防備に丸まって寝ているときは、伝わってくる熱と屈強さを心置きなく堪能できる。彼女の体は冷たいが、それを包むストームの裸体はあたたかい。ふたりの関係は危険な領域に入っていた。

彼の家には泊まらないというイルヴァの言葉を、ストームは笑顔で受け止めた。彼の隣で目覚め、一緒に朝食をとりたいと思うことはないと彼女に断言されても、何も言わなかった。イルヴァはその日の、その週の、その月の、ともに生きる将来の計画を立てるのがいやだった。守られる生活を求めておらず、何かを保証されたいと思ってはいないからだ。それよりも自立と自由を望んでいた。ストームは、彼女のそういうところが好きなのだと言った。

そしてイルヴァのほうも、ストームが同じ価値観を持っているからきっと惹かれたのだ。彼もちゃんと自立していて、あれこれ気を遣う必要がない。

イルヴァはある土曜の夜の午前二時十七分に、ボードーにあるヌールリンディンゲン・パブでストームと出会った。彼はそこにいたむさくるしい常連たちの誰よりも、頭ひとつ背が高かった。

イルヴァは同僚のパイロットたちと来ていたが、彼らは熱い夜を約束してくれる相手を見つけるためには要求のレベルを少しさげなければならないとすぐに悟った。ふたりが求めているのは女性だったし、ストームには女らしさのかけらもなかったからだ。広い胸に張りつくにやにや笑いの頭蓋骨と赤と白で〝MC　MANIAC〟という文字が書かれた色あせた黒のTシャツとひげを見て、イルヴァはぴんときた。次に盛りあがった筋肉と、背中の〝おれたちを馬鹿にしたらおまえの歯をへし折るぞ!〟という文字を見て、彼はヘルズ・エンジェルズかそれと似たようなオートバイ・ギャング集団のメンバーだと確信した。そのとき、あれほど酔っ払っていなかったら、彼のひげがきちんと整えられていることに気づいただろうし、制汗剤が高級ブランドのものだとわかっただろう。大きな手は手入れが行き届いていて、柔らかそうだということにも。けれどすっかりできあがっていたイルヴァはスリルを求めていて、それを身長二メートルのバイク乗りが与えてくれると考えた。

四年前にボードーを出たとき、イルヴァには何も失うものがなかったし、自分の可能性を証明したくてしかたがなかった。NATO史上最大の冬の演習に戦闘機パイロットとして参加するために退屈な田舎町ボードーへ戻るのは、父を殺し母を打ちのめしたこの場所に対する甘美な復讐（ふくしゅう）だった。演習が始まるのを今か今かと待ち構えていたイルヴァには、みなぎるエネルギーを放出する必要があった。そして、そんな彼女の目には、脚を開いて立ち、目を閉じてメタリカの曲に合わせて体を揺らしている男は、冒険が始まる前の手頃な気晴らしに見えた。

探していた信頼をきみのなかに見つける
おれたちはいつだって、まっさらな一日を始める

心を開いて、いつもと違う視点で世界を見つめよう
そのほかのことはどうでもいい

イルヴァは流れている音楽に合わせて歌っている男の唇を見つめながら近づいて、すぐ横に立った。男が慣れた様子の笑みを浮かべて彼女を見おろす。イルヴァは彼のTシャツに視線を向けてうなずくと、音楽に負けないように声を張りあげた。

「どこのクラブに入っているの？」

「メンサ（IQが高い者だけが入れる国際組織）だ」彼が怒鳴り返す。

予想もしていない答えだった。

イルヴァは身をかがめた彼に名前をきかれて、鳴り響いている音楽にかき消されないようにさらに身を寄せた。

「イルヴァよ」

彼はうなずくと、自分を指さした。

「ストーム」

彼が顔を寄せたままでいるので、イルヴァは会話を続けた。

「それってあなたの名前？　それとも、嵐（ストーム）みたいに近づくと危険な男だと警告して

くれているのかしら？」

彼は何を考えているのかよくわからない笑みを浮かべた。

「どう取るかはきみしだいさ」

鼓膜が破れそうな大音量の音楽のなかで彼と向き合いながら、イルヴァは受けて立つことに決めた。ただし、ここで会話を続けるのは不可能だった。これ以上話したいことがあるかどうかは別として。

イルヴァは大声で言った。

「わかったわ、ストーム。ここを出ましょう」

三週間と四晩後、イルヴァは目をつぶっていてもストームの家まで行き、そこから自宅へ戻れるようになっていた。そして今も、睡眠をとるために兵舎へ戻ろうとしているところだった。体にのっている腕をそっと持ちあげて、彼から離れる。鋭く息を吸う音がしたので、起こしてしまったかとイルヴァは動きを止めた。窓から入ってくる光が彼の横顔を照らし出す。なめらかな額や柔らかい唇を。機知に富んだ台詞（せりふ）や笑い声や奇抜な髪型がないと、穏やかで無害な男だと錯覚しそうになる。

ストームに見つめられるたび、イルヴァは今この瞬間を実感する。その目も現在は閉じられていた。彼の体から伝わってくる熱と、息をするごとに規則的に上下する胸の動きを思い出すと、戻って傍らで眠りたくなった。

イルヴァの時は夜に歩みを止める。黒い雲を通り抜けて落下し、虚空に浮いているような感覚にとらわれてしまうのだ。そんなときは、現実に戻るための手順があった。戦闘機のコックピットに座り、滑走路を猛スピードで走らせながら再燃焼装置(アフターバーナー)を作動させ、轟音(ごうおん)とともに飛び立たせる感覚を思い出せばいい。

イルヴァはベッドの上で体を起こし、部屋を見まわして下着を探した。床に散らばっているふたり分の服のどこかにあるはずだ。

「きみは眠ることがないのかい?」ストームの眠そうな声には笑みが含まれていた。

「ひとりのほうがよく眠れるのよ」

イルヴァはすばやくベッドからおり、暗闇のどこかに隠れている黒いレースのパンティを探した。ストームがのろのろと体を動かしてベッドの端まで行き、彼女のうなじに彫られた、歯をむき出している狼(おおかみ)のタトゥーに触れる。

「狼は群れで暮らす動物じゃなかったっけ」

床の上の服をかき分けているあいだも彼の手はくすぐるように動いていて、イルヴァは後頭部の毛が逆立つのを感じた。

て歩いた。

「わたしは一匹狼なの！」イルヴァは彼が分解したコンピューターの部品や、散乱している本のあいだを縫って歩いた。

「一匹狼は狙われやすい」

ストームが皮肉っぽい笑みを浮かべたのがわかった。彼はやたらと比喩を使いたがる。

「一匹狼ほど危険な動物はいないわ」散らかった部屋にいらだって、イルヴァは言い返した。「サイバー防衛軍に所属しているくらいだから、秩序を大切にしているんだと思っていたのに」

身を乗り出した彼にうなじの狼にキスをされると、イルヴァの体の奥で激しい欲望の火花が散った。忌々しいことに、ストームは彼女がどんな反応をするか知っているのだ。彼がささやく。

「あいにく、われわれは混沌のなかから何かが生まれるという理論を支持しているものでね」

彼女の下腹部には、下着のゴムが当たるあたりにゴシック体の文字が刻まれている。ストームが体をずらしてそこに舌を這わせると、ひげが下腹部をくすぐった。〝マルセ・シネ・アドヴェルサリオ・ヴィルトゥス〟イルヴァはその言葉を忘れないように、タトゥーを入れていた。〝敵の存在がなければ勇気はしぼむ〟という意味のその言葉を。挑戦を恐れたり避けたりせず、正面から向き合って乗り越えるように自分を戒める哲学者セネカの言葉だ。イルヴァは、〝挑戦しなければ情熱は薄れる〟という意味にも解釈していて、性的なニュアンスも含むことから、そういう場所にタトゥーを入れていた。

ようやくブラジャーは見つかったが、パンティがどこにも見当たらない。

「わたしはきちんと整頓されているほうが好きよ。世間では混沌が評価されすぎているわ」

今や彼女は二十五平米の床のどこかにある八センチ四方の黒いレースを見つけることしか考えられなかった。

「混沌はいくつもある秩序のひとつにすぎないんだよ、イルヴァ」

指先で背筋を撫(な)でおろされたあと、体の脇から胸のまわりをたどられると、イルヴァは身を寄せずにはいられなかった。彼の愛撫(あいぶ)は巧みで、触れられた部分が彼女を裏切ってうずいた。

「どんな行動にも、それと等しく反対の影響を及ぼす反発がつきものなんだ」ストームが彼女の耳元でささやく。

　イルヴァはうめいた。吹きかかる息が熱い。

　ストームは彼女の反応に気づいている。こんなにも簡単にイルヴァを燃えあがらせられることを、彼は楽しんでいるのだ。手なずけるのは無理でも、簡単に欲望に火をつけられることを。

「混沌はその場の状況に敏感に反応するから、魅力的なんだ」ストームがほほえむ。

　指先でみぞおちをなぞられ、イルヴァは息をのんだ。

「行動のきっかけをコントロールすれば、反応の出方をコントロールできる。反応の出方をコントロールすれば、混沌をコントロールできる。混沌をコントロールできれば、世界はきみのものだ」

　イルヴァは体を震わせ、ため息をついた。彼がほしくてたまらなかった。外は真っ暗で寒いけれど、ここはあたたかい。それに、家に帰ったところで誰も彼女を待っているわけではない。

　ストームと一緒にいたらリスクが増して弱味(よわみ)を作ることになるのだから、彼とは別れるべきだ。イルヴァの人生に彼は必要ない。でも今日のところは、家に帰るにはもう遅すぎるように思えた。

イルヴァは静かにベッドへ戻った。力強い体と官能的な肌、そしてストームがかき立てた無秩序で白熱した欲望のもとへ。くしゃくしゃの髪に手を差し入れ、爪を立てながら彼の背筋をたどる。ほほえむ彼を、イルヴァは最後にもう一度引き寄せた。

7

ムルマンスクは北極で一番大きな町であるというだけでなく、そこでは来る冬も来る冬も酷寒と暗闇に身を委ねる三十二万の我慢強い宿命論者や逆境を生き抜いてきた人々が同じ心理状態を分かち合っていた。常に金属がたてるような音が響く灰色の荒涼とした港が産業の中心で、そこはメキシコ湾からの強い暖流のおかげでどれだけ寒くても氷に閉ざされることはない。この広大な港はバレンツ海から陸地に切れこんでいるフィヨルドの、肘のように曲がった部分にある。そこを毎年千六百トンの貨物が通過し、罪の意識が希薄な人々にルーブルやドルや武器やドラッグを供給していた。

イーゴリ・セルキンは陰鬱な町を走っていた。バレンツ海から吹く湿気を含んだ氷のように冷たい風のせいで、マイナス十二度という気温が今朝は特にこたえる。彼は味もそっけもないソビエト連邦時代の建物と、新興成金が建てたショッピングモールが混在する暗黒郷(ディストピア)のようなすさんだ地区を走り抜けた。錆(さ)びた鉄の建物、コンクリートが崩れかけたアパートメント、港からひっきりなしに聞こえてくるガチャンガチャンという音、暗躍する犯罪集団のメンバー。ムルマンスクは淋病(りんびょう)のような伝染性の魅力を持っていた。

「プリチャリから来たやつらが嘘をついているかどうか、どうしたらわかる？」

イーゴリが何か質問するたび、祖父はいつも鋼のような青い目を陽気にきらめかせたものだ。

「口を開けば、嘘しか吐かないいさ」

この冗談をもう百回は聞いているのに、祖父がしゃがれた笑い声をあげるとイーゴリの顔は必ずほころんでしまう。元水夫の祖父はバレンツ海で鍛えられた若い冒険家たちのたくましさと荒々しさが好きでたまらず、この資質をたったひとりの孫にも受け継いでほしいと願っていた。

午前六時三十五分、イーゴリは恍惚(こうこつ)状態に入って黙々と走り続けた。パー……パー……パー……。ヘッドホンからはニキータ・レゴステフの『フューチュラマ』が響く。イーゴリはロシアのエミネムが刻むビートに合わせて、仕事に向かう早起きの人々の横を走り抜けた。彼らはあたたかい格好をしているのに、体を丸めて死刑台へ向かうような足取りで歩いている。続いて彼は、ムルマンスクで急速に増えつつある人々の横も走り過ぎた。いつ見ても中央駅のまわりで塩の柱のように立っているホームレスたち。彼らはひたすら何かを待っている。

パー……パー……パー……。

ヴォロフスキー通りに入ると、凍りついた錠前をガスバーナーで溶かしている男がふたりいた。ゆうべも冷えこんだが、これから始まる昼も寒い。

イーゴリはいいペースを保ちながら左に折れてチェリュースキンツェフ通りに入り、戦争の記念碑の前を過ぎて、スパス・ナ・ヴォダフ聖堂を通過した。それからのぼりの区画に入ると、道を外れて開けた場所を走った。走り続けて深い雪のなかを進み、三十五メートルの高さのアリョーシャ像に向かう。第二次世界大戦中に祖国のために犠牲となった名もなき兵士をしのぶ、コンクリート製の壮大な像だ。この兵士の遺体は像の前で燃えている永遠の火の下に埋められているらしい。イーゴリはいつもここで足を止めて、眼下に広がるムルマンスクの町を眺めた。こめかみがぴくぴく脈打っていて、口からは白い息が湯気のように空へとのぼっていく。彼は決して眠らない町の音を楽しむために、音楽を止めた。

アリョーシャ像の顔は、西にある栄光の谷を向いていた。ドイツ軍の前にロシア兵たちが不屈の闘志で立ちはだかった日を、今も静かに見つめているのだ。一九四二年の酷寒の冬の日を。ここにいると、イーゴリもその日あの谷にいて、戦いの一部始終を経験したような気分になった。祖父から戦争の話を繰り返し聞かされていたため、特にドイツ軍の北極での運命を決した血みどろの戦いの話は、細かい部分まで記憶に刻まれていた。

イーゴリの曾祖母（そうそぼ）は、四人の息子を戦争に送りだした。涙を流し必死で祈りながら、愛する子どもたちが義務を果たすために戦地へ向かうのを見送った。戻ったのは、四人のうちひとりだけだった。

ナチスと戦った大祖国戦争では、人間の狂気と犠牲の精神、それから完全なる悪がはびこっていた。だが冬の北極の寒さと暗闇が、最終的にはラグナロク――終末の日――をもたらした。一九四一年六月二十二日、三百万人以上のドイツ兵がソビエト連邦に押し寄せた。そのうち六万七千人がムルマンスクを落とすために北へ送られたが、戻った者はごくわずかだった。

ナチスはロシア軍の激しい抵抗を予想していたものの、何カ月も続く闇に閉ざされた日々や、何週間にもわたる激しい雪嵐や厳しい寒さが自国の兵士に及ぼす致命的な影響までは考慮に入れていなかった。補給ラインや通信網は途絶え、ドイツ軍の軍服や装備は北極という環境から身を守れるように設計されたものではなかった。ノルウェーとの国境を越えた地点ではドイツ軍の侵攻は成功し、六万人のロシア兵がフィンマルクの強制労働収容所に送られた。ドイツ軍の計画は、ロシアに入った兵士たちがムルマンスクを落としてフィンマルクにいる部隊と合流し、北での勢力を増すというものだった。それはなかなかいい計画だった。机上の理論としては。

イーゴリの祖父は兄弟とともに北極軍に志願入隊した。ロシア軍の指導者層の計画は経験に基づいた周到なものだった。まず冬の寒さが厳しくなってドイツ軍の食料が不足し、退屈とホームシックで装備の乏しい若い兵士たちの心が折れるのを待つ。そして冬の嵐が最高潮に達したときに、情け容赦なく相手を叩く。虚を突かれたドイツ軍の将校たちはパニックに陥り、雪嵐をものともせずに戦えと兵士たちに命じた。

イーゴリの祖父は、すべてを白い悪夢として記憶していた。目の前の自分の手すら見えず、まわりの声もまったく聞こえない状態で、どちらの兵士も誰が敵で、自分が誰と戦っているのか、あっという間にわからなくなった。そして戦闘の初日から、双方の陣営で多くの兵士が凍死した。

四兄弟の末っ子のアレクセイは、補給ラインを守るように命じられた。一番年下なうえに繊細な性格なので、戦闘になる可能性が一番低い場所へ、その時点ではもっとも安全な場所へ、兄たちが弟を送ったのだ。ところが戦闘が終わって数日後、兄たちは弟とふたりのドイツ兵が凍死しているのを見つけた。三人は少しでもぬくもりを得るために、子犬のように身を寄せ合っていた。雪嵐のなかで生き延びるために。

兄三人は前線で肩を並べて戦った。弾丸が音をたてて至近距離を通過する地獄のような戦場は、爆発する砲弾で漆黒とオレンジ色に染まっていた。何かがぶつかり合う大きな音、機関銃の発射音、身を切るような風が吹きすさぶ音が、兵士たちが戦い死んでいく音と入り交じって響いていた。雪と氷が袖口や襟元やブーツの履き口などあらゆる隙間から侵入した。冷気が体を蝕(むしば)んで兵士から力を奪い、しだいに頭がぼんやりして、まともに考えられなくなった。誰が友なのか、誰が敵なのか、弾はどっちから飛んでくるのか、どれくらいのあいだ戦っているのか、何もかもわからなくなった。

すべての感覚が麻痺(まひ)して、目に入るすべての人間を殺した。イーゴリの祖父は双子の片割れが殺されたとき、自分は百メートルほど前方にいたにもかかわらず体を貫く痛みを感じたという。祖父はパニックに陥り、片割れを救うために走り出した。味方に撃たれる可能性も、戦いから逃げたとそしられる可能性も承知していたが、混沌とした戦場においてはそんなことはどうでもよかった。そして祖父が目にしたのは、口をぽかりと開け、恐怖に見開いた片目を彼に向けている片割れの姿だった。顔の残り半分は吹き飛ばされていた。

ねっとりとした血と脳みそが割れた頭蓋骨から飛び散っていて、恐怖をたたえた死者の目が祖父を見あげていた。戦い続けるべきか、死んだ片割れに駆け寄るべきか、つらい選択を迫られたと語るたびにイーゴリの祖父は涙を浮かべて怒りをにじませた。強い男である祖父が言葉では言い表せない悲嘆に口をつぐみ、血の気が失せるほどきつくこぶしを握るのだ。祖父の兄は左目に突き刺さった砲弾の破片が原因で、その後、敗血症にかかり死亡した。

荒れ狂う天候のなかで混沌とした戦いが三日間続いたあと、八千人以上のロシア兵が戦場で命を落とした。同様に死亡したドイツ兵ははるかに多かったが、わざわざ遺体を数える者はいなかった。ドイツの敗北の重みを知っているのは、父親を亡くした子どもたちと、恋人の死を嘆く女たちと、悲しみに打ちのめされた母親たちだけだ。北極をめぐる戦いは、今のところおさまっている。

イーゴリはいつまでもそこにとどまっているわけにはいかなかった。日課のランニングの山場はまだ先だ。彼は丘を駆けおりて、セメノフスコエ湖に向かった。そこには、地元のスイマーと一緒に分厚い氷を切り取って作った五×十五メートルの穴がある。湖に着くと、イーゴリはタオルとバッグを氷の上に落として、ランニング用の服を脱いだ。そして素肌に吹きつける冷たい風にかまわず、大きく息を吸って凍えるような水に飛びこんだ。

水面を破って暗い水中に入ると、一気に体が冷えて頭が痛みで爆発しそうになった。すぐに水から出ろという本能からの警告を無視して、イーゴリは泳ぎ続けた。ふたたび水面に顔を出すと、懸命に自分を抑えて鼻から息を吸い、口から吐いた。今パニックに身を任せたら、体が抑えようもなく震え出して溺れてしまうだろう。イーゴリはパニックに屈するつもりはなかった。寒さで顔の感覚がなくなり、体じゅうの皮膚に針で刺されているような痛みが広がる。やがてアドレナリンがあふれ出し、もう一度泳ぐ気力が戻ってきた。

イーゴリは湖のプールを二往復した。たったの六十メートルしか泳いでいないが、今日はこれで終わりにしなくてはならない。氷の上にあがってバッグを開き、タオルで強くこすって体を完全に乾かしてから、ランニング用の服を着た。休まずに動いていなければ、寒さに負けてしまう。完全にはのぼっていない太陽の弱々しい光が、地平線上に金色の帯を作っている。その光に向かって走っていくと、やがて湖沿いに紛れもなくソ連時代に建てられたアパートメント群が見えてきた。

ゴールである灰色のアパートメント群に向かって走り、入口を駆け抜けて階段をあがる。自宅に入ると、家族はちょうど朝食を終えたところだった。

「おはよう、かわいい人（マンチキン）！」イーゴリは運動着と靴を脱いで部屋に足を踏み入れ、妻のうなじにキスをした。

妻が悲鳴をあげる。「鼻が氷みたいに冷たいわ」

妻のいたずらっぽい青い目を見ると、いつも彼は笑顔になった。

「それ以外の場所はあたたかいよ」イーゴリはささやき、妻をくすぐった。

父親のアレクセイは狭い居間に座っていた。本と新聞と古いコンピューターで作ったささやかな自分のスペースで、いつものようにインターネットでニュースを追っている。

「なんと、NATOのやつらは六万人以上の兵士を国境沿いに並べたぞ。中東の略奪を終えて、今度はこっちを狙っているに違いない」

ナターシャがテーブルを片づけながらにっこりする。「あなたたち、早く着替えなさい」

子どもたちがテーブルから走って散っていき、イーゴリはバスルームに向かった。

「NATOはじりじりとロシアに迫っておる。こいつを見ろ！」父が怒りに任せて指さした地図には、ロシアがNATOの基地に囲まれている様子がはっきりと示されていた。父は基地をひとつひとつ血のような赤で丸く囲んでいた。

「大丈夫ですよ。ただの演習ですもの」ナターシャがほほえむ。

「ああ、やつらはそう言っている。人は嘘をつきながら世界の終わりまで突き進むことができる。だが、そうなったら終わりだ。もう戻れない」アレクセイが声を荒らげるのを聞きながら、イーゴリはシャワーの蛇口をひねった。父は自分の父親から叩きこまれたこの教えを、小さい頃から繰り返しイーゴリにも聞かせていた。

「いいかイーゴリ、おまえは世界が終わるまで嘘をつき続けることができる。だが、そうなったら終わり。もう戻れないんだ」

この言葉がのちにイーゴリの運命を決めてしまうとは、このとき父は夢にも思っていなかっただろう。

8

神話の起源はどこにあるのだろう？　ジョン・エヴァンス少佐は、大勢の野心あふれる戦闘機パイロットのひとりから、いつ伝説のジョン・エヴァンスになったのだろう？　イルヴァは機体を点検しながら、エヴァンスはどんな子どもだったのかと思いをめぐらせた。楽しそうに遊んでいるほかの子どもたちを、張りつめたまなざしの生真面目な少年がこわばった表情で見つめている姿が容易に思い浮かぶ。夢中になりすぎないように、自分を抑えている少年の姿が。生き抜くためには恐怖や慈悲や弱さを決して人に見せてはならないと、幼いエヴァンスはいつ学んだのだろう？　世界を相手に生涯続くつらい戦いに、いつから歯を食いしばって耐えるようになったのか？　そういうことに、子どもが気づけるものなのだろうか？　ジョン・エヴァンスは制御できないほどの闘争心と鋼のような自制心を生まれたときから持っていたと信じたい誘惑に、イルヴァは駆られた。

いずれにしても、若かりしジョン・エヴァンスは卓越した戦闘機パイロットになった。〝殺す〟というたったひとつの目的を持って発射された、氷のように冷たくて硬いミサイルのように。エヴァンス少佐の顔に若者だった頃の痕跡はなく、その表情からは何も読み取れない。だが、パイロットとしてのジョン・エヴァンスに尊敬の念を抱かずにはいられないことだけは、イルヴァにもわかった。

少佐が使いこんだパイロット用の腕時計を確認する。

「飛び立つ準備はできているか？」

「いつになったらきいてもらえるのかと思っていました」イルヴァは興奮を抑えきれなかった。ユーモアのかけらもない目を向けられて気まずい思いをしながらも、少佐の腕時計が右の手首にあるのに気づいて、左利きなのだろうかと考える。

「父も同じような時計を持っていました」

「ベンラスを？」

「時間を示すだけの単機能の腕時計だったということとメーカー名以外、細かい仕様は覚えていませんが」

エヴァンス少佐が無表情に彼女を見つめる。

「時間を知る以外の機能はいらないだろう」

エヴァンスはそれだけ言うと、むっつりした表情で支度をするために格納庫の裏へ向かった。どうやら伝説の男である彼女の教官にはユーモアがまったく通じないようだ、とイルヴァは肝に銘じた。だが、別にかまわなかった。自分の面倒は自分で見られる。できるだけ早く空に飛び立てればそれでいい。ふたりは無言のままウールの下着、耐寒耐水服(イマージョンスーツ)、耐Gパンツ、コンバットベストを身につけた。最先端の技術を使って作られたものばかりで、まだまだひよっこのイルヴァは支給された制服のすばらしい機能にわくわくしてしまう。

こんな最初の段階でもたついていると思われるのがいやで、彼女はなんとも思っていないふりを装ってズボンの内側についている頑丈なファスナーをあげた。フライトスーツを着ると、なぜかいつも気持ちが落ち着いた。別の人間になったような、本当の自分になったようなその感覚が、イルヴァは好きだった。

ふたりはヘルメットを抱えて飛び立つ準備が整ったF‐16に向かい、それぞれの座席に乗りこんだ。エヴァンスは後ろの座席からイルヴァの操縦を見守ることになる。イルヴァはなんとしても彼を感心させるつもりだった。ヘルメットをかぶると、インターコムからさっそく少佐の声が響いた。

「参考までに言っておくが、ベンラスは二機能の時計だ。アナログのコンパスがついている」

イルヴァは思わずにっこりとした。少佐にはユーモアのセンスがないわけではなかったようだ。すばらしい。

「古いものにしては上出来ですね」

少佐は返事をしなかった。しまった、調子に乗りすぎただろうか。気さくな会話になると、すぐにこういう失敗をしてしまう。今回は調子に乗っている自覚すらなかった。

イルヴァはエンジンをかけて機体を動かし滑走路を進みながら、エヴァンスがこれまでに携わった多くの任務を思い浮かべた。そんな彼を感心させるのが簡単ではないことは、彼女にもよくわかっている。イルヴァの目標は、ジョン・エヴァンスと同様に戦いがどんな状況になっても飛び続けていることだ。だが少佐にも一度だけ例外がある。リビアだ。リビアで起きた出来事が話題にのぼることはほとんどない。アメリカ空軍最高のパイロットが撃墜され捕虜になったあげく、アメリカとNATOが支援していたカダフィの敵から八カ月ものあいだ拷問を受けていたなんて、関係者の誰にとっても触れたい事柄ではないからだ。地上で進行している状況は、政治家や官僚が報告書や衛星写真から知り得るものとはいつだって異なる。地上では、手を組む相手は服を着替えるよりも早く変わる。ジョン・エヴァンスをとらえたグループは政治的主義（イデオロギー）ではなく金のために戦っていた。そして問題は、アメリカもNATOも公的にはテロリストへの身代金の支払いを拒否したことだった。その結果〝誰も置き去りにしない〟というフレーズは、兵士の士気を高め軍産複合体に対する民衆の評価を高めるためにエリートたちが好んで使っているだけの、実態が伴わない言葉であることが証明されてしまった。政治家は勲章や名誉称号を喜んで与えてくれるが、戦いのさなかに現実的な助けを差し出すかといえば、そうではないのだ。

政治家にとって幸いなことに、ジョン・エヴァンスのこの驚くべき運命に関する報道は、リビア東部のベンガジにあるアメリカ領事館がイスラム過激派に攻撃されたために埋もれてしまった。リビア崩壊に続く大混乱のなかでは、パイロットがひとり撃墜されたことなど些細（ささい）な被害にすぎなかった。リビアでは何もかもが混沌としていた。八カ月後にエヴァンスが自由の身となってタンジールに現れたとき、誰も何も質問しなかった。少なくとも、公には。

イルヴァは滑走路を進みながら、わきあがる離陸への期待から、胸がどきどきした。

チェックリストを出し、確認していく。

「外部灯——よし」

「トリムスイッチ——センター」

「圧力——よし」

「高度計——セット」

「警告ランプ——よし」

まるで音楽のようだった。身についたこの手順はリズミカルで、自然に気持ちが高まっていく。ほかのパイロットはお守りやお気に入りのシャツに頼るが、イルヴァにとってはチェックリストがその役目を果たしていた。マントラや瞑想（めいそう）のようなもので、夜もよくこれを唱えている。どれほど血なまぐさい悪夢も遠ざけてくれるのだ。

「スピードブレーキ——クローズ」

「着陸灯——オン」

「温度センサー——オン」

「射出座席——作動可能」

イルヴァは機体をゆっくりと進め、滑走路の端まで来ると風上に機首を向けて管制塔に呼びかけた。

「ボードータワー。ライオン三五、離陸準備が整いました」

「ライオン三五、二十五番滑走路からの離陸を許可します。五千フィートを通過後、出域管制（デパーチャー）にコンタクトしてください」

「エンジン全開」

　スロットルを開くと機体が轟音とともに反応して、ジェットエンジンが点火した。強烈な加速に体が座席の背に叩きつけられ、滑走路のライトがあっという間に後ろへ飛んでいく。

　サイバー防衛軍の本部では、ストームが画面上で機体の動きを追いながら低い声で笑っていた。

「彼女が空に飛び立つ瞬間はいつ見てもいいもんだ」

9

大統領はいつもどおりに一日を始めたが、ひとつだけ例外があった。起きた時間が七時十五分だったのだ。彼が夜更かしを好むのは周知の事実で、この時間にはまだ寝ていることが多い。だから彼が広大なモスクワ川の水平線のすぐ下にある太陽から放たれる赤い曙光（しょこう）というめったに目にしない光景に見入ったのも、無理からぬことだった。東向きのベランダから、暗闇を払っていく静かな柔らかい光を楽しんだ。清らかに澄んだ月の光のほうが好きなのはたしかだが、無垢（むく）な夜明けの光がノボ・オガリョボ公邸の六メートルの高さの壁を血のような赤に染めている平和なひとときにも胸を打たれた。

彼は聖なる儀式であるかのように、朝の日課を毎日几帳面（きちょうめん）に実行した。大統領を知る者なら誰でも、自制心と自己管理が今の強い彼を作りあげたのだと知っている。彼のもとで働く者たちは八時ぴったりに出勤したあと、大統領が起床し、四十分間泳ぎ、ウエイトトレーニングをし、朝食をとり終わるまで何時間も待つことに慣れていた。

モスクワの夜が大統領にインスピレーションを与えているのだ、と彼らは理解していた。人々が眠りにつき静かな時間が訪れてようやく、大統領は効率的に仕事を片づけたり、考えごとをしたり、長期的な戦略目標について検討したりできるようになる。ひとりで、落ち着いて。彼はときどき途中で手を止め、公邸の庭を散歩したり、執務室にある簡素なソファに座ってテレビのニュースを見たりした。最近ではめったにモスクワ中心部にある執務室まで行くことはなかった。静かに夜を過ごせるモスクワ川のほとりに立つ公邸での田舎暮らしが気に入っていたからだ。まわりに住む人々と比べると、彼は質素に暮らしていた。公邸を囲む防壁の外では、ロシアの新興成金たちが鋼鉄製のドアを備えた塀に囲まれた豪邸で、大勢の警備員に守られている。それは彼らが新たに得た富と引き換えに支払わなければならない対価なのだ。民間の警備会社は世界じゅうで繁盛していて、ロシアでもそれは同じだと大統領はよくわかっていた。

彼はあまり本を読まないが、ロシアの歴史に関するものは別だった。ノボ・オガリョボ公邸に住むと決めたのも、そのドラマティックな過去に惹かれたというのが大きい。血なまぐさい事件が起きた場所で暮らすことで、そこから得た教訓を忘れずにいられるからだ。

この田舎の邸宅は、大衆が指導者に与えた自由に報いるため、いかに簡単にその指導者を殺すかということを象徴している。大統領は冷酷な顔に薄い笑みを浮かべた。もともとの宮殿は、〝解放皇帝〟アレクサンドル二世によってモスクワ川のほとりの景色のいい場所に建てられた。アレクサンドル二世は自分の住居には豪華絢爛な趣味を発揮しながらも、一八六一年にすべての農奴を解放し自由主義を推し進めた。ただしあとになって振り返ると、この決断は賢明とは言えなかった。尖った小塔とゴシック様式のアーチが特徴の贅沢な宮殿の建設が進むのと並行して、自由を得た農民は生きていくために賃金を得られる仕事を求めるようになった。そして地方の村で仕事を得られなかった人々は都市を目指したが、そこでも仕事はなく、追いつめられることとなった。しかし、このような結果になったことが豪華な宮殿で暮らす皇帝にはまるで理解できなかった。一八八一年、ついに農奴の解放者は、自由を得たものの現実に幻滅した臣下によって暗殺された。大統領は解放皇帝アレクサンドル二世を軽蔑していた。まぬけだと思っていた。一八六七年にアラスカを七百二十万ドルでアメリカに売り渡したのも彼だ。信じられない愚行だった。現在の地政学的状況を見ると、ロシアの頂点に立つ者が犯した最大の失敗と言っていい。

大統領が現在ほとんどの時間を過ごしている辛子色のネオクラシックの邸宅は、スターリンのもっとも忠実な側近ゲオルギー・マレンコフが建てたものだ。首相を務めた彼の運命もまた、ロシアを率いる政権内部での政治的駆け引きにおける貴重な教訓を与えてくれる。指導者が少しでも何かを変えたいという意志を示せば、仲間に排除されるという教訓を。

ゲオルギー・マレンコフが忍耐強く勤勉な公僕であったことに、疑問の余地はない。一九四〇年の終わりにかけて、彼はソ連のほぼすべての将官と半分以上の将校を排除していた。スターリンがこれらの者たちはとりわけ彼のやり方につまらない疑問を呈しがちだと発見したために、この処置が必要になったのだ。しかし残念ながら、マレンコフが軍を率いる人間を大量に放逐したことは、翌年ヒトラーが母なるロシアに侵攻するという事態を招いた。ただし、勝利を確信したドイツの総統が兵士たちはクリスマスまでに家族のもとへ戻れるだろうと宣言したものの、じきにそれは大きな誤りだと判明した。

大統領は、マレンコフの数に対する理論にとらわれない姿勢を高く評価していた。マレンコフはドイツを負かすために犠牲にしなければならなかった二千七百万人のロシア兵の命について、うじうじと気に病むことはなかった。なぜならドイツは東部戦線でたった五百二十万人の兵士しか失わなかったが、ソ連は戦争に勝ったからだ。しかしロシアの歴史のなかではしばしば起こることとはいえ、戦争の英雄であるマレンコフもまた、もっとも近い者たちに裏切られた。未来に対するあふれんばかりの自信と少々の尊大さから、彼は共産主義国家ロシアのすっかり時代遅れになった農業政策の改革に乗り出した。これがクレムリンの文官を動揺させ、同志マレンコフはロシア人民の敵であると宣言された。この〝称号〟は、当時はことあるごとに与えられていた。こうしてマレンコフは名誉を失い、憎まれつつ表舞台から姿を消した。彼の例もまた、忠実で裏切らない友がほしいなら犬を飼うべきだという説を後押ししている。

ノボ・オガリョボ公邸の住み心地はよかったが、大統領はいくつもの人工湖や贅沢な別荘をつなぐきれいに整備された道、あちこちに点在する公園といった環境に慣れるつもりはなかった。彼はこれからも、レニングラードの荒廃した地区で育った喧嘩っ早いストリートチルドレンであり続ける。彼が今住んでいるとてつもなく贅沢で広大な邸宅は、かつて三家族と分け合っていたアパートメント内で彼の家族が割り当てられていた四メートル×五メートルの部屋と比べると、手に余るように感じられた。公邸内に漂う革やマホガニーや上質な洗剤の香りを嗅ぐと、いまだによその家へ来たような気分になる。子どもの頃になじんだ恐怖と暴力と腐敗の匂いから離れて以来、一生にも思える時間が経ったというのに。

大統領は自己陶酔的な快楽主義にふけることなく、完璧な労働環境を整えた。決めた日課を中断するのは、慇懃とも言える態度でまわりの者とやり取りをするときだけだ。彼の唯一の喜びは、自らのコントロールのもと、このうえない静けさのなかで仕事をすることだった。親しい友人は必要ないし、ロマンティックな愛などというばかげたものはどうでもよかった。彼の側近はみな、完全な忠誠という要求に応えられなければ、いつ切り捨てられてもおかしくないとわかっていた。愛への渇望は母なるロシアの人民が満たしてくれる、と大統領はよく口にする。だがそれは、彼がしょっちゅうつく嘘のひとつで誰も信じていない。

朝の日課を順番にこなし、大統領は今、公邸内のオリンピックサイズのプールでリズミカルにクロールで泳いでいた。こうして水のなかでひとり過ごす時間が彼には必要なのだ。ここで帝国の未来のための戦略を練り、運動のあとはカッテージチーズとオムレツとフルーツジュースの朝食をひとりでとる。

彼は普段、落ち着いたペースで執務をこなしていくが、今日は公邸の廊下がいつになく騒がしかった。忠実な部下たちはすでに何時間も前から働いていて、モスクワから来た国防省の職員は公邸内の別邸に出張オフィスを作っていた。一年以上も前から準備を続けてきた今日という日を迎え、誰もが張りつめている。朝の日課を終えた大統領は運ばれてきたブラックコーヒーを無言で味わったあと、六万五千人の兵、五十七隻の船、二艇の潜水艦、百二十機の戦闘機に、北極圏にあるノルウェーとの国境へ向けて移動を始めるよう命じた。

八時五十四分、ロシアの国防大臣はNATOの挑発に対抗してノルウェーとの国境付近で臨時演習を行うことを報道発表した。演習はモスクワ時間の午前九時より開始し、北極地域で増大している安全保障上の脅威に対抗する能力をロシアが持っていることを、二十四時間以内に明白に示すだろうと伝えた。

混乱は必至だ。西側の指導者はみな、ロシアによるジョージアとクリミアへの侵攻は臨時演習の名のもとに行われたと知っている。そして演習が引き起こす疑念こそが、大統領の狙いだった。目標は恐怖と混乱を引き起こすこと。動揺している敵を相手にするほうが、いろいろやりやすい。まぬけな西側のメディアはとりわけ使い勝手がよく、今回もクレムリンの目論見(もくろみ)どおりに動いてくれるだろう。報道発表からわずか数分後、ロシアは北極におけるNATOの圧力に対抗するため核の脅威を利用するつもりだと、大きな文字の見出しが躍った。

大統領は西側の人間ががなり立てている不快な番組を執務室のテレビで視聴し、すべては計画どおりだと結論づけた。そして音を消し、大きなマホガニーの机の下で安らかに眠りを貪っている黒いラブラドールレトリバーを見おろした。犬があくびをしてのろのろと体を伸ばす。

「コニー、おまえは怠け者になってきたね」大統領は優しく声をかけた。

自分の名前が聞こえたとたん、コニーは耳をそばだてた。大統領にわしゃわしゃと撫でられると、犬はおなかをかいてほしいというように仰向けになった。

「今はだめだよ、コニー。父さんは仕事がある」

外の世界では、あちこちのオフィスや危機管理室やニューステスクで人々がパニック寸前の狂乱状態で働いていたが、モスクワ川のほとりにある公邸は静かだった。スタッフは冷静に落ち着いて会話を交わし、完璧に練りあげた計画を粛々と実行している。大統領は事態を完全に掌握していた。

彼個人はこの計画を、日課がもうひとつ増えたという程度にとらえるようになっていた。過去二年間で一ダース以上の臨時演習を行い、そのたびにＮＡＴＯはこのような演習はウィーン文書の意図に反すると騒ぎ立てる。大規模軍事演習はすべて公開することを約束した二〇一一年の合意を、怒りに任せて持ち出す。なんというお笑い草か。まるで彼がその決議を知らないようではないか。署名したのは彼だというのに。

犬を散歩に連れていくべきか思案していると、それが伝わったかのようにコニーがふたたび耳を持ちあげ、期待するような目を彼に向けた。どちらにも外の空気が必要だった。大統領にもコニーにも。正直なところ、彼はすでにこの騒動にうんざりしていた。犬が立ちあがって、生き生きとした茶色い目で彼を見あげる。父さんがこのすべてから永遠に逃げ出したいと思っていることを、本能的に察しているのだ。

だが、もし彼が少しでも緊張を解き、わずかでも恐れや疲労を見せたら、慎重に積みあげてきたトランプの家はつぶれ、この国は自滅に向かうと大統領にはわかっていた。そしてもしそんなことになれば、権力の頂点へ向かう彼に従ってきたにもかかわらず、自分たちより上までのぼりつめた彼に嫉妬する〝忠実なる腹心の友〟によって殺されるだろうとも理解していた。

彼が立ちあがると、犬はすぐに横に来た。大統領と犬が庭へ出ると、地面に積もった雪や、木々の枝を押しさげている雪が日の光を反射して、無数のきらめきを放っていた。大統領は大きく息を吸った。そうだ、やっぱり犬を散歩に連れていこう。

10

　ずっと夢見てきて、そのために努力してきたものがすべて手に入ったと思う瞬間が、人生にはある。わきあがる幸福感に満たされ、自分はまさにこれをするために生まれてきたのだと思う瞬間が。アメリカ空軍が所有する戦闘機の硬くて狭い座席に、三十度の角度でゆったりと寄りかかりながら、イルヴァはリンサルペン山脈が広がる壮大な景色を見渡した。ごつごつしたいくつもの峰が低く垂れこめた朝の雲の上に飛び出して、空中に浮かんでいるように見える。雪に覆われた山肌は、冷え冷えとした冬の日光を浴びて赤紫色に染まっていた。F‐16の外では轟音が響いているが、ヘルメットの内側には静寂が広がっている。イルヴァに聞こえるのは、マスクの下の自分の息遣いだけだ。彼女の体は、子どもの頃に同様のルートを父と飛んだときと同じように震えていた。当時父が乗っていた古い軽飛行機サーブMF1‐15サファリは時速二百キロそこそこしか出なかったものの、トップクラスのエリート戦闘機パイロットになった気分は存分に味わえた。

今、イルヴァはリラックスしながらも集中して、時速七百四十キロのスピードで飛んでいた。自信に満ちた左手をスロットルに置き、右手は操縦桿(そうじゅうかん)を操作している。機体を操る制御装置は体の延長のようなもので、最小限のタッチで従順に反応した。

こういうタイプの航空機のそばで育ったイルヴァは、F-16――通称ファイティング・ファルコン――が世界じゅうのどの戦闘機よりも多く作られているのは、その繊細な〝電気操縦装置(フライ・バイ・ワイヤ)〟にあると考える理由をパイロットたちが議論していたのを覚えている。

左手をわずかに動かしてジェットエンジンを調整し、七トンの戦闘機をタカのように飛ばし続ける。後部座席にはエヴァンス少佐がいて、少しでもミスをしたら指摘しようとすべての動きに目を光らせていることをイルヴァは意識した。彼は自己紹介のあとはほとんど口をきいておらず、イルヴァは居心地が悪かった。動揺させるためにわざとやっているのだろうか？

「ノルダール少尉、高度は見ているか？」そう言われて、イルヴァは頭上のディスプレイに目を向けた。

「イエス、サー」

エヴァンス少佐はインターコムの向こうでいらだったようにうなったが、はっきりした返事はしなかった。当然行うべき些細な手順を確実に思い出させただけなのだ。やはり少佐は彼女をあわてさせて判断を誤ったと思わせようとしているのだと、イルヴァは結論づけた。彼が抱くイメージどおりに作り直すため、いったん壊すという古いやり方を採用しているのだろう。イルヴァは誰にも彼女を壊させるつもりはなかったが、人が向けてくる期待を推し量って適度に打ちひしがれたふりをする能力に長けていた。そうすることで向けられるプレッシャーをやわらげて、やり過ごすのだ。

そこから北東へ五百キロの地点、ロシアとの国境にほど近い氷端付近に新しく開発されたフープ油田（フィールド）内のフープ・ヴァイキング石油プラットフォームに、〈ブリストウ〉社製の補給ヘリコプターが近づいていた。天気がよく視界は良好。ビュルネイ島周辺で稼働している沿岸警備隊のヘリ以外、この区域を飛んでいる航空機は報告されておらず、いつもと変わらないフライトになることが見込まれるため、エリクセン大尉はリラックスしていた。二年前から定期的にこのルートを飛んで様子はわかっているので、静かで平穏なフライトを楽しむことができた。七歳以下の子どもが三人いる彼にとって、コックピットにいる時間だけが心休まるひとときなのだ。

彼は熟練した目で計器を見渡した。すべてのランプは緑色で、着陸に向けて異状はない。機体が降下を始めるなか、エリクソン大尉は副操縦士に目を向けた。

「景色を見ていていいぞ、ビョルン。おれが操縦する」

「ああ、じゃあ頼むよ」

エリクソンは操縦を代わって計器に集中し、降下を続けた。

ふいに、ものすごい音が響いた。

戦闘機が轟音をあげて目の前を横切る。エリクソンは思わず座席の上で飛びあがり、あわててヘリを左に旋回させた。機体が揺れ、回転翼ががたがたと音をたてる。しかしヘリは、戦闘機が飛び去ったあとの気流をなんとかやり過ごした。

「なんなんだ、今のは……」

エリクソンは計器盤から目をあげてあたりを見まわし、ビョルンと一緒に戦闘機を見送った。夕暮れの光のなか、アフターバーナーが輝く。

「あれはロシア機だな。いったいどこから現れたんだ？」

「フープ・オペレーション二〇四、ロシアの戦闘機と異常接近しました」

そのとき、遠くで戦闘機が向きを変えるのが見えた。ヘリに向かってふたたび猛スピードで近づいてくる。

「どういうことだ……戻ってくるぞ。降下する」

エリクソンがコレクティブ・レバーを押しさげると、ヘリは水面に向かって急降下した。そこへふたたび轟音とともに戦闘機がやってきて、今度はほんの何メートルか上を通過していった。

イーゴリ・セルキンは補給ヘリをかすめるように飛んだおかげで、すれ違いざまにショックを受けた表情を堪能できた。ゆったりと座席にもたれてSU-34（スホーイ）――通称フルバック――を巧みに操り、ふたたび機体を百八十度回転させる。ノルウェーの補給ヘリはロシアの国境にかなり接近して飛んでおり、NATOの軍事演習によって緊迫している今の状況を考えると、なるべく国境から離れたところまで追い払うのがイーゴリの務めだった。彼は超音速の振動をみぞおちの奥に感じながら、フルバックを加速させた。

イルヴァは静けさと眼下に広がる壮大な風景を楽しんでいた。リンサルペンへのルートは数えきれないほど飛んでいるのに、ストーフィヨルドの上を飛んで千八百八十三メートルの切り立った山の断面が泡立つ海と接する光景を見おろすたびにわくわくした。

訓練中、イルヴァは際立った自制心とスタミナを示した。基地の教官たちはみな高く評価したが、ジョンはそこまでの確信が持てずにいた。スピードは文句なしだし、トップクラスの空間認識能力を持っていることは各種テストの結果からも明らかだ。女性ではめったにないことだ。大胆で、平均以上の状況認識能力があり、優先すべきことを瞬時に判断できるとあらゆる証拠が示していて、攻撃性、自信、決断力という点でも男性パイロットにまったく引けを取らない。そのうえ忍耐力と意欲にいたっては、はるかに勝っているのだ。これほど並外れて粘り強い意志を持っているなんて、どんな人間なのだろう？　これほど完璧な強みを見せつけることで、なんらかの弱みを隠そうとしているのか？　演習中にイルヴァと飛びたいと指名すると、アーマー少佐が彼女をほめちぎったのでジョンはいらだった。

イルヴァはすでに優秀な成績で訓練課程を終え、パイロットの資格を得ているが、彼はなぜか納得できなかった。何かがしっくりこない。

イルヴァがF‐16を山脈の中央の一番高い峰に向けると、ジョンは近づいてくる山並みを見つめながら、決まりきった注意を与えた。

「ノルダール、地形に注意しろ」

イルヴァは動じなかった。自分が何をしているかはよくわかっている。戦闘機を加速させ、前方にそびえる山へ突き進んでいく。衝突が避けられないように見えても、エヴァンス少佐は何も言わない。こうでなくては、とイルヴァは考えた。伝説の男は彼女が望んでいたとおり鋼のような意志を持っている。

ぎりぎりのところで機首を九十度引きあげると、F‐16は山肌に沿って上昇した。高速で山頂を越えたところで機体を百八十度回転させ、背面飛行で反対の斜面に沿って降下する。地面に向かってどんどん加速していくのは本能に逆らう行為で、機体を次の山の側面に沿って上昇させるためには、エンジンの出力を最大にしなければならない。彼女が恐怖に負ければこの飛行は終わるが、もちろんイルヴァは負けずにスロットルを大きく開けた。全力の降下にみぞおちを押しあげられながら、ジョンはにやりとした。

やっぱり彼女は悪くない。

エヴァンス少佐がふたたび否定的な言葉を吐くことはなく、イルヴァはそれを最大級の賛辞と受け止めた。

「タイガー一三！」

ソレイイサの管制が呼びかけてきた。

「民間のヘリがロシアの戦闘機による威嚇飛行を受けました。フープ・フィールドから本土まで戻るのに、今すぐ護衛が必要です」

イルヴァはエヴァンス少佐が答えるのを待ったが、彼は黙っている。指揮権を委ねてくれているのだ。彼女は落ち着いて応答した。

「ヘリはいつフープを出発する予定ですか？」

「八時半です」

燃料計に目を向け、充分な燃料が残っているのを確かめる。

「了解、任務を受諾します」

イルヴァは大きな円を描きながら機体を海上で上昇させ、機首を北東に向けた。

11

モンチェゴルスク空軍基地では、イヴァナ・ホドルコフスキー少佐がまだ勤務についていた。臨時演習が行われているにもかかわらずそこはまだ比較的静かで、これほどの規模の動員ですらロシア軍にとっては日常となっているのだとわかる。イヴァナはレーダーの画面を眺め、ノルウェー、ロシア間の空域における航空機の行き来が通常どおりであることを確認した。ところがふと、ノルウェー側のフープ・フィールドのすぐそばにある赤い点が目に入った。座標と速度から考えて、石油プラットフォームに行って戻る途中のノルウェーの補給ヘリだろう。時間を確認すると、過去に記録されている時間と一致している。これは先ほど威嚇飛行を仕掛けたのと同じヘリだ。そこで内線電話がけたたましく鳴り出し、イヴァナはわれに返った。モスクワの国防省からの直通電話だと確認して思わず背筋を伸ばし、咳払い（せきばら）をしてから電話に出た。

「ホドルコフスキー少佐です」

電話から低く響く声が聞こえてきた。

「ホドルコフスキー、きみには北緯七十七度二十六分、西経三十九度三十二分に介入するよう、上から命令がおりている」

イヴァナはふたたびレーダーの画面を見て、イーゴリのフルバックがすでにモンチェゴルスクに向かっていることを確認した。

「SU‐34は、こうして話しているあいだにも現場を離れつつあります」

「すぐに戻るよう伝えろ」

イヴァナは驚いた。イーゴリの機にはどれくらい燃料が残っているのだろうか。これから引き返すのは難しいかもしれない。

「セルキンのSU‐34には充分な燃料が残っていませんし、すでに基地へ向かっています。アルチョムに行かせましょう」

「だめだ。セルキンのSU‐34に引き返させろ。命令だ」

イヴァナは重ねて反論した。

「通常の手順から外れています。もし――」

ぶつりと電話を切る音がして、イヴァナは驚いて受話器を見つめた。命令してきた男の名前はなんといっただろう？　そもそも名乗っただろうか？

イヴァナは口のなかがからからになるのを感じた。決まった手順に反するのは嫌いだった。このヘリには何か彼女が知らない事情でもあるのだろうか？　なぜ上層部は機体とパイロットを失う危険を冒してまで、あのヘリを脅したいのだろう？

彼女は立ちあがって、トイレに向かった。いつもは命令に従うのにためらいを覚えることなどほとんどないが、今回は電話の声を聞いたとたんにいやな感じがした。執務室の出口へ向かう途中で、イヴァナは副官にモスクワから電話してきたのは誰なのか尋ねた。妙な命令は臨時演習の一環なのかもしれない。モンチェゴルスク空軍基地は古く、トイレに入ると壁を侵食している黴の匂いがした。用を足して手を洗ったイヴァナは、電話の命令はチームがどう対応するかを試すためのものだと結論づけた。であれば、セルキン少尉にすぐに命令を下さなければならない。

12

本土から三時間の距離の強風が吹き荒れる極寒の海上で、ノルウェーの石油プラットフォーム、フープ・ヴァイキングがまぶしく輝いていた。エリクセン機長はヘリポートを飛び立ち、南西に向かって進み始めたところだった。コックピットのなかはさっきまでのリラックスした雰囲気からはほど遠い。

一方、モンチェゴルスク空軍基地では、イヴァナ・ホドルコフスキー少佐がレーダーの画面上でヘリを追っていた。国境のすぐそばを赤い点がふたつ南に向かって移動していて、片方の点のほうが明らかにもうひとつの点よりも速い。

「ジェット戦闘機が来たわ」

イヴァナはオレグを見た。若い軍曹も画面上で同じ点を追っている。

「護衛ですかね?」彼が疑問を口にした。

イヴァナはうなずいた。威嚇を受けたノルウェー側が、ヘリを本土まで安全に護衛するために戦闘機を派遣するのは当然だ。帰りも威嚇を受けると予想したに違いない。イヴァナはため息をついた。フルバックがより古い世代の戦闘機F‐16と比べていかに軽くて優美に動けるかを証明する機会を、イーゴリは手に入れた。そのことを彼はきっと喜ぶだろうと考え、首を横に振る。彼は体の大きい子どものようだが、それでも彼女はイーゴリのことが好きだった。

イルヴァはエリクセンが操縦するヘリのまわりをゆるやかに旋回しながら、非現実的なほど美しい空を見つめた。紺碧（こんぺき）の空に巨大な黒い雲がゆっくり広がっていて、その様子はまるで大きな青いカンバスに黒いインクがこぼれたかのようだ。それを神の視点から見られるとは、なんて幸運なのだろう。イルヴァは畏怖の念に打たれ、人間がいかに小さく弱いものかを痛感した。

小さなヘリが彼女の前を、カタツムリのようなペースでのろのろと進んでいる。エヴァンス少佐は彼女に指揮を任せたまま沈黙を守っていて、イルヴァはそれをうれしく思いながらも、コックピット内の雰囲気が緊張をはらんでいることに気づかずにはいられなかった。エヴァンス少佐はただ居眠りをしているだけなのではないかという疑惑も抱いたけれど、彼がインターコム越しにもらした不満げなうなり声を聞いて、彼女の行動を注意深く観察しているのがわかった。彼は何かが起こるのを待っているかのように、どことなく落ち着きがない。かの有名なジョン・エヴァンスが、ロシアの干渉を恐れて神経質になっているのだろうか？ イルヴァも演習では敵機を迎撃するのを楽しんでいるとはいえ、やはりプレッシャーを感じていた。だが、先のことを決めつけるのはよくない。まだロシアの戦闘機を目にしたわけではないし、これから現れる可能性も低い。

緊張した雰囲気をやわらげようと、イルヴァはもう一度会話を試みた。

「少佐、おききしたかったんですが、いつから飛んでいるんですか？」

「きみが生まれる前からだ」

「うわっ」

「言い換えると、そんなに昔からではない」

イルヴァはそれ以上何も言わなかった。いったい彼は何歳なのだろう？

ユヴァンス少佐は水平線上に育ちつつある雲を、げんなりした様子で見つめている。その下の海では波がどんどん高くなっていて、数分もすれば嵐になりそうだ。離陸前の天気予報でも、暴風雨になるという見通しだった。あのヘリが補給のためにラクセルヴ空港へ向かえるよう、なんとかキルケネスまで送り届けたい。だが、ヘリは予想以上に飛ぶのが遅く、こんなスピードで宙に浮いていられるのが不思議なくらいだった。そんなことをイルヴァが考えていると、突然、ヘリの背後に近づいてくるロシアのフルバックが目に入った。

「少佐、われわれにはもう一機連れがいるようです」

イーゴリのフルバックが轟音をたてて彼らの横を通過する。イルヴァは落ち着いて呼吸しながら、フルバックが急角度でUターンして戻ってくるのを見つめた。静かな興奮がわきあがる。とうとう始まるのだ。ロシアの戦闘機を迎撃する場面は、これまで何度も頭のなかで想像してきた。それをエヴァンスとロシア人のパイロットの前で実行し、この場を支配しているのが誰なのか見せつけてやるのだ。

「少佐、応戦する許可を求めます」

「却下だ。われわれは今、国際空域にいる。向こうにもわれわれと同じだけ、ここにいる権利がある」

「ですが……」

ロシアのフルバックが、NATO機のすぐ上をなめらかに追い越していく。イルヴァは頭上を覆うガラス越しに、フルバックのパイロットと見つめ合った。彼が携帯電話を取り出し、彼女の写真を撮る。その愚か者は明らかにこちらを挑発していた。

イーゴリが彼らの前で機体の高度をがくんとさげ、卓越したテクニックで速度を落として、波に揺られるように機体を左右に揺らす。イルヴァは怒りのあまり頭に血がのぼったものの、すぐに落ち着きを取り戻した。戦闘機を自在に操るためには、冷静でいなければならない。

イーゴリがいきなり彼らの前でアフターバーナーを点火したので、ジェット後流でF‐16は激しく揺れた。

「ノルダール、冷静になれ!」

インターコム越しにジョン・エヴァンスの機械的な声が響いて、イルヴァは激しくいらついた。誰が冷静さを失っているというのだ。冷静さを失ったことなど一度もないし、こんなのはどうということもない。彼女は機体を加速させて優雅にロシア機の横に来ると、そのまま並んで飛び続けた。ロシア機のパイロットの焦ったような顔が見え、いい気味だと思いながら携帯電話で彼の写真を撮る。互いに闘志をあらわにして、戦いが始まった。

イルヴァはスロットルを全開にした。一気に飛び出したF‐16を、機首を引きあげて上昇させる。彼女は息をするのもつらいほどの重力加速度に耐えた。アドレナリンが体じゅうを駆けめぐる。本能的に脚と腹部の筋肉に力をこめ、重力が上半身と脳から血を押しさげようとするのに対抗した。同時に耐Gパンツの気嚢（きのう）がふくらんで脚を圧迫し、力ずくで血を頭まで押し戻す。空の上で頭に血が行かなくなっては困る。アドレナリンの噴出が落ち着いて、代わりにむず痒（がゆ）いような感覚とともにエンドルフィンが分泌された。エンドルフィンは最高の感覚をもたらしてくれる。セックスよりもすばらしい感覚を。呼吸が穏やかに戻り、イルヴァはうっとりとほほえんだ。絶対にこれはセックスよりも気持ちがいい。

ロシア機の威嚇飛行は、いつの間にか二機の対決になっていた。並んで飛び、両機とも譲らない。互いに相手をあおるような度胸試しの対決を、ジョンは静観していた。これこそ彼が期待していたもので、しかも残念なことに、彼はこの先に待つ結果を知っていた。

「ノルダール！　落ち着け！」

イルヴァはアフターバーナーを全開にして、イーゴリのフルバックを追い抜いた。今や威嚇される側となったフルバックが、機体を傾けてよける。イーゴリの恐怖をイルヴァも味わっているかのようだった——口に冷たい鉄を突っこまれたような感覚を。彼女の背後で、ジョンはぐんぐん針が動いている燃料計を見つめていた。アフターバーナーを全開にした空中戦では、Ｆ‐16は燃料を激しく消費するのだ。彼はすばやく計算して、イルヴァにそのまま続けさせた。悲しいかな、すべては計画どおりに進んでいる。

かっとなったイーゴリが、ふたたびNATO機の後ろにつく。それを見てイルヴァは思いきり加速し、右に旋回した。暴力的なまでの重力加速度で、ジョンもイルヴァもほとんど体を動かすことができなかった。またしてもジョンは、頭と上半身の血が脚や腰や腕や肘へとさがっていくのを感じた。もしイルヴァがF‐16の出力を限界まであげたら、重力は九倍になるので体重が八十五キロの彼の場合、七百六十五キロのGがかかることになる。当然、彼女はフルスロットルで行くだろう。スピードが彼の体と頭にとてつもない影響を与え、まぶたまで重くなって目が閉じてしまう。肌が燃えるように熱くなって痛み、凄まじい圧力に毛細血管が破れて血がにじんでいるのがわかった。

だがジョンは痛みに慣れていたため、かえって頭がはっきりして集中できた。イルヴァがロシア機を振り切るために操縦桿をさらに引くのをまばたきもせずに見守っていると、ロシア機は当然、彼女と同様に加速し、F‐16の後ろにふたたびぴたりとついた。

ジョンは鼓動が速まるのを感じた。彼には選択肢がふたつあった。ひとつはこのままイルヴァに任せ、自分の縄張りで存分にマーキングさせてロシア機を振り切ったあと帰投する。つまり、イルヴァをいい気分にさせてやるということだ。彼女はすばらしい技術で機体を操っているから、この選択肢が賢明なのはわかっている。

イーゴリがあいだを詰めてきた。親が子どもの表情を読めるように、ジョンにはロシア機がどう飛ぶかが読めた。このロシア機のパイロットは未熟だ。だからイーゴリがアフターバーナーを点火しても、ジョンは驚かなかった。このロシア人のパイロットは戦いに夢中になって、われを忘れている。

ジョンは歯を食いしばった。汗が背中を流れ落ちる。このまま何もしないでいたいという誘惑は大きかったが、今ここにいるのはそのためではない。老女のようにじっと座ってなんとかなることを望むのは、彼の仕事ではないのだ。ロシア機が大きな弧を描いて飛び、ふたたびこちらに迫っている。ジョンが介入するなら、今がチャンスだ。運命の瞬間が訪れ、彼はそれをつかんだ。

「ノルダール、わたしが操縦する」

「えっ?」

イルヴァが返事をする前に、ジョンはF‐16の操縦権を奪った。ブレーキをかけて速度を落とし、急激な減速を予想していなかったイーゴリの虚を突いた。イーゴリはすぐに立ち直ってすばやく機体をそらしてNATO機をよけようとしたものの、間に合わなかった。翼がNATO機の左翼の下側に触れ、フルバックがぐらぐらと揺れる。金属がこすれる大きな音に、ジョンは冷たい鉤爪ではらわたをつかまれたような気がした。F-16は左翼の下側がアキレス腱なのだ。ほぼ完璧な機体の唯一の弱点だ。さて、結果はどう出るだろう。

機体の中枢システムから、ばんという大きな音がした。コンピューターを制御するフライ・バイ・ワイヤ・システムがショートしたのだ。ジョンが求めていたのは、まさにこれだった。彼らの運命は決した。これから何が起こるにせよ、彼がリビアで生き抜いた悪夢よりはるかに過酷なものになるのは確実だ。しかし、もう引き返すすべはない。

コックピット内の航空電子機器、すべてのGPS装置、コントロールパネルが真っ暗になった。外を見ると、翼の下側の破損した部分から炎があがり、電気系統が燃えて黒煙が後ろに伸びている。ジョンは激しく揺れるF-16をなんとか制御しようとしたが、操縦システムはまったく反応しなかった。機体ががたがた揺れながら軌道をそれていく。高度がどんどん落ちて海上の白波が迫るなかで、ジョンはふたたびこのまま放っておくという選択肢を考えた。荒波が立つ海面に突っこんで機体がばらばらになるに任せ、海の底に沈む。ほんの数秒ですべては終わり、どんな痛みも感じなくなるだろう。ジョンは息を止めた。あと少しためらっていれば、無になれる。だが、彼はためらわなかった。無意識のうちに生存本能が働いて、自分を取り戻した。

Ｆ‐16の後ろで、イーゴリはフルバックが敵機に与えた被害を見つめながらショックに身を震わせた。自分が何をしたのかを目の当たりにして、冷たい震えが背筋を駆けおりる。彼が受けた命令は威嚇することで、ＮＡＴＯの戦闘機を傷つけることではない。国際空域で平和的な護衛任務に就いていたＮＡＴＯ機を損傷し墜落させた彼は、キャリアを大きく損ない祖国を辱めた。イーゴリはパニックがふくれあがるのを感じたが、やってしまったことは取り返せない。アフターバーナーを切り、すばやく現場から飛び去った。

何秒かしてショックから立ち直ったイルヴァは、窓の外を見た。翼の下側が外れて冷たい海へ落ちていく。左の翼は短くなり、燃料タンクには穴が開いてかなりの勢いで燃料がもれている。彼女は混乱していた。ロシアのパイロットは本気でこちらを墜落させようとしたのだろうか？　その理由は？　イルヴァたちは国境を挟んでノルウェー側にいたし、通常の護衛任務に就いていただけだ。飛び去っていくロシアのフルバックを見つめる彼女の心臓は、激しく打っていた。

イルヴァは衝撃のあまり完全に固まっていたが、ジョンが機体をどうにか左へゆっくり旋回させたことに気がついた。フライ・バイ・ワイヤ・システムが損なわれてしまったため、F‐16はほぼ操縦不可能だ。それでもなんとか自分を立て直さなくてはならない。イルヴァは自分とは関係のないところですべてが起こっているような感覚にとらわれていた。スローモーションで映像を見ているようだった。**深呼吸するのよ。パニックに陥ってはだめ。集中しなくては。**イルヴァは意識してゆっくり呼吸した。**それでいいわ。さあ、チェックリストのとおりにしよう。まずは電子機器（アビオニクス）を作動させるのよ。**自分に言い聞かせると、訓練された手順がよみがえった。このシナリオは想定されたもので、撃墜されたときにどう対処するかはこれまで頭のなかで何度も視覚化している。残された時間がほとんどないとわかっていたので、急いでコックピット内のヒューズを確認して、アビオニクスをふたたび起動しようと試みた。だが反応はなく、どの機器もうんともすんともいわなかった。

　電子装置がすべて使えないとなると、どこにも通信したり助けを求めたりできない。それでもイルヴァは試みた。最初は冷静に粘り強くやっていたものの、どんどん絶望に駆られていく。

「メーデー、メーデー、メーデー。タイガー一三。飛行中の衝突事故が発生。機体は制御が困難です。激しい燃料漏れ。メーデー、メーデー、メーデー」

モンチェゴルスクでは、イヴァナ・ホドルコフスキー少佐が落ち着かない気分でレーダーの画面を見つめていた。NATO機は国際空域をジグザグに飛んだあと、国境を越えてロシア側に侵入している。彼らはいったい何を考えているのだろう？　イーゴリのフルバックをロシア側まで追ってきたかのような行動だ。頭がどうにかなったのだろうか？

イヴァナはぞっとして、画面を見つめ続けた。NATO機は核基地へまっすぐ向かっているように見えた。こんなことは予想していなかった。もしかしたら、これもテストなのだろうか？　ロシアが今遂行している臨時演習の一環だろうか？　少佐は大きく息を吸った。頭をはっきりさせなくてはならない。手順は明白に決められている。

「NATOのF-16戦闘機、名前と所属、任務を明らかにしてください。さもなければ撃墜します。どうぞ」

耳を澄ましても何も聞こえない。答えはなかった。

沈黙のまま時間だけが過ぎていく。NATOの戦闘機がいつ核基地を攻撃して、半径七百キロメートルの範囲内の生き物を皆殺しにするかわからない。イヴァナはムルマンスクの上空に差しかかっているイーゴリ・セルキン少尉に連絡した。

「SU‐34、こちらモンチェゴルスク。NATOの戦闘機が国境を越え、ロシア領空内に侵入しています。いつでも交戦できるよう、接近してください」

イーゴリは恐怖で体が冷たくなった。どういうことだ？　やつらは追ってきているのか？

彼は歯を食いしばって攻撃の準備を整え、レーダーを見ながら機体の向きを変えた。いつでも侵入者を撃ち落とせるよう、指は引き金にかけている。

イルヴァは緊急周波数で助けを呼び続けたが、答えが返ってこないことはわかっていた。取るべき行動は何かと、目まぐるしく考えをめぐらせる。ヴァランゲル半島まで行ければ、そこで緊急脱出できる。陸地が見えないかと目を凝らしたが、雪が降っているし、どんどん強くなる風のせいで視界が悪い。雪嵐が吹き荒れ、自機の翼さえ見えなかった。

ジョンは機体を飛ばし続けるのが精一杯で、雪を通して見る地上の輪郭を頼りに進んでいた。雪嵐は砂嵐と似ている。いやな音とともに機体が傾いて速度が落ちていく感覚は、記憶に刻まれていた。コックピット内の予備のコンパスはもともと飛ぶべきだった航路からやや東に外れていることを示しているが、正確には自分たちはどこにいるのだろう？　どれくらい東まで飛んだのか？

エンジンから聞こえる耳障りな機械音から、燃料が尽きたのがわかる。ジョンは完全にエンジンが止まった戦闘機を、機首をややさげた状態に保った。機体が雲に沈み、灰色の氷と雹（ひょう）の塊にのみこまれる。

イルヴァは高度計と予備のコンパスを見つめていた。この天候では地面を目視で確認するのは難しかったが、蹄鉄（ていてつ）型の山の連なりが一瞬見えた。何度か訪れたことのある、なじみの場所だ。

イルヴァは目を疑った。いつのまにこれほど南東まで来ていたのだろう？　ムルマンスクもモンチェゴルスク空軍基地もとうに越えてしまっている。

「少佐、わたしたちは今、ロヴォゼロの上空にいます。ここなら山があります。このあたりで緊急脱出したほうがいいでしょう」

ジョンが聞いているかどうか確かめようと、イルヴァは振り返った。彼が親指を立てる。ところがその背後に、ぐんぐん近づいてくる灰色の細長い物体が見えた。ミサイルだ。少佐が稲妻のような速さで操縦桿を右に引っ張り、F‐16は危ういところでミサイルをかわした。コックピットから五十センチのところをミサイルが通過する。

「エヴァンス少佐！　緊急脱出してください！」

イルヴァが脚のあいだにあるレバーを引くと、ふたりは十分の一秒後にはみぞれと雹から成る灰色の雷雲のなかに飛びこんでいた。

立ちはだかる壁にぶつかったような空気抵抗を受け、息が止まる。イルヴァは時速二百キロ以上で落下しながら、懸命に息を吸った。

気がつくと彼女は腹部を下にして腕と脚を伸ばし、基本的な落下姿勢を取っていた。恐怖のあまり吐き気に襲われながらぐるぐるまわり続け、どっちが上でどっちが下かもわからないまま、無力な人間ミサイルのように落ちていく。

イルヴァは冷静になるため、懸命に自分に向かって話し続けた。

「めまいがする。数を数えなくちゃ。千一、千二……」

彼女は射出されたときの高度をすばやく計算した。おそらく三千メートル近辺だったはずだ。だとすると、パラシュートを開くのは五十秒落下してからだ。

強い風に翻弄され、彼女は布人形のように揺れた。とんでもないスピードでまわり続けるうちに、胃がせりあがってきて嘔吐（おうと）した。

イーゴリは流れる雪のあいだに消えたＮＡＴＯの戦闘機を追っていた。一発目が外れたことに腹を立て、二発目を発射する。ミサイルがF‐16をとらえた数秒後に起きた爆発の風圧で、イルヴァは息が止まり、水平に飛ばされた。その百メートル下で、ジョンは燃えている機体の破片が飛んでくるのを目にした。なんとかよけようと動いたものの、破片がふくらはぎに突き刺さり、激痛が走った。ジョンは思わず声をあげて体を丸めたが、墜落したF‐16が爆発した音にその声はのみこまれた。

雪、雲、煙、機体の残骸、炎。地獄のような光景のなか、イルヴァはパラシュートを開く前に懸命に気持ちを鎮めた。パラシュートが音をたてて開くと、ふいに奇妙な静けさがあたりに満ちる。体についたままだった操縦席が勝手に外れ、落下していった。

体が軽くなったので、イルヴァは強風のなかでパラシュートを制御することに集中した。ふわふわと柔らかい雲のあいだを漂いながらおりていくのは、非現実的な体験だった。

イーゴリは静かな気持ちで爆発を見守った。燃えているNATO機の破片がスローモーションのように氷の大地へと落ち、そこにとどまる。爆発の熱で雪嵐に隙間ができたので、F‐16が町の外れに落ちたことが確認できた。その町が自分の家族が住むアパチートゥイであることに気づいて、彼はぞっとした。

心臓が激しく打つのを感じながらモンチェゴルスクに報告した声は、冷静で落ち着いていた。

「NATOのF‐16を撃墜したことを確認」

13

悪天候のせいで地面までの距離を測れず、大きな雪の吹きだまりにぶつかったとき、ジョンはまったく心の準備ができていなかった。ふくらはぎに食いこんでいた金属の破片がさらに深く刺さり、あまりの痛みに思わず叫んだ。しばらくそのまま横たわって、なんとか息を吸おうとした。頭上では、サハラ砂漠からの熱風ギブリが引き起こす砂嵐とそっくりな雪嵐が吹き荒れている。だが四十五度の砂漠の暑さより、身を焼くような寒さのほうがつらかった。くらくらする頭からヘルメットを取って、自分のいる位置を確認しようと立ちあがる。ところがそのとたんにパラシュートが風をはらんで背後で帆のように広がり、ジョンは倒れて凍った堅い大地の上を引きずられた。

そこからほんの二百メートル離れたところで、イルヴァは深い雪だまりに着地した。地面に広がってはためいているパラシュートをすばやくかき集めて、小さくまとめる。

パラシュートの始末をしてヘルメットを脱ぎ、ウールの目出し帽をかぶると、ようやく背筋を伸ばしてあたりを見まわした。

エヴァンス少佐はどこだろう？

風がひどくて、どこにいるのかわからない。

「エヴァンス少佐！」

風に背を向けて手を頭の横につけ、少佐の声が聞こえないか耳を澄ました。だが、答えはない。どっちを向いても、風がうなる音しかしなかった。

落胆し、どうすればいいかわからず、イルヴァは立ち尽くした。こんな天候のなかで探しても意味はない。彼がどこに着地したのか、まったくわからないのだから。彼女は背筋を伸ばした。風は北西から吹いている。彼らが来た方向だ。ジョン・エヴァンスは彼女よりほんの少し早く射出されたから、風上に着地しているはずだ。イルヴァは座席が外れてもまだリュックについていた救命いかだを外した。それを持っていくことにして、かすかな希望を胸に、吹きつける風に向かって歩き出した。荒く息をつきながら急な尾根の上までたどり着いた彼女は、反対側の斜面の下で倒れて動かない人影を発見し、叫びながら走った。

「エヴァンス少佐！」

返事はない。ぴくりともしない男のもとまで、イルヴァは深い雪をかき分けて行かなくてはならなかった。

「エヴァンス少佐、大丈夫ですか？」

そばに寄ると、ようやく彼のうめき声が聞こえた。

「大丈夫に見えるか？」

彼の下の地面は平らではなく、岩が飛び出ていた。ジョンが体を起こそうとして崩れ落ちた。後頭部の傷から出血しているし、ふくらはぎには焦げた金属の破片が刺さっている。

「失礼します、少佐」

イルヴァはしゃがみこんで、慎重に金属の破片に触れた。ところがジョンがものすごい勢いで足を引っこめたので、イルヴァはひっくり返った。彼を見ると、青ざめて額には玉のような汗が浮かんでいる。

イルヴァは立ちあがった。

「少佐、後頭部の傷を調べさせてください。それから、ふくらはぎの破片を取り除かなければなりません」

唇は寒さで青くなり、体は震えていたが、ジョンは短くうなずいた。

「ですがまず最初に、体温をなるべく保てるようにしなくては」

イルヴァはあたりを見まわした。近くに大きな雪だまりがあるので、その西側にいれば風を防げるだろう。イルヴァはそこに行ってジョンが入れる大きさの溝をすばやく掘り、戻って彼のパラシュートをまとめた。直径十メートルのパラシュート生地が、少しは寒さから身を守ってくれるかもしれない。イルヴァはジョンをゆっくりと立たせて溝まで連れていった。着くなり彼は倒れこんだが、風は当たらなくなった。

イルヴァはジョンの襟元や手首やブーツの履き口から氷やみぞれが入りこんでいないか、すばやく確認した。ふたりとも特殊な保温用の下着にゴアテックスのサバイバルスーツと耐Gパンツを身につけているが、濡れてしまえば極地の寒さにいちじるしく体温を奪われる。ジョンの後頭部の傷を調べると、幸いかすり傷で出血はすでに止まっていた。

「目出し帽をかぶっても大丈夫そうですね。ちょっとしたかすり傷なので」

彼のリュックから目出し帽を出し、かぶるのを手伝う。少佐は介助してもらわなければならないことに、戸惑いといらだちを感じているようだった。

イルヴァは彼の脚から飛び出している金属の破片に不安な目を向けた。

「少佐、わたしたちが緊急脱出したあたりの山の尾根に見覚えがあります。ここはロシアのロヴォゼロの近くです」

ジョンが彼女を見つめる。

「どこだって?」

「ロヴォゼロです……ロシアの」

ふたりは厳しい現実に打ちのめされた。東に飛びすぎて敵国に入ってしまったのだ。かつてと同じ悪夢にとらわれたことを知り、ジョンはしばらく何も言えなかった。

「少佐、聞いていますか?」

ジョンは暗い表情でうなずいた。ひどい脚の痛みに、一瞬パニックになる。もういやだ。また同じことに耐える自信はない。心臓がものすごい速さで打ち始め、激しく動揺していることを必死に隠そうとする。前に立つイルヴァを見あげると、落ち着いた様子で何やら考えこんでいた。その姿を見ているうちに、つられて彼の鼓動も鎮まっていった。パニックがおさまると、なんとしても生き抜いてやるという意志がよみがえってきた。

「余計なことをしゃべるな。さっさと行動しろ」いらだって文句をつける。

イルヴァは彼の横にしゃがんで、破片の刺さった脚を調べた。金属片は十センチくらいの長さで、矢尻のような形の先端がふくらはぎに食いこんでいる。傷から流れ出した血で、ズボンもパラシュートも赤く染まっていた。

「一番重要なのは、あなたの脚を帰り道に耐えられる状態まで持っていくことですね」

ジョンは身をよじり、怒って彼女に突っかかった。

「一番重要なのは、ロシアの特殊部隊——スペツナズに捕まらないことだ。おそらくやつらがすでにわれわれを探し始めている。ここはロシアで、地の利は向こうにあるから、逃げきるのは難しい」

イルヴァは風がさえぎられているその場所に座ってコンバットベストを脱ぎ、フライトスーツの前を開いてからジョンのブーツの紐をほどいた。それから彼の素足を自分の腹部に当てる。ジョンは足の裏に彼女の肌の熱を感じてびくりとした。彼女の熱が体に流れこんでくる。それは奇妙なくらい親密で、心が休まる感覚だった。

ジョンは雪だまりにもたれ、頭上で吹き荒れる雪嵐を弱々しく見あげた。前にも同じ状況になったことがある。敵地でひどいけがを負って、仰向けに横たわっていたことが。あのときは、ぎらぎらと照りつける北アフリカの太陽をさえぎる砂嵐を見あげていた。当時のジョンはまったく違う人間だった。理想に燃え、喧嘩っ早く、勇気にあふれていた。だが今の彼が感じているのは、寒さと落胆だった。冬のさなかに危険を冒して北極のツンドラ地帯まで足を踏み入れるのは、ロシアの特殊部隊くらいだ。ロシア最大の核基地に向かって飛んでいたパイロットをとらえたらロシアがどうするか、ジョンには想像することしかできなかった。だがその行動も取引の一部であり、自分がしたことの重みを彼はようやく実感し始めていた。

イルヴァは金属片が刺さった少佐の脚から、生地を切らずにどうにかズボンを脱がせた。傷口を調べたあと慎重に破片をねじってみたが、流れ出す血がわずかに増えただけで外れなかった。

「どうやら動脈は傷ついていないようですね」

ジョンには返事をする気力が残っていなかった。イルヴァがサバイバルキットのなかからライターとナイフを出して、目の前の地面に置く。そして手袋を外してジョンの足首を握ると、彼と目を合わせた。ジョンはうなずいた。イルヴァがこれから何をしようとしているのか、彼にはよくわかっていた。彼女が破片をそっと揺らしながら引き抜こうとすると、激痛が走ってジョンは叫んだ。腕をばたばたと動かし、体をそらす。イルヴァはそれを器用によけ、少し時間を置いて痛みが引くのを待った。それからふたたび引っ張ったが、破片は動かなかった。金属片は簡単には抜けないほど深く食いこんでいたのだ。

「動かないでくださいね」

ジョンはイルヴァをにらんだものの、すぐに自分を抑えた。風のせいでなかなかうまくいかなかったが、ようやくライターに火がついた。イルヴァが風に背を向けて火を守りながら、ナイフの刃に当てて消毒したあと、ジョンを見おろした。

「いいですか？」

彼は歯を食いしばってうなずいた。

イルヴァは金属片と並行にナイフを当て、肉とのあいだに刃を入れた。どれくらい刃を入れれば破片の先端まで到達するか推し量りながら進めていくと、約四センチほど入ったところで金属から柔らかい肉の感触に変わった。ジョンの顔を見ると顎に力が入っていたが、躊躇(ちゅうちょ)なく刃をねじって金属片を持ちあげた。持ちあがった破片を冷たくこわばった指でつかんで引き抜こうとしたものの、血がついているせいでぬるぬる滑る。ジョンがうめき、痛みに身をよじった。

「すみません。ちゃんとつかめるように、もう少し破片をゆるめる必要があります」

ジョンがうなずいたので、イルヴァはもう一度ライターの火をナイフに当てた。血が焦げる匂いと音に吐き気がこみあげ、顔をそらしたかったが懸命にこらえた。ナイフが少し冷えるのを待って、破片をこじりだすためにもう一度ジョンのふくらはぎに刃を入れた。風が吹きすさんでいてもなお、肉と血が圧迫されるいやな音が響く。つかめるくらい破片を持ちあげるためには、かなり強くナイフを押しつけなくてはならなかった。凍える指で破片をつかみ、力をこめて引き抜く。ジョンが風の音をかき消すほど大きな声で叫んだあと沈黙し、そのあとは凍った平原で遊ぶ幽霊のように舞っている雪のささやきしか聞こえなくなった。

傷口から新たな血が流れ落ちるのを見て、イルヴァはほっとした。破片がすべて抜けたしるしだからだ。

震える指で開いた傷口を押さえたが、血はごぼごぼとあふれてきた。凍えている指では血を止めるだけの圧力をかけられず、包帯を巻くこともできない。ジョンは死人のように青ざめ、がたがたと痙攣していた。

「傷口を焼灼（しょうしゃく）しなければなりません、少佐」

焼灼がどういうものかは彼も知っていた。肉と血を高温にさらせば、フライパンで焼いた卵のたんぱく質が固まるようにたんぱく質が結合し、血が止まる。唯一の難点は敗血症のリスクが高まることだが、傷を焼灼すれば何日かは時間を稼げる。だから敗血症が致命的な段階まで進む前に病院へ行けばいい。それに、自分にはほかに選択肢がないこともわかっていた。

「やってくれ、ノルダール。さっさと終わらせろ」

イルヴァは三たびライターの火をナイフの刃に当て、熱せられた刃が赤くなったのを確認したあと、今度は冷えるのを待たずに傷口に当てた。じゅうという音があたりに響く。

耐えがたい苦痛に襲われたジョンがイルヴァを見あげ、彼女の手をつかんでナイフを奪おうとした。しかし、今やめるわけにはいかないと、イルヴァは心を鬼にした。彼をじっと見おろしながら、熱い刃が損なわれた組織を焼き、傷を塞ぐのを待つ。不快な音とともに肉と血が焼けて炭化し、薄いかさぶたができていった。ジョンは苦痛から来る怒りが引き、アドレナリンが尽きたところで意識を失った。

イルヴァは血にまみれた刃を傷口から外すと、雪で清めて静かに立ちあがった。風は弱まっていて、見まわすとあたりには澄んだ白い光が満ちていた。彼女はパラシュートの生地を切って包帯を作り、傷に巻いた。

ジョン・エヴァンスは血の気を失い、静かに横たわっていた。ときどき反射的にぴくりと動く以外、まるで死んでいるようだ。イルヴァは彼の横にある血まみれの金属片を見つめ、匂いを嗅いだ。胸が悪くなるような血と燃料の匂いが、はっきりと嗅ぎ取れる。しかし確認のため、彼女はライターの火をつけて破片に近づけた。すると青い炎があがった。この金属片は燃料タンクのものだ。ジョンが目を開いて、青い炎を弱々しく見つめている。ふたりとも、それが何を意味するのかわかっていた。遅かれ早かれ、彼は必ず敗血症になる。

ジョンは包帯を巻いた脚で立ちあがった。今の状況はギブリよりはるかに悪い。戦うすべはなく、しかもこうなったのは自業自得だ。それでもなんとか抜け出す方法を見つけなければならない。イルヴァに視線を向けると、あたりを見まわしていた。
「撃墜されたのはここから何キロか南東に行った場所です。ロシア側はそこから捜索を始めるでしょう。ですから、わたしたちのほうが少しだけ先行していることになります」彼はうなずいた。イルヴァが視線をあげ、雪雲の隙間から差す光を見つめた。太陽は北にある。そして、時刻はだいたい朝の十時だ。これらのことから、どちらが西かわかる。ジョンは腕時計を見た。ガラスが割れて針が曲がっているものの、コンパスは無事でその針は北を指していた。

14

大統領は怒りに震えていた。これは事故ではない。NATOの戦闘機が偶然ロシア最大の核基地に向かって飛んでいたなんて、あるはずがない。モンチェゴルスクからの信じがたい報告を読みあげるスタッフの声に無表情で耳を傾けながら、大統領は目まぐるしく頭を働かせた。この出来事はきっと、北極圏をたちの悪い正体不明の戦争に引きずりこむことで利益を得る何者かが仕組んだに違いない。バレンツ海域に混乱を起こしたいと望んでいるのは誰だ？　このような計画を仕組むことができる手段と財源を持っているのは誰なのか？

西側諸国のメディアが相も変わらず騒ぎ立てている声が、背後のテレビから聞こえてくる。言論の自由とはなんという偽善だろう。似たり寄ったりのニュースキャスター、安っぽい画像、陳腐で尊大な態度。くだらない陰謀論が耳障りでしかたがない。「NATOの演習中にNATOの戦闘機がロシアに撃墜された」「NATOに対するロシアの攻撃に断固とした対応を！」「フィンマルクは新たなクリミアとなるか？」等々、陰謀論者や目立ちたがりの政治専門の占い師が自らの言葉に酔い、怒りに任せてまくし立てている。彼らによれば、こうなることはずいぶん前からわかっていたらしい。ロシアは西側に対して戦争を起こすために軍備を拡張していたと、彼らは主張している。だから言っただろうとばかりに勝ち誇った顔で、F‐16が絡んだ今回の出来事はクレムリンが北方におけるNATO諸国との国境に対してひそかに計画していた攻撃を正当化するために企てたものだと説明し、メディアの関心を引きつけている。大統領は冷笑を浮かべた。やつらはわたしがそんな素人くさい真似(まね)をすると本気で思っているのだろうか。

彼はこのような商業主義的で感情に任せた主張を嫌悪していた。集団ヒステリーのようなものだ。もちろん、西側の報道合戦を適当にあしらうすべは学んでいる。そうすることを楽しんでもいるが、彼らを軽蔑していることに変わりはない。実際、彼は西側の情報組織を通して大衆を操作する方法を学んだ。わざと誤った理解へと導く矛盾した情報を与え続けることで、アメリカとその同盟国は、最終的に当局や報道機関に対する大衆の信頼だけでなく、彼ら自身の何が正しいのかを判断する能力に対する信頼も損なった。大統領は西側の〝言論の自由〟とはフェイクニュースや中身のない作り話、人々の気を引くためのほら話で慎重に練りあげられた壮大なショーなのだと理解していた。その目的は、大衆の気をそらしておとなしくさせておくために、あるグループをほかのグループと争わせることだ。メディアは完全なサイコパスへと変貌した。メディアがもたらす情報の無秩序状態は、人々に彼ら自身の目や耳に対する信頼を失わせ、真実も含めてすべての情報を疑うようにさせてしまった。一九〇〇年代には大衆の危機管理能力を混乱させ、惑わせ、消耗させることで彼らを無力化し、彼らの行動能力を破壊するというメディアの巧みなやり口に大統領は魅了されたものだった。西側の著名なメディア戦略家や情報操作の専門家をサンクトペテルブルクに招いて学んだこともある。

〝戦争とは認識論的なもので、物語を操る者が勝利する〞と彼らは言った。

〝物事には双方の言い分があるが、主張する話が真実だと受け入れられたほうが勝者なのだ。本当に真実かどうかは関係ない。繰り返し言い続ければ、嘘だってもっともらしく聞こえるようになる。大衆が求めているのは安全だ。彼らに同じ話をし続ければ、それを信じ始める。慣れが信頼を生むのだ〞と。

では、今回の事件にはどんな物語があるのだろう？

ホドルコフスキー少佐からの報告によると、ＮＡＴＯの戦闘機がロシアのフルバックを突然追いかけ始めるまでは、何事もなかったという。F‐16が国境を越えてロシアに入ったときに少佐が呼びかけても返事をせず、そのままモンチェゴルスクの核基地に向かって飛び続けたらしい。NATO機はアパチートゥイの上空で撃墜され、死傷者は今のところ三十七人だが、今後その数は増える見込みだ。アパチートゥイの映像がテレビに繰り返し映し出されている。燃えている機体の残骸から病院や近くのアパートメント群に火が移ったところなど、ひどい映像ばかりだ。黒焦げになった患者の遺体や火傷を負った市民の写真は、国境の両側で怒りを呼び起こしている。軍はすでに操縦席の残骸を発見しており、パイロットはそう遠くへは逃げられないはずだ。スペツナズの兵士たちが彼らを追っている。

今の状況は中途半端だと、大統領は考えた。パイロットたちを必ずとらえなくてはならない。事件の背後にいるのは誰か、なぜ、どのようにこんな事件を仕組んだのか、すべての情報を聞きださないまま生きて返すわけにはいかない。情報を得たあとは、勝手に死なせてやる。彼とてまったく心がないわけではないのだ。

このような形だったのは意外だが、緊張状態を増す事件が起こったこと自体には驚いていなかった。第二次世界大戦後七十年にわたって続いた高いレベルの世界的平和、協調、ルールにのっとった政治は、長い歴史のなかでは例外的なものだと大統領は承知していた。これが普通なのではなく、混沌としているのが常なのだ。それが自然というものだろう。すべては新しく生まれ変わるために破壊されなければならない。繰り返し、何度も。生とは永遠に続く混乱の渦のようなものなのだ。

大統領は安全などどこにもない、混沌と不安に満ちた場所でたくましく生きていくすべを、若いうちに学んだ。誰も信用できないということを受け入れるようになった。目に見えるとおりのものなど何もなく、すべては戦いなのだと理解した。安全という幻想を捨てれば、世界が開けてなんでも可能になると子どもの頃に知った。混沌を進んで受け入れ、無秩序で無慈悲で厭世的(えんせいてき)な狂気に平穏と静謐(せいひつ)と強さを見出(みいだ)せば、人間は自由になれるのだ。

彼を頂点まで連れてきてくれたのは、サンクトペテルブルクの過酷な路上で受けた教育だ。彼はそこで学んだ教えを決して忘れなかった。だがこの邸宅のかつての所有者が現実世界の残酷さを見失ったのと同じように、大衆は世界が本当はどのように動くものなのかという真実をきれいさっぱり忘れてしまっている。その結果、子どもじみたテレビドラマで自分たちをごまかしているくせに、政治家や公務員には守ってもらうことを期待し、上に立つ者には彼らの行動の責任を負わせるくせに、自分たちは快適な暮らしや気晴らしや娯楽にふけっているのだ。

大統領は窓辺に立って、何十人もの海外政策の専門家が建物に入っていくのを見つめた。黒いメルセデス・ベンツが玄関の前に止まり、陽気で押し出しのいいノルウェー大使、トム・エリク・グランがおりてくる。大統領は大使を観察した。髪が乱れ、スーツの上着のボタンはとまっていない。あわてて出てきたような姿から、強いストレスを感じている様子がうかがえる。つまりノルウェー側もＮＡＴＯ機がモンチェゴルスクに突っこんでいこうとするなど予想していなかったということで、それは興味深い事実だった。だとすれば、アメリカが背後にいるに違いない。今、実権を握っているのはワシントンＤＣのどの派閥だっただろう？　アメリカの大統領は使い勝手のいいまぬけ以外の何者でもないし、彼を取り巻く将校たちの行動はおおよそ予測がつく。では、それ以外のワシントンＤＣの誰が、こんな命令を下せるのか？

ほんの何時間か前に大統領が命じた臨時演習が、このような反応を引き起こしたとは考えられない。ロシア最大の核基地にＮＡＴＯの戦闘機を差し向けるなんていう作戦は、時間をかけて慎重に計画されたうえで実行されるべきだ。

この一連の出来事を引き起こした要因を予測できなかった自分を、大統領は罵った。しかしこうなった以上、こちらの計画を変更するしかない。

15

イルヴァは背中にジョン・エヴァンス少佐の焼けつくような視線を感じていた。彼はけがをした脚に体重をかけるたびに、怒りに満ちた短い息を吐いた。嵐が弱まり、自分の計算が正しかったことがまわりの風景から確認できるようになると、イルヴァはほっとした。今は完璧に位置を把握できている。ここは前に来たことがある場所だ。

凍ったセイドゼロ湖の上を重い足取りで進むのは、美しい悪夢のようだった。湖の南岸に向かって北風が吹きつけたために深い雪の吹きだまりができていて、足をのせるたびに凍りついた表面が割れて崩れた。一歩歩くごとに圧縮された氷に足がぶつかることによって、少佐の負傷した脚がどれほどの衝撃を受けているのかと思うと、イルヴァは自分までその容赦ない痛みを感じられるような気がした。表情には出していないものの、緊張した顎の筋肉、上唇の上に吹き出す汗、血の気のない灰色の顔を見れば、彼が必死で耐えているのが伝わってくる。

　ふたりは順調なペースで進んでいて、深い雪と向かい風にもかかわらず、湖を二時間で渡りきった。

「あと三、四時間歩けば山の洞窟に着くので、そこで休めますよ」ジョンは眉毛やまつげからさがる小さなつらら越しにイルヴァを見つめた。片方のまぶたの縁が痛痒くて、彼はそこに触れようと手を持ちあげた。

「触らないでください！」

「なんだって？」

「涙腺を痛めてしまいます。それに目のまわりが凍傷になりかけているので、触ってはいけません」

　ジョンは返事をせず、陰気に押し黙ったまま歩き続けた。その怒りに満ちた表情に、イルヴァはいらだちのため息をつく。無言で敵意を向けられる理由がわからなかった。どこまでチーム精神が欠如しているのだろう。少佐には上官として士気を保つ責任があり、率先して前向きにふるまうべきだというのに。彼はプロ意識に欠けた自分勝手な一匹狼だ。だったら自分も、自分の面倒は自分で見て、不機嫌な年寄りは無視するだけだ。

　北風が鋭い氷の針を彼らに叩きつけ、できる限り速く歩いているにもかかわらず、顔や指や爪先がどんどん冷えていく。イルヴァはしだいに沈黙に腹が立ってきた。身体的な不快感と精神的ないらだちがふくれあがっていく。彼はなぜ黙っているのだろう？　これは意地の張り合いなの？　イルヴァはロシア機と接触してしまった原因をずっと考えていたが、どうしても納得のいく答えが見つからなかった。何を失敗してああなったのか、いくら考えてもわからない。今の状況があまりにも非現実的で、外の世界がどういうことになっているのか、考えるのも恐ろしかった。

「少佐、ロシアのパイロットは何があったか話すと思いますか？　つまり、これはわたしたちが……」

いったい何をきこうとしているのだろう？　あちらが威嚇した結果こうなったとロシア側が認めるとでもわたしは思っているの？　国際空域でロシア機のほうからNATO機にぶつかってきたうえ、ムルマンスク上空で撃墜したと認めると？　それともまさか、すべてロシア側が仕組んだことなのだろうか？

「挑発してきたのは向こうだ。パワーズのときのような取引はない」

ジョンが苦々しい声で言う。フランシス・パワーズはアメリカのU‐2のパイロットで、一九六〇年にパキスタンのNATO基地からボードーに向かう途中のソ連上空で撃墜され、諜報活動をしていた罪で懲役十年の判決を受けた。U‐2を撃墜したという知らせを受けたソ連のフルシチョフ大統領は、間近に迫っていたパリでの首脳会談への出席を取りやめたうえ、ボードーに核爆弾を落とすと脅した。しかし双方の繊細な外交努力によって、アメリカはロシアを説得してパワーズを取り戻し、この事件は遺恨を残す政治的問題になることも軍事的危機につながることもなく終わった。今、政権を握っている者たちが当時と同じように理性的にこの状況を処理できる良識を持ち合わせているとは、ジョンにはとても思えなかった。

どんどん暗くなっていくなか、ふたりは黙って歩き続けた。それほど遠くない国境線の向こうに六万人のＮＡＴＯ兵士がいることも、ロシア側がそれ以上の武装した戦闘可能な人員を配置していることも、ふたりは承知していた。イルヴァとジョンは火薬樽（だる）のなかのマッチのようなものなのだ。

ジョンは立ち止まってあたりを見まわした。景色は白く冷たい霧に沈んでいて、空と大地の境目も見えない。これほど寒くなかったら、静謐で美しい光景だと思っただろう。

「ここはどこなんだ？」

イルヴァは彼の視線を追って凍った湖の向こうに目を向けた。夏には溶けた鉛のような湖面に周辺の山々が映る、きれいな湖だ。

「ここはセイドゼロ湖です」

　ジョンが切り立った山を暗い表情で見あげる。

「もう少しわかるように言ってくれないか、ノルダール？」

「はい、わたしたちはヒビヌイ山脈とセイドゼロ湖のあいだ、北緯六十七度四十九分、東経三十四度五十一分、海抜百八十メートルの地点にいます。あそこに見えるのはアングヴンダチョルー山です」イルヴァは高くそびえる山を指さした。

「山頂は海抜約千二百メートルですが、もっと低い山腹を歩いて反対側へ行けます。そこまで行けば、ラヤコスキの町に出るまではほぼ低木地帯とツンドラしかありません。ラヤコスキからノルウェーとの国境はすぐなんです」

　ジョンは小さくうなずくと、ふたたび歩き出した。

　山に入ってからは北風がさえぎられているが、気温も低くなっている。イルヴァは青みがかった光を見て、午後三時から四時のあいだだろうと見積もった。もうすぐ光がなくなって進めなくなる。湖は印象的にそびえる山と峡谷に囲まれていて、これから険しい山の狭い岩場を横切り、岩だらけの危険な山道を歩いて反対側まで行かなければならない。しかし同時に、山はふたりを守り、隠れる場所も与えてくれるだろう。ロシア兵は機体の残骸のなかから遺体を発見できなかったら、すぐにあたり一帯の捜索に取りかかる。だから逃げ延びるためには、山による保護が絶対に必要だ。

斜面をしばらくのぼったところでイルヴァは足を止め、頭上にそびえる岩肌を見あげた。少佐も立ち止まり、笑みを浮かべている彼女に訝しげな視線を向けた。

「どうした、ノルダール？」

「少佐、あれが何かわかりますか？」

彼はイルヴァの視線をたどり、目を見開いた。午後の濃い青色の光のなかに、八十メートルほどもありそうな巨人が立っている。

光の具合は完璧で、巨大な人間が山から出てきてふたりに向かってきているようにしか見えなかった。

「あれはクイヴァです」

「クイヴァ？」

「サーミ人の伝説の巨人です。彼らはクイヴァがこの山のなかに住んでいると信じていました」

ジョンが疑わしげな視線を彼女に向ける。

「このあたりはサーミ人にとって神聖な土地なんです」

「どうしてそんなことを知っている？」

「子どもの頃、ここからそれほど遠くないところに住んでいました」

「まさか、実はロシア人だなんて言わないだろうな？」

イルヴァは彼の責めるような口調を無視した。

「母がこの地域の出身で、父の死後、母方の親戚のところで数カ月暮らしたんです」

少佐の表情からは、何を考えているのか読み取れなかった。彼は灰色の目を細め、まつげの先についた氷越しにイルヴァを見つめている。

「ヒュペルボレオス人（ギリシャ神話に出てくる北方の地に住む人々）がいたのはこのあたりだっていう説もあります」イルヴァは続けた。

ジョンはしばらく彼女を見つめたあと、時の流れのなかで凍りついてしまったような巨人の姿にもう一度視線を戻した。それから、疲れたように顔をひと撫でする。

「……続けろ」

「ほかにもこの地域に関係する迷信や伝説はたくさんあるんです。この十年だけでも、百人以上がこの近辺で行方不明になっていますし。どこへ行ったのかも、どうして姿を消したのかも、誰にもわかりません」

少佐がじれたようにため息をついた。

「歩き続けろと言ったんだ、ノルダール！」

彼女は言い返すことなく口をつぐみ、歩き始めた。

よろめきながら斜面をのぼっていくあいだにも、あたりは暗くなっていく。少佐はひと言も発しなかったが、疲れ果てているのは明らかだった。

痛みがどれほど人の心を占領し尽くしてしまうかを、ジョンほどよく知っている人間はいなかった。時間の感覚がなくなり、体を引き裂かれるような苦しみに満ちた一分一分が永遠にも思えるようになる。だが、それには耐えられる。煙があがっているフェザーンの廃墟(はいきょ)で、ジョンを拷問していた男と一緒にいた熟練の医者が驚いていた。頭にずだ袋をかぶせられ口や鼻に水を流しこまれても、ジョンは歯を食いしばって耐え抜いた。この水責めの拷問に耐えられる人間はほとんどいない。ジョンは寝かせてもらえないという拷問にも、墜落時に負ったけがにも、傷口の感染にも、飢えや渇きにも耐えて、生き延びた。その結果、年老いたジハードを遂行する者(ムジャーヒディーン)やアフガニスタンでの激戦を経てリビアの戦闘に参加していた傭兵(ようへい)たちの尊敬を勝ち取った。さまざまな極限状態を生き抜いてきたこれらの傭兵たちでさえ、八カ月もとらえたにもかかわらず、ジョン・エヴァンスからは匿名の慈善家が払った高額な身代金以外、何も引き出せなかった。ジョンは困難な状況を耐え、不可能を生き延びたのだ。

だが今回は、リビアのときより状況が悪い。負傷した脚のせいでも背中の慢性的な痛みのせいでもなく、寒さのせいだ。眉毛やまつげにはつららができているし、息を吸うたびに肺が痛む。指や爪先はすでに何も感じなくなっていた。彼は先に立って懸命に山をのぼっているほっそりした女を見つめた。彼女はロシア人なのだろうか？彼女の経歴書にはそんなことは記されていなかったが。ロシア語が少々話せると書いてあったものの、気にもとめていなかった。イルヴァ・ノルダールはいったい何者だ？　ジョンは必死に彼女を追った。迎えが来るまでにできる限り彼女のことを知り、利用するだけ利用しようと心に決めながら。

16

ＮＡＴＯの事務総長は理性的な人間で、以前にもこみ入った危機を経験したことがあった。プレッシャーにうまく対処でき、挑戦を楽しめ、感情に流されることがめったにない。その場に集まった戦術・地政学的安全保障・軍事戦略といった分野の著名な専門家たちの話に、事務総長はじっと耳を傾けていた。

「パイロットの捜索と救助の状況はどうなっている？」彼は質問した。

ＮＡＴＯ安全保障委員会のノルウェー常任委員が、咳払いをして背筋を伸ばす。

「フープ・フィールドでの捜索と救助作戦を遂行中です。また、バナク空軍基地の第三三〇飛行中隊のＳＡＲクイーンヘリコプターも同エリアで機体の捜索に参加しています。さらにメハムンからはフリゲート艦が、ビュルネイからはノルウェー沿岸警備隊の哨戒艦ＫＶセンヤが出航し、どちらもフープへ向かっています。〈アークティック・ブリザード〉は当然中止になりましたが、いつでも出動できるよう、人員はとどまっています」

「ロシア側は？」

ＮＡＴＯ軍事委員会の委員長に視線を向けると、彼は疲れたように首を横に振った。

「ロシアの大統領に連絡を取ろうと試みていますが、いまだ成功していません。どうしてこんなことになったのか、まったくわからないとロシア側は主張しています」

事務総長は巧みにいらだちを隠し、専門家チームがＮＡＴＯが次に取るべき行動について検討を重ね、意見を述べる声に聞き入った。

この機に乗じて地上軍を動かし、報復攻撃をすべきなのか？　それとも当面は静観し、臨機応変に対応すべきか？　すべての情報を公開し、対話路線で行くべきか？　あるいは戦略的対応を取り、情報は明かさず握っておくべきなのか？　選択肢はいろいろある。

壁のスクリーンから彼を見つめているいくつもの顔や、テーブルのまわりに座っている人々の顔に視線を向けながらも、事務総長は内心を表情に出さなかった。彼のまわりでは無数の言葉が、さまざまな報告や分析、事実、機密情報が飛び交っていた。知的で合理的な人間による、知的で合理的な意見が。だが、どの意見も説得力に欠け、このような事態に至った納得できる理由を示してはいない。

事務総長は、引退後を視野に入れて最近購入した古い田舎家に思いを馳(は)せた。シンプルだが見かけ倒しではない本物が好きな彼は、その家の素朴なところが気に入っている。本当にそういうものが好きかどうかは別として、自分はそういう嗜好(しこう)だと考えるのが彼は好きだった。世界でトップクラスの権力の中心でキャリアを築いてきたため、選(よ)り抜かれた最高のものに囲まれていることに慣れている。彼のまわりにあるすべての人や物は最高の品質を備えており、何事もスムーズに運ぶ。そんな国際的で洗練された環境のなかで、彼はときどき自分ひとりがよそ者のように感じられて、シンプルな生活が恋しいとつぶやくことがある。だが本当にそんなものを求めているのか？　その疑問の答えを、ゆっくり時間をかけて探すことにした。引退に踏み切って古い木の家に引っこんだときに初めて、どんな生活がしたいのかを探すのだ。人生が終わる寸前まで自分を顧みる時間が取れないというのは、本当に残酷だ。年老いてからようやく自分の求めるものがわかっても、すべての仕事から引退して消費期限切れになった男に、いったい何ができるだろう？

「総長の考えをお聞かせ願いたい」

　ＮＡＴＯ事務総局のデイヴィッド・グラント将軍に声をかけられ、事務総長は顔をあげた。何を考えているのか？　事務総長のやり方を知っている人間なら、彼が自分の考えや意見を述べる前に、まず全員の考えや意見を聞いて、その問題に可能な限りさまざまな角度から光を当てるようにしていることを承知している。だから、彼にとってはこれは気に入らない質問で、しかも全員の視線が彼に集まり、室内の緊張が高まるのが感じ取れた。

事務総長は軍事戦略アドバイザーに目を向けた。大きな可能性を秘めた野心あふれる若者だ。若いアドバイザーは事務総長が質問に答える前により多くの情報を集めたがっていると心得ていたので、すかさず口を開いた。

「今一番重要なのは、冷静に完全な全体像を把握することでしょう……」

当然すぎる意見に、部屋にいる者たちは誰も、若いアドバイザーが勲章を持つ将軍にぶっきらぼうな口の利き方をしたことに気づかなかった。

冷静に全体像を把握したいと思わない人間がいるのだろうか、と事務総長は考えた。焦って下した決断は、ほとんどの場合さらなる混乱につながるだけだ。しかし今回の件では、今のところ全体像はまったく見えず、不安と恐れが集まった人々のあいだに影を落としている。

将来性という点で明らかにアドバイザーより劣る老齢のグラント将軍が気を悪くした様子で、大きく息を吸う。

「きみには悪いが、今回の事件はロシア側からの宣戦布告である可能性もあるのだから、この場での机上の空論は意味がない。そしてもし戦争ということになるなら、われわれが攻撃する側でなくてはならない。主導権を握る必要がある」

「もしこれがロシアからの宣戦布告なら、すでに主導権を握られていますよ」アドバイザーが返す。

この若者のこういうところが好きなんだと思い、事務総長はにやりとした。だが、みんなの目がふたたび自分に向くのを感じて、ため息をついた。彼らは事務総長の意見を聞きたいのだ。興奮している出席者たちにやや不安を覚えつつも、口をつぐんだまま見渡して待つ。するとスクリーンのひとつに映っている女性のサイバー防衛専門家が、控えめに咳払いをした。彼女の後ろにはニューヨークのビル群が見える。事務総長はうなずいた。

「話を聞かせてくれ」

「ロシア側が期待するとおりの反応をこちらが示せば、彼らのほうも予想の範囲内の反応を返してくるでしょう。われわれは予測できない反応を引き出してしまわないよう慎重に対応し、まずあちら側の動機や求めているものを探り出す必要があります」

「なるほど。では、今わかっている事実から考えて、ロシア側の動機とはいったいなんだろう？」

「北極を支配することだ」グラント将軍が口を挟む。

事務総長の若いアドバイザーは礼儀正しい笑みを浮かべながら、ふたたび鋭い声で将軍をさえぎった。「それなら、彼らはすでに優位に立っています。今一番勢力が強いのはロシアで、北極は彼らのコントロール下にあると言っても過言ではありません。問題は、そんな今の状況を不安定にするような真似を、なぜ彼らが望むのかということです」

テーブルの周囲がざわめいた。結局、すべてがこの疑問に行き着く。なぜロシアはこんなことをしているのか？　グラント将軍がテーブルを叩いてみんなの注意を引き、事務総長に断固とした視線を向けた。

「事務総長、ロシア側はノルウェーとの国境沿いに六万五千人の兵を動員しようとしている。われわれは黙ってそれを見守るなんてことはできない！」

将軍は自分の言葉を全員が理解するのを待ち、少し冷静になった声で続けた。

「今回の事件の背後にロシアがいるとしたら、充分に準備を整えたうえでのことだろう。われわれはそんな彼らを相手に攻撃的にことを進め、できる限りの圧力をかけて反応を引き出さなければならない。何なら犠牲にしてもいいと思っているのかを知るために、手の内を明かさせる必要がある」

　じっと聞いていた事務総長は、将軍の意見は理にかなっていると納得した。ロシアを相手に弱腰な印象は与えたくない。そんな印象を与えたら、彼らはよからぬことを考え始めるだろう。

「では、どうすればいいと？」

　グラント将軍が勢いに乗って続けた。

「やつらが予想もしていないときに、攻撃を仕掛ける」

　テーブルのまわりのざわめきが大きくなる。

「ロシア側は今、ノルウェーとの国境沿いに兵士や装備を動員することに集中している。だからわれわれは、南西方面のＮＡＴＯ基地を警戒態勢に入らせるべきだ」

　テーブルのまわりでささやきが交わされる。今回の事件に南西方面のＮＡＴＯ基地がどう関わってくるのだろう？

「戦うべきときと戦うべきではないときを見分けるのが重要です」将来有望な若者が介入する。

　将軍が嘲笑（あざわら）うような笑みを浮かべた。

「なんの実にもならない意見ばかりだな」

「攻撃の準備にはどれくらい時間がかかる？」事務総長は疑問を口にした。

あちこちから声を殺して議論するのが聞こえてくる。

「それはどのような攻撃を考えているかによって変わってくる。旧来の攻撃なら時間がかかるが、心理操作、空中攻撃、サイバー攻撃の場合はより簡単だ。細かく言うと、われわれは心理、サイバー、海、陸、空の混合攻撃を準備すべきだ」

事務総長はうなずいた。

「諸君、さまざまな情報と意見をありがとう。われわれは全軍に警戒態勢を敷き、これから取るべき戦略を準備したうえで、さらなる情報を得るまで待機する」

つまり現時点では両方を立てるわけだ。テーブルのまわりがさらにざわめき、議論がわき起こったが、事務総長が会合の終了を告げると、おのおのそれぞれの場所へと散っていった。

合意に達しないということに全員が喜んで合意した。結局、それがＮＡＴＯなのだ。

全員が出ていくと、事務総長は次の会合まで十三分間の休憩を取ることにした。電話を確認したが、メッセージはなかった。

ロシアがＮＡＴＯの戦闘機を撃墜したという知らせを受けてから、彼は駐ロシアのノルウェー大使である親友のトム・エリク・グランからの連絡を待っていた。撃墜後すぐ、ノルウェーの首相が経験豊富な大使をロシアの外交機関と話し合うためにモスクワへ送りだしたのだ。この混迷した状況を解きほぐすことができる人間がいるとすれば、トム・エリク・グランしかいない。

熟練した外交官である彼は、NATO機の事故の原因がロシア側が起こした行動の結果であるなら、すぐにそれを探り出すだろう。だが政治というのはゲームなので、あちらとの会合で言われたことをすべて鵜呑みにはできない。だから事務総長が期待しているのは、ロシア側の人間の態度から得たグランの個人的な印象だった。ロシアの官僚たちが落ち着きなく視線を動かしたり不自然に黙りこくっていたりすれば、そのことから多くを知ることができる。だが一番知りたいのは、ロシアの外務大臣が率直でくだけた態度を取るか、それとも緊張した曖昧な態度を取るかだ。しかしそれを知ったとして、どう解釈すべきなのだろう？　率直でくだけた態度は、疑われることを回避するためのものかもしれない。同様に、緊張した曖昧な態度は、ロシア側にとっても今回の件は寝耳に水で、NATO側と同じように怯えていることを示しているのかもしれない。とはいえ大使は人となりを見極めることに長けているため、事務総長は彼の意見を信用していた。どんなシナリオになってもいいように準備を整えながら、じっと待つしかない。最悪のシナリオになっても――とりわけそうなったときに――対応できるように。

事務総長は大きく息を吸った。会合やビデオ会議が何時間も続いたので、背中が痛む。いつもそうだ。仕事中は没頭しているので空腹も疲れも痛みも感じないが、いったん休憩に入るとそれらが一気に襲ってくる。彼はぎこちなく立ちあがって体を伸ばそうとしたが、事態は悪化するばかりだった。坐骨(ざこつ)神経に沿って痛みが走り、いらだちが募る。NATO機はロシアの領空にあんなに深く入りこんで、何をしていたのだろう？　そして何が起こっているのか少しでもわかる者が、西側にまったくいないのはなぜなのか？

そのこと自体が怪しい。いつだって誰かが何かを知っているものだ。だが、それは誰なのだろう？

彼はさまざまなシナリオを示すシミュレーションやコンピュータープログラムを見ていた。こういうアプローチが好きだった。とてつもない量のデータと変数を処理する人工知能の莫大なキャパシティは、控えめに言ってもすばらしい。どれほど能力の高い人間でも、その足元にも及ばない。ただし、欠点もあった。シミュレーションからはさまざまな成果を得られるが、どれほど明確なパラメーターでも、それを入力するのは機械より誤りの多い人間であるという点に限界がある。だから結局、確実とは言えないのだ。

その日が終わるときになっても、やはり出来のいい当て推量以上のものは得られなかった。人工知能の不都合な点は、それが……人工的なものであるということだ。人間のあいだには常に戦争と平和がある。人間というのは理屈に合わない、衝動的で感情的な生き物で、それが人工知能のアキレス腱だ。

電話が鳴った。事務総長は番号を見て、留守番電話に切り替わるまで放っておくことにした。かけてきたのは、情報を求めるNATOの報道官だった。彼の答えをほしがる人々からの圧力が、一時間ごとに増している。次のステップがどういうものになるか、知りたがっているのだ。NATOとしては何かしないわけにはいかず、それには彼も同意していた。当然、やられた分だけやり返すことがNATOには期待されている。だが、いったい何に対してやり返せばいいのだろう？

この件には合理的な解決策が必要だととっさに考えたが、それについては今、コンピューターがシミュレーションや分析を行っている。つまりこの件の合理的な側面は徹底的に検討されている。しかし、非合理的な要素についてはどうだろう？　どうしたらそれらについて知り、理解を深めることができるのだろうか。

事務総長は痛む背中をさすった。右足には力が入らなくなっている。仮説や分析はすでに充分すぎるほど聞かされたが、今耳を傾けるべきは自分の感情や直感だ。それらを把握するのはいつだって容易ではない。だが、まあいい、残り数分の休憩時間のあいだにやってやろうじゃないか。ロシアの大統領は今、何を感じているのだろう？どんな衝動やより深い動機が彼をこのような行動に駆り立てたのか？　彼の望みは？恐れているものは？

ロシアの大統領にはこれまで何度か会ったことがあるが、あくまで公式の場においてであり、互いの内面を知るような機会はなかった。大統領は狡猾、冷静、理性的という印象で、理性に欠ける感情的な人間だと思われることを恐れている感じがした。そして人々にどう思われているかを、ことのほか気にしていた。力強く、できる男というイメージを作るために多大な労力を費やしているくらいだから、自分がまぬけに見えるようなことは絶対にしないだろう。それを大前提として考えるならば、彼を公に侮辱するような行動は慎まなければならない。

初めて大統領と会ったときの記憶がよみがえった。二〇〇〇年九月のあたたかい日で、低く傾いた秋の太陽の光がニューヨークを金色に染めていた。

国連ビルの背の高い窓から柔らかい光が差しこむなかで、彼はノルウェーのなりたてほやほやの首相として国連総会に出席していた。あのときの緊張感を覚えている。総会では一国のトップとして大きな力を振るい、それに伴う大きな責任も引き受けた。国連ではこれまで会ったこともないような好戦的な切れ者たちに囲まれるとわかっていたが、すぐにそれを実感させられた。だが彼は力と挑戦とゲームを愛していたし、同じ立場にあるロシアの大統領もそうだった。

彼らはふたりとも、ほかの者が降伏したことによって権力の座に就いた。どちらも戦術に長けており、辛抱強い日和見主義者だ。根本的には改革派でもなければ、危機をあおるような人間でもない。最初に彼と会った二十年前は情報公開(グラスノスチ)のおかげで開放的な雰囲気で、ここ百年のあいだでもっともロシアと西側諸国の関係はなごやかだった。だが今や冷戦の十年間より複雑で緊張した状況になっている。

このような状況においても冷静でいることがいかに大切かは、歴史が証明している。

事務総長はロシア軍の中佐だったスタニスラフ・ペトロフを思い出した。一九八三年に、彼は危うく起こるところだった核戦争を防いだ。ロシアと西側諸国とのあいだの緊張は、アメリカの核攻撃に対するソ連の警報システムを監視する指令センターの当直将校だったペトロフが、アメリカが五発の核ミサイルをソ連に向けて発射したという監視衛星からの警報を確認したとき、最高潮に達した。ペトロフの任務は核攻撃を確認したらすぐに迎撃、すなわち核兵器を発射することだった。つまりペトロフは、人類の運命を決める決断を迫られたのだ。そして彼は受けていた命令に従わず、ソ連の監視レーダーがロケット弾をとらえているかをまず調べた。するとそこには映っておらず、彼は地上に機器のあるレーダーと衛星監視システムのどちらを信頼すべきか考えこんだ。その上で監視衛星からの警報に従って核戦争を始めるなどという賭けはできないと結論づけ、迎撃を見送った。もしかしたら核攻撃を受けるかもしれないとロシア人たちが恐れながら待った十五分間は、永遠のように感じられたに違いない。しかし結局、核ミサイルは飛んでこず、彼らは誤警報だったと判断した。ソ連の衛星はアメリカのモンタナ州付近で反射した日光をミサイルの発射と誤認したのだと、のちにわかった。

一九八三年当時は、核攻撃に対応する時間は三十分あった。しかし今は、最大で五分しかない。ノーベル平和賞に値する人間がいるとするならペトロフ中佐だと、事務総長は考えた。

17

ふたりは沈黙したまま歩いた。足を踏み出すたびに凍った雪の表面が砕ける音だけが響く。父が死んだあと、イルヴァはこのあたりを、自分より冒険好きないとこたちとよく歩きまわった。まわりの山々と湖は多くの伝説に彩られていて、いとこたちはＵＦＯマニアやヒュペルボレオスの痕跡を求めてやってくる観光客を山の上まで案内しては数ルーブルを稼いでいた。イルヴァは今、山頂を迂回して山の西側におりる一番速いルートを思い出そうとしていた。山の西側は彼女にはなじみのないエリアだ。

父の死に続く時期は、イルヴァにとって最悪であると同時に最高の日々でもあった。地下室で死んでいる父を発見したあとの出来事を、彼女はほとんど覚えていない。あまりにも多くのことが一気に起こった。父の死の直後、母は奇妙なくらい落ち着いていた。父が死ぬ数秒前に人影のようなものを見たとイルヴァが話したときも、そのまま信じてくれた。しかし警察は証拠を発見できず、ＤＮＡなどの、父が犯罪の犠牲となったことを示すものはどこにもなかった。そして父の死の原因をまったく別のものとする検死結果が出た。パイロットは大きな気圧と重力加速度の変化にさらされるため、脳血栓などができるリスクが一般人より大きく、それが死をもたらしたという結果だった。彼らの家のまわりの雪は降り積もったままで人が踏んだ跡はなく、玄関以外から出入りした人間がいないことはたしかだった。そこから入ったのは救急隊員だけ。それでも母はイルヴァが本当のことを言っていると信じた。娘はときに罪のない嘘をつくことがあると知っていても、父の死に関しては全面的に信じてくれた。

彼らの親族は、イルヴァと母がゲイルの死後のつらい時期を乗り越えられるかどうかを心配した。メアリーの心が強くないことを知っていたからだ。そして母は、ロヴォゼロで心を癒(いや)せばいいというイルヴァのいとこたちの招待を受け入れた。そこでの生活は彼女に新たに探索するものや学ぶものを与えた。彼女の姪(めい)はロシアに住むサーミ人のトナカイ飼いで、ノルウェー、ロシア間の開かれた国境とグラスノスチのおかげで、ようやく互いを訪ねることができるようになった。そしてメアリーはあっという間にロシアに住むサーミ人の歴史と彼らの権利に興味を持つようになり、ロヴォゼロではそれを満たしてくれる材料には事欠かなかった。

メアリーは親族たちとの暮らしに心の平穏を見出し、しばらくのあいだはほぼ普通と言っていい状態に見えた。平原でトナカイの群れと一日じゅう過ごしたあとは、薬をあまりのまなくても朝まで眠れていた。より内省的になり、よく物思いにふけっていたが、何を考えているかはよくわからないものの、しょっちゅう笑みを浮かべるようにもなった。そして自分がしゃべるよりも人の話を聞いていることが多くなり、それはイルヴァに関する限り、歓迎すべき変化だった。

しかしボードーに戻るとすぐにメアリーの状態は悪化し、やがて完全におかしくなった。埒（らち）もないことを延々と話すようになり、イルヴァの父は地政学的な陰謀の犠牲者で、何かを知ってしまったために殺されたのだと主張し始めた。メアリーの陰謀論はどんどん妄想的になり、荒唐無稽な非難を繰り返したので、とうとう警察は彼女に電話を返さなくなった。そしてより強い薬が処方され、従順に従うことを拒否する多くの人々と同様にメアリーは化学的に昏倒（こんとう）させられ、初めて完全に沈黙した。

母の沈黙はイルヴァの神経を逆撫でした。そして以前話してくれたさまざまな科学的事実を織りまぜた神話、宗教、魂、言葉の由来、文学、政治、形而上学、遺伝、音楽、文化、儀式、心理学、絵画、映画、歴史などに関する母のとりとめのないおしゃべりを懐かしく思うようになった。特に恋しかったのは、量子物理学や量子もつれ（エンタングルメント）についての〝似非（えせ）科学的〟な話だった。母があれこれ主張していた考えの科学的な知見を調べてみると、意外なことにその主張が正しいということがかなり頻繁にあった。母は絶対に変えられない事実（ハードファクツ）をよく知っていて、多岐にわたる分野の最新の研究に通じていた。

昼間、母は休みなくニュースを見たり読んだりし続け、夜には本を読み、ネットサーフィンをした。インターネットで見ていたのは愛くるしい猫の動画などではなく、最先端科学や政治の話だった。それを分かち合う人間がいるわけでもないのに、なぜそこまでして最新の情報を集め続けたのか？　それは世の中のすべてをさまざまな角度から見るという性癖のせいでもあったし、何についても全力で知り尽くさなければ気がすまない性格のせいでもあったし、まったく関係のない事実のあいだにつながりや陰謀を探していたからでもあった。そして母は大量の情報を取りこみ続けるうちに自分を見失い、正気ではないと宣告された。母がそうなってしまったことを、イルヴァは不思議だと思わなかった。あれほど大量の情報を取りこんで耐えられる人間はいない。

寒さのなかを必死に進みながら、イルヴァは母の生き生きとした明るい声を聞きたいと思っている自分に気づいた。わきあがるままの言葉を散弾銃のようにまくし立てて語る起伏に富んだストーリーや、ユーモアあふれる観察、科学的な事柄の説明、壮大な陰謀論がまた聞きたかった。

イルヴァは胸の奥が悲しみで痛むのを感じながら、もし今ここにいるのが陰気に黙りこくった少佐ではなく母だったらと考えた。母は永久凍土の構成成分や、古代から北極に生息しているヤクート馬――当然、母は乗ったことがある――がマイナス五十度でも生きられることなどを、うれしそうに語っただろう。それから絶対に、降り積もった雪の表面に風が少しずつ削り出した細長い波形の模様サスツルギについても楽しげに説明したに違いない。こうしてサスツルギの上を歩くのは悪夢のような体験だが、母ならシルクのごとくなめらかな砂丘に刻まれている波のような筋とそっくりな雪上の模様を堪能したはずだ。母の関心を一心に引きつけるであろうサスツルギは、天候のパターンを示す指標でもある。その知識を持っているかどうかが、ツンドラ地帯では生と死を分けることもあるのだ。

それから母は、突然まったく違う話題に移るだろう。たとえばヒュペルボレオス人――北風よりさらに北の地に住む巨人の一族――の話などに。ヒュペルボレオス人のことはキリストが生まれるよりも前、クレオパトラがジュリアス・シーザーに色目を使うよりも前の時代に生きたヘロドトスの著書にも書かれている。母は神学やローマの歴史よりギリシャ神話が好きだった。母がいたら、この神話上の人々についてヘロドトスが書いた描写を身振りつきで生き生きと引用したかもしれない。古いものや伝説に彩られたものは、母にとって大きな意味を持っていた。そしてイルヴァが知っているとおりの母なら、これらの話はサーミ人はそもそもイベリア半島から来たのだというう母が信じている説についての哲学的な話につながっていったはずだ。遺伝子的に見て、わたしたちの起源は北アフリカのベルベル人なのだと自慢げに言う母の声が聞こえるようだ。当然ながら、母は砂漠のテントで数カ月間ベルベル人と生活をともにしたことがある。それも一度ではなく二度も。母はベルベル人が好きだった。ちなみにベルベル人は自分たちのことを〝イマジゲン〟と呼んでいる。これは自由な人間というような意味で、母は彼らのそういう部分が気に入っていたのだろう。誰だって自由な人間は好きだ。そんなことを考えているうちに、イルヴァはストームに会いたくてたまらなくなり、ひそかに笑みを浮かべ、彼の目や手や唇を思い浮かべた。彼はどこもかしこも最高だ。

ジョンはイルヴァが歩きながらほほえむのを見た。**なんだってあの女は笑っているんだ。頭がおかしくなったのか？**　彼はイルヴァの精神状態に注意しつつ見張ることにした。ここから生きて戻るためには、彼女の判断力を信用できなくてはならない。

そして今の状況を考えると、ひとりでくすくす笑っている人間の判断力はかなり怪しい。彼は毒づいた。どうして何もかもこれほど困難なのだろう?

凍りつきそうなくらい寒い、すっきり晴れた月のない夜だった。山の輪郭が少しずつ暗い夜空に溶けていく。ジョンは冷たい不気味な感覚にとらわれていくのを感じた。今に夢見てきた完全な闇を経験することになるだろう。闇はすべてを包みこみ、何もそれを突き通せない。彼が恐れ、望んできたように。これまでの人生で、後悔は山ほどある。史上もっとも攻撃的で強大な力の実行者であった彼には、後悔するだけの数えきれない理由があった。だが闇にのみこまれようとしている今、やはり自分は正しいことをしているのだという確信が満ちてくるのを感じた。彼が守りたいもの、守らなければならないものが、これで守られる。彼のおかげで。自分にできるたったひとつの正しいことをしたのだ。

ジョンは軍でのキャリアを終わらせるべきだった瞬間のことを、思い返そうとした。第二次世界大戦以来アメリカが関わってきた五十余りの武力紛争のほとんどは、誰も関心を持たない、比較的知られていない影の戦争だった。そのうちジョンが関わったのは六つ。アフガニスタン、イラク、ソマリア。それからしばらくアメリカへ戻ったが、すぐにウガンダに配属され、そのあとシリア、そしてリビアへ。ジョンは世界じゅうへ行った。だが、あとになって疑念がわいた。それだけの価値があったのだろうか？　自分は本当にアメリカをより安全にしているのか？　世界のあちこちに行って武力介入することで、本当に祖国と同胞を守っているのだろうか？　最初は彼も理想に燃えていた。しかし誰もが知っていることだが、地獄への道は善意でできている。

突然、遠くからかすかにうなるような音が聞こえてきた。その音が何かを理解し、ジョンはため息をついた。

「やつらが来た」

「やつら？」

「ロシアの偵察機だ」

イルヴァは即座に反応し、ジョンとともに大きな石灰岩の岩棚の下にすばやく身を隠した。何秒も経たないうちに大きな偵察機が頭上を通過したが、石灰岩の岩棚のおかげで赤外線カメラにとらえられずにすんだ。偵察機が遠ざかっていく。

ジョンはイルヴァを見た。

「F‐16と一緒に落ちなかったのが知られたようだな」

イルヴァがうなずいた。

ふたりを獲物とした狩りが始まった。

18

十八時間前にイーゴリ・セルキンが仕事に出かけたとき、彼は何者でもなかった。だが帰宅したときには、ロシアの英雄になっていた。イーゴリは打ちのめされていた。

その日は何もかもが最悪だった。出だしはよかったのだ。走りに行ったあと家族と朝食をとり、任務もただ威嚇飛行をするだけの、なんていうことのないもののはずだった。それがどんな悪夢よりもひどい、想像したこともないような大惨事になった。

NATO機を撃墜したときに体じゅうを駆けめぐったアドレナリンは、戦闘機がアパチートゥイに落ちて燃えあがるのを見たときに一瞬で引いた。ヒビヌイ山脈の西にある鉱山の町には六万五千人近い住民がいる。そこに落ちた戦闘機は雪の吹きだまりにぶつかったあと目もくらむような閃光(せんこう)とともに爆発し、巨大な火の玉が空へのぼっていった。爆発と、それに続いて機体を包んだ炎の熱は周辺の雪を溶かし、火が燃え広がっていくのが見て取れた。

地上におり立ったとたんに報告を求められ、イーゴリはすべてを話した。威嚇飛行中にNATO機に接触し、相手に損傷を与えた可能性があることも含めて。ところが叱責され厳しい取り調べを受けるものと思っていたのに、イーゴリが報告をする前から上官たちのあいだではストーリーがすべてできあがっているようだった。威嚇飛行中にあったことは誰にも話してはならないという命令を受けたときは、ほっとすればいいのか怯えればいいのかわからなかった。彼が口にすることを許されたのは、ムルマンスクの核基地へ向かっていたNATO機を撃墜せよという命令に従ったということだけ。それが公的なストーリーだったのだ。

上官たちは今回の出来事にまったく驚いておらず、イーゴリはそこが一番引っかかった。

何もかも彼が知らされていない計画どおりに進んでいるという非現実的な感覚は一日じゅう続き、しかも強くなる一方だった。まるで自分は大きなゲームのただの駒でしかないかのような感覚。だが、どんなゲームなのだろう？ 彼の役割は？ ゲームを操っているのは誰だ？

短い報告のあと格納庫へ戻ったイーゴリは、拍手で迎えられた。平服に着替えて基地の外へ出るとリポーターに囲まれ、指示どおりに許可されたことだけを話した。そしてほっとしたような怖くてたまらないようなどっちつかずの気持ちのまま、報道関係者が話をそのまま受け取ったことを確認した。

家へ戻ると、家族はソファに座ってテレビを見ていた。どのチャンネルでもNATOによる攻撃について報じていて、イーゴリの短いコメントが繰り返し流れた。彼は英雄になっていた。彼は祖国を救ったのだ。NATO機を撃墜して、核基地への攻撃を防いだ。アパチートゥイで少々犠牲者が出たことは、ロシア史上最大の惨事が起こるところだったことを考えると、取るに足りない犠牲だとキャスターが言っている。

NATO機が落ちたのは町の郊外にある肥料工場だと判明した。ぼろぼろの布人形のような焼け焦げた遺体が地面に散らばっているカラー映像が、テレビ画面に映し出される。子どもから大人まで手当てするボランティアや医療従事者、爆発が起こったときは地震のようだったと怯えて語る目撃者、墜落に続く混乱に満ちた悲惨な時間に広がったパニック。道路が一部崩れてしまい、現場まで行く道が渋滞しているため行き着けない救急車。吹き飛ばされた柵や納屋から逃げ出した農場の動物や、壁がはがれて大穴が開き、ドールハウスのように部屋のなかがむき出しになっているアパートメントの映像が次々に流れた。死傷者の数はまだはっきりしていないが、相当になると思われた。該当地区の住民の避難は進んでいない。肥料工場のまわりに有害ガスが発生していることを当局が懸念したからだ。病院と数棟のアパートメントが吹き飛ばされ、建物の枠組みだけがこれから起こることへの警告のように残っている。

ＮＡＴＯ機は当初の目標だったモンチェゴルスク空軍基地に行き着けなかったため、基地から南へ百六十キロの地点にあるポリャルニエ・ゾリ原子力発電所を目指したのだとロシア当局は推測し、原子力発電所へ突っこまれる前にイーゴリ・セルキン少尉がＮＡＴＯ機を撃墜できたのは幸いだったという見解を示した。

イーゴリは皮膚の下にぞくぞくと寒気が走るのを感じた。ＮＡＴＯ機はモンチェゴルスクの核基地を爆撃するためにロシアに侵入したのだと新聞やテレビが報じ、誰もがそれを信じている。だが、それは真実ではない。ＮＡＴＯ機のパイロットに尋問したわけでもないのに、なぜ彼らの任務が断定されているのか？　ＮＡＴＯだって何も認めていない。単なる憶測が事実としてまかり通っている。イーゴリは大統領へのインタビューに耳を傾けた。どの局でもその映像が、めまいがするほど繰り返し流れていた。ロシアはこの攻撃の試みに対抗する、ＮＡＴＯは思い知るだろうと大統領は言っているが、それはイーゴリも同じだ。彼もまた思い知ることになるだろう。

空軍基地ではイヴァナ・ホドルコフスキー少佐が、リポーターの相手をしなくてすみ、騒ぎの矢面に立たずにすんでほっとしていた。彼女よりはるかに野心的で目立ちたがりの上官が、自らこの成功の顔となった。基地の外には大量のマスコミが押し寄せていたが、イヴァナはひとりで格納庫に立ち、イーゴリが飛ばした機体を見つめていた。そしてじっくり調べたあと、右の翼にひどい擦り傷があるのを発見した。近寄ってみるとカーキ色の塗料が残っていて、深いへこみが激しくぶつかったことを示していた。イヴァナは鋭いナイフと試験管を取ってくると、翼についた塗料を削り落として試験管に入れた。これは調べる必要がある。

19

イルヴァは西に向かっていることを確かめながら山の北側を進んだ。ジョン・エヴァンスが脚の痛みと無言で戦っているのは承知していたし、彼だけでなくイルヴァ自身の疲労の色が濃くなっていることにも気づいていた。彼女は肩越しにすばやく視線を向け、少佐の険しい顔つきを見て立ち止まった。夜が忍び寄り、闇があたりを完全に覆っている。

「少佐、休憩が必要ですか？」

間髪をいれず返事があった。

「必要ない！」

イルヴァは彼の脚を見た。ブーツの上方にどす黒い染みが浮かび、制服のズボンからは血が染み出ている。マイナス三十度のなか、激しい向かい風を受けながら深い雪の上を歩くのは体力を消耗するし、イルヴァも暗闇で方向を誤らずに進むのが困難になるとわかっていた。それに、彼女自身も休憩が必要だ。

「ここで止まったほうがよさそうです。そうすれば……」

ジョンは彼女を無視した。あきらめるものかと、頑固に前方を見つめて身を引きずるように尾根を進んでいる。イルヴァはその場にふさわしい罵りの言葉を発するのをぐっとこらえた。このまま進むなんて信じられないほどの愚行なのに、この老いぼれた頑固者は自分がどうすべきか本当にわかっていないのだ。彼女は足を止めた。

「少佐、ルートがわからないうえにこの暗闇では正しく進めません。進んでも危険が増すだけです」

少佐には彼女の声がはっきり聞こえたはずだが、かまわず歩き続けた。イルヴァは背筋を伸ばし、あたりを見まわした。厚い雲が月を隠していて何も見えない。雪に覆われた山々の輪郭だけが、東の暗い夜空を背にしてぼんやり浮かんでいる。少佐が立ち止まる音が聞こえ、イルヴァは厳命を覚悟したが、彼は無言でそこに佇み、彼女を見つめていた。

「少佐、わたしは……」

彼女は口をつぐんだ。少佐の真後ろの岩肌から大きな岩棚が突き出ている。ちょうどいい。イルヴァは鉛のように重い足を引きずってそこまで行くと、岩棚の下の雪を何も言わずに掘り始めた。

ジョンは彼女をじっと見つめていた。山の東側で見たあの石の巨人を通り過ぎて以来、ずっと疑問に思っていたのだ。彼女は何者なのか？　用心するべきか？　脅威になりうるのか？　彼女がロシアに住んでいたという情報がなかったのはなぜか？　重要な情報のはずだろう。もしかして自分ははめられたのか？

ジョンは神経質なほどの警戒心と押し殺した攻撃性を常に抱えた精神状態に慣れていた。敵はどこにでもいるし、誰でも敵になりうる。イルヴァは敵なのか？　今はそのことを考える余力がなかった。彼はどんなときでも信頼できる唯一の相手のことだけを考えていたかった。ほかの人間のことなど考えたくない。

ジョンが妻のキャスリンと娘のリア、そしてテキサス州のウィロー・スプリングスに夫妻が建てた家を愛していることは誰もが知っている。結婚して娘が誕生してからの数カ月間、彼は家の近くの駐屯地に配属された。人生でもっとも幸福な時期だった。しかし、しばらくすると現場復帰せざるをえなくなり、彼はシリアでのごく標準的な任務を引き受けた。出発してすぐに、何かが変わったことに気づいた。現場で任務に就く人生が魅力を失っていたのだ。自分の家と家族を得たあと、ジョンはそれまでと違う視線で地元住民を見始めた。感情的に距離を置くべきなのに、それが難しくなってきて、ますます自問するようになった。なぜ自分たちはこんなことをしているのだろう？　アメリカから何百キロも離れた国々になぜ爆弾を落としているんだ？

そんなふうに考えるのは彼が初めてではなかった。どんな兵士でもときおりそういった考えが浮かぶものだが、ジョンの場合、その考えが頭から離れなくなっていた。彼は変わり始めていた。戦地にいると故郷や家族が恋しくなる一方、家族のもとへ戻ると、戦地での活気や仲間意識を懐かしく思った。テキサスでの静かな家庭生活と、外国のさまざまな紛争地帯での緊迫した生活を行き来するのが、彼にとって一種のルーティンとなった。

ジョンは二〇一一年にリビアへ派遣された。その頃には、自分の仕事と人生の役割は家族を養い母国に仕えることだと納得していた——そのはずだった。だがリビアの反政府勢力の人質となって壮絶な八カ月を過ごしたのち、彼の人生は二度と元通りにはならなかった。リビアから救出され、無事にテキサスの家族のもとへ戻ると悪夢が始まった。ジョンにとっての戦争は決して終わらず、毎日毎晩、頭のなかで拷問が繰り返された。

酒で気を紛らそうとしたものの、かえって悪化し、抗うつ剤を試すようになった。

すると体力が落ち、体重が増え、無気力になり、自殺願望が芽生えた。激情が薄れてくると、絶望と無関心が忍び寄ってくる。記憶力が衰え、ひどいときには自分の名前すら思い出せないほどだった。感情を麻痺させることがジョンの目標になった。何も感じない日々が最高だった。

彼は、こんな人生はもう終わらせようと決心しかけていた。四六時中、気を張っている余力がもはやなかったのだ。みっともない自己破壊的な行動にも、罪悪感にも、ひと晩たりとも朝まで熟睡できないことにも耐えられなかった。必要なものをそろえて心の準備をし、あとはタイミングを見計らうだけだった。

しかしジョンはそれを先延ばしにし、躊躇した。死ぬのは怖くなかったものの、何かが引っかかっていて心を決めきれずにいたのだ。時間が流れ、タールのような脳を抱えて急降下していたちょうどそのとき、来たるNATOの演習に教官として参加しないかと急に声をかけられた。長いあいだ空軍からは音沙汰がなかったのに、この仕事が新たな出発になるのだろうか？　これは転落から逃れ、任務に戻る最後のチャンスなのか？　とはいえ、心の奥底ではわかっていた。その仕事は、避けられない死までの短い先送り手段でしかないことを。

ジョンは余計な考えを押しのけて、疑わしげにイルヴァをにらみつけた。彼女は重たい腕でふたりが眠るための雪洞を掘っている。彼には今、イルヴァが必要だったし、ジョンの知りたい答えをやがては彼女から得なければならないだろう。ともかくふたりには休息が必要だという事実を彼は受け入れ、足を引きずってイルヴァのもとへ行った。そして何も言わず、膝をついて雪を掘り始めた。

20

「パパ、戦争になるの？」

　上掛けの下で丸くなった幼い息子のセルゲイが、心配顔で父を見あげた。イーゴリはぎこちない笑みを浮かべ、息子の冷たい小さな足先を普段より丁寧に毛布でくるんだ。なんて返せばいいだろう？　きちんと説明するべきか？　それとも、パパにはわからない、パパも不安なんだと言おうか？

「心配しなくていいよ」結局、イーゴリはそう答えた。

　なんと間の抜けた答えだろう。ひと晩じゅうそのことばかり話していたセルゲイが、そんな答えでもう心配しなくなるはずもないのに。

「あの人たちは爆弾を落とす？」

　その答えを恐れていたので、イーゴリは疲れたようにため息をついた。

「誰にも爆弾を落とさせたりしないよ。ぼくたちは安全だ。約束する。だからもう寝なさい」

イーゴリにはセルゲイがまだ納得していないのがわかった。布団の下で小さな足をもじもじさせている。息子が小さな手で父親の大きくて力強いこぶしにそっと触れた。

「でもテレビで、アメリカが爆弾を落としてくるかもしれないって言ってたよ」

イーゴリは息子の髪をくしゃくしゃと撫でた。それがどこの国であれ、敵が自分たちには決して危害を加えないという安心感を、そして絶対的な確信を求めて、息子が見開いた目でじっと父親を見つめている。

「いいかい、今ぼくたちにできることはお互いを気にかけ、国の指導者たちを信頼することだ。彼らが解決してくれるとパパは信じている」

しかし幼いセルゲイは納得しようとしなかった。恐怖心にとらわれていたのだ。

「パパがぼくたちを守ってくれるよね？」

目に涙があふれたので、イーゴリは視線をそらした。約束できるだろうか？　すでに起きている混乱が自ずと増大する原動力を持っていることが、彼にはわかっていた。

ほかにどうすることができた？　それはあっという間に起こり、イーゴリは命令を実行すること以外、何も考えられなかった。そうするように訓練を受けていたし、それが自分の仕事だった。そのうえ、アドレナリンがほとばしっていた。彼はそういう興奮状態をいつも楽しんでいたけれど、攻撃に集中しているときに長期的な展望など考えられるわけがない。

ゴルバチョフ政権のグラスノスチとエリツィン政権の無秩序な自由主義のもと、苦しい十年を過ごしたのち、世界はふたたび落ち着き、軍はロシア社会における正当な地位を取り戻した。今日のロシアでは、労働者の賃金も国民の年金も滞りなく支払われている。自慢できるほどの額ではないかもしれないが、食事と住まいをまかなうには充分だ。

ロシアの外ではすべてが崩壊し、自由に見せかけた弱肉強食の世界になっていた。イーゴリは若い頃に各国を旅し、西洋世界の激しい出世競争を、つまり富と注目を求める者たちの絶えざる奮闘を目撃した。見るも悲しい光景だった。誰もがどんな犠牲を払ってでも出世しようと張り合っていた。アメリカに行けばひと旗揚げられると信じて、いかなる手段を使ってでも移住しようとする友人が何人もいた。そうすることになんの意味があるのだろう？　イーゴリが求めたのは、明確な規則と確固とした土台だった。それが彼にとっては本物の自由だったのだ。何がなんでも地位を得ようと金目当ての結婚をする人間の気持ちがわからなかった。そう、彼はナターシャのような本物の女性と結婚し、目覚めたら彼女の笑顔を見て、彼女が寝支度をしながら家じゅうでたてる騒々しい音を聞きたかった。ナターシャが寝る前にたてる物音はうるさかったが、彼はそれが好きだった。もう慣れてしまい、耳に心地よいくらいだ。

イーゴリは、望みうるものすべてを与えられていた。くつろげる小さなアパートメント、愛するふたりの子どもたち、彼をひどくいらつかせる父親。でも父は、学校から帰ってきた子どもたちを家で迎えてくれるし、あらゆる用事を引き受けてくれる。それからナターシャだ。イーゴリは強くて生意気な妻を、彼よりはるかに頭がよくて、彼を心から愛してくれる妻を崇拝していた。彼が心から妻を愛するように、心から彼を愛してくれる妻を。そして何よりも、彼には戦闘機があった。定期的に飛ぶことができる戦闘機、それに乗れば王になれた。

「パパ、教えてよ。もし……」

イーゴリはセルゲイを見おろした。すっかり父親を信頼しきった無邪気な息子を。柔らかく丸々とした頬、いとこのおさがりの少し大きすぎるパジャマを着たか細い体、父の手に触れる小さな手を見ていると、イーゴリの胸が悲しみでちくりと痛んだ。幼児期はすぐに過ぎ去り、息子はあっという間に大人になるだろう。セルゲイの気持ちを完璧に理解しているとまでは言わないものの、息子の不安がイーゴリにも伝染していた。

「パパがぼくたちの面倒を見てくれるんでしょう?」

イーゴリは気を取り直し、安心させるような力強い口調で答えた。

「そうだよ、セルゲイ。パパが面倒を見る。ずっとだ。おじいちゃんがパパの面倒を見て、ひいおじいちゃんがおじいちゃんの面倒を見たようにね。だから心配することはない。パパとママがここにいて、みんなでおまえたちの面倒を見るんだ」

それは本心だった。

幼いセルゲイは安堵(あんど)の笑みを浮かべた。心なごむあたたかい布団のような父の声を聞いているうちに、息子のまぶたは重くなり、呼吸が落ち着いていった。

「パパは英雄だってみんな言ってたよ。パパがぼくたちを救ってくれたって」

イーゴリは沈んだ気分で息子を見おろした。何度も目を開けようとしているが、もう少しで寝そうだ。

「パパ、ぼくは大きくなったらパイロットになって、悪いやつらに爆弾を落として、いい人たちを守るんだ。パパみたいに」

イーゴリは思わずほほえんだ。小さなセルゲイが誇り高き青年になり制服を着ている姿が容易に目に浮かぶ。

「そうだよ、セルゲイ。ぼくたちでいい人たちを守ろう」

それは幼い頃のイーゴリの夢でもあった。人々を助け、物事を正したかった。そうすれば、人々は彼を頼りにしてくれるだろうと思っていた。幼いセルゲイはようやく、あくびをして横向きに寝返った。パパがぼくの面倒を見てくれるとわかって安心したのだろう。

この小さな少年は、父みたいになりたいといつも夢見ていた。その夢をはっきり描いていた。パパと一緒に空高く飛んで、悪いやつらを追い払うのだ。セルゲイは学校のみんながいじめっ子を怖がることに気づいていた。いじめっ子たちが適当に選んだ子を叩きのめしているとき、誰も止めようとしないことにも気づいていた。みんな目をそらし、まるで何も起こっていないかのようにふるまい、いじめっ子たちの意地悪な視線が自分に向かないように気をつけた。セルゲイがそのことに気づくのに、時間はかからなかった。なぜなら彼も叩きのめされ、いじめられ、雪のなかに放り投げられる子たちのひとりだったからだ。セルゲイは恥ずかしかったので、そのことを誰にも言わなかった。でもパパが英雄になってテレビにも映ったのだから、いじめっ子たちもぼくのことをそっとしておいてくれるかもしれない。

幼いセルゲイはほほえみながら眠りに落ちた。今はぼくとパパのほうが強くなったことを、あいつらに見せつけてやる。あたたかく、くすぐったいような感覚が少年のか細い体を駆けめぐった。見返してやろうと考えると興奮し、待ちきれない思いがした。今度はいじめっ子たちが気をつける番だ。

イーゴリは息子のまぶたが徐々に閉じ、かすかな笑みを浮かべて眠りに落ちる様子を静かに見守った。電気を消すと、居間で彼の携帯電話が鳴るのが聞こえた。彼は息子の額にそっとキスをした。

「おやすみ、セルゲイ」

そうして音をたてずに部屋を出た。

居間では父がテレビに夢中になっていて、ナターシャはキッチンで洗い物をしていた。携帯電話を取ると、画面にホドルコフスキー少佐からの着信だと表示されていた。今頃なぜ彼女が電話をかけてきたのだろう?

イーゴリは、部外者に口外してはならないと上司から厳命されていた。同僚にも、家族にも、友人にも、とりわけマスコミにはひと言も話すなと。彼はナターシャの心配そうな視線を感じながら上着をはおり、応答するためにバルコニーへ出た。

「セルキンです」

「こんばんは、セルキン。ホドルコフスキーよ」

「こんばんは」

ホドルコフスキー少佐はいつも無駄な世間話をせず、単刀直入に話すのを好んだ。

「わたしに報告した内容だけど、何か省略しなかった？」

イーゴリはとっさに警戒した。煙草（たばこ）に火をつけ、時間稼ぎのために長々と吸いこむ。

「たとえば、どういったことをですか？」

「威嚇飛行中にフルバックとＮＡＴＯ機の接触があったんじゃない？」

答えてもいいのかわからなかったので、イーゴリは黙っていた。

「セルキン、質問が聞こえた？」

イーゴリには質問が聞こえたし、彼の非協力的な態度にホドルコフスキー少佐の声がいらだっていることもわかった。少佐は衝突のことを知っているものの、それについて尋ねてくるということは、上層部には属していないのだとイーゴリは考え、沈黙を守った。

「威嚇飛行中に事故を起こしたの？」

イーゴリはまた煙草を深く吸いこんだ。彼女は絶対に上層部の一員ではない。彼は優しいが断固とした口調で答えた。

「指示どおりにしただけです」

「報告しなければならないわ」

イーゴリは窓に映る自分を見た。彼がふたりいる。家族はあたたかい家のなかで、イーゴリは冷たい外にいた。

「モスクワの上官に詳細な報告をしました。不明な点があれば、彼らにきいてください」

「だけど彼らは何も……」

ホドルコフスキー少佐は言葉を切った。上から説明を受けていないことを言いたくないし、知られたくもなかったのだろう。イーゴリはフルバックとNATO機のあいだで起こったことを彼女が怪しんでいるのだと気づき、思わず自分のジレンマを打ち明けたくなったが、それは絶対にできなかった。他言するなと明確な指令を受けていたからだ。それに少佐が情報を共有されていないことには、それなりの理由があるはずだ。

「ホドルコフスキー少佐、ご用件はそれだけですか？」

彼はできるだけ当たり障りのない事務的な口調を心がけた。気まずさが声に出ないよう祈りながら。埒が明かないと気づいたのか、ホドルコフスキー少佐は淡々と堅苦しく会話を終えた。

イーゴリはひんやりとした屋外にとどまり、周囲のアパートメント群の明かりを見つめた。町の雑音が遠くに聞こえる。少佐はイーゴリがＮＡＴＯ機に接触したことを察したが、正式な報告を受けていないらしい。モスクワの上層部に少佐のことを警告すべきだろうか？

もし少佐が嗅ぎまわって自ら事故の調査を始めたら、黙秘する戦略がすべて無駄になってしまう。そして、イーゴリが責任を負わされるだろう。彼は身震いした。不安が忍び寄ってくる。いや、彼女が自身の見解をまとめ、然るべき部署に報告したとしても、自分は深入りすべきではない。

それにイーゴリは、少佐がモスクワの上層部とトラブルになるようなことを言いたくなかった。事を荒立てることになるし、そんなことは誰でもしたくない。イーゴリは最後にもうひと口煙草を吸うと、火をもみ消してポケットに入れ、あたたかい部屋のなかへ戻った。

21

ジョージ・ローヴは、なぜ人が北極圏というはるか北の地に住もうとするのか理解できなかった。海から不快なみぞれが吹きこみ、まだ午後四時だというのに日が落ちつつある。およそ二十四時間にわたる緊迫した危機管理を経て、彼はなんとしてでも数時間の睡眠をとろうとホテルに立ち寄った。どんな状況であれ、いつでもどこでも眠れるのはローヴの特技だった。兵士は眠れるときに眠るものだ。その後に大変な数日が待っているかもしれないのだから。

危機レベルが高く、ローヴはプレッシャーを感じていた。今はいかなる失敗も許されない。彼の優先事項はロシアにノルウェーを攻撃させないこと、そしてNATO防衛戦略の礎石である第五条を発動させないことだった。一カ国への攻撃は二十九の加盟国すべてに対する攻撃と見なされ、ロシアを存続不能にするほどの世界大戦を引き起こすことになる……ロシアが核兵器を配備すれば話は別だが。いや、むしろ……ロシアがNATOに対抗して世界規模の戦争を生き延びる望みはないが、核武装して他国を道連れにして破滅させることはできる。

ローヴは自分に言い聞かせた。厳密に言うと、アメリカは自国の利益が脅かされない限り他国のために戦ったことがないし、それと同様の理由で、NATOの集団的自衛権が行使されたのは歴史上で一度だけだ——二〇〇一年九月十一日のテロ攻撃に対抗してアメリカを防衛するためだった。その戦争に続いた政治的混乱はそれでも中東を壊滅させ、アフガニスタン侵攻から二十年を経た現在もなお、アメリカはアフガニスタンと戦っている。NATOの強力な部隊はいかなる国でもひざまずかせることはできるが、もはや戦争に勝つことはできない。ゲームは変わったのだ。

運転手がボードー・シティセンターから車を出すと、ローヴはウィンドウの外の荒涼とした冬の天候に目を向けた。ここから少し北東へ行ったところで、大規模な部隊が戦争に備えて国境の両側に集結しているのを、彼は常に意識していた。

ノルウェーとロシアの国境が世界でもっとも古くもっとも美しい地上国境のひとつであることはたしかだが、両国間で軍事紛争が勃発した場合、両国民のあいだの信頼関係は最終的にどの程度強いのだろう？

北方の国境地域に行くほど、オスロの有力エリート層や技術系官僚を崇拝する者よりも親ロシア派が多数であることをローヴは見抜いていた。

東フィンマルクは近隣国との特別な関係を築いている。そこは第二次世界大戦の終わり頃、ロシア軍に解放された地域なのだ。ローヴが知るもっとも奇妙な戦争話は、ロシア軍が北ノルウェーからドイツ軍を追い出したあとに起こった話だ。ロシア軍は自分たちが勝ち取ったその地域を要求するのではなく、そこから敢然と撤退し、ノルウェーに返還したのだ。そんなことをする国がどこにあるだろうか？　ローヴはほかの国が似たような行動を取ったという話を聞いたことがなかった。

ノルウェー統合司令部に戻ると、そこは活気にあふれていた。ローヴは会議に向かう途中、ＣＹＦＯＲの変わり者がまだ勤務中であることに気づいた。彼を観察しようと立ち止まる。その大男は肩をすぼめ、赤い目で目の前の画面を見つめていた。横にはレッドブル六缶と食べかけのバゲットがある。ローヴは仕事熱心な態度を評価し、その男が万事を心得ていることを直感的に察してほほえんだ。

ローヴが近寄って背後で立ち止まっても、ストームはサイバー空間に没頭していた。ローヴは何も言わなかったが、ストームがロシアのいくつかの通信衛星の中枢システムに侵入し、ロシアのセイドゼロ湖のはるか上空、北緯六十七度四十九分、東経三十四度五十一分に位置する衛星を追っていることに気づいた。ローヴは眉をひそめた。

いったい何をしているのだろう？　ＮＡＴＯ機はアパチートゥイに墜落し、彼のチームはパイロットたちがはるか北東に緊急脱出したものと結論づけていた。ローヴが知らない何かをストーム・ブーレ少尉は知っているのだろうか？

ローヴが咳払いをするとストームはびくりとし、背後にいる人物が何者かに気づいてあわてて立ちあがった。将軍に向かって敬礼する。

ローヴはうなずき、ストームに座るよう促した。

「状況は？」

ストームが指を走らせるとキーボードがかたかた鳴った。彼はロシアの通信衛星からログアウトし、〈ジェネラル・ダイナミクス〉社のシステムからＦ‐16のメインフレームの平面図を開いた。

「将軍、Ｆ‐16を制御しているのはこのセクションです」ストームは左翼の下の部分を指した。「経路誘導システムの故障により、機体が東側に大きくそれた可能性があります」

ローヴは考えこむようにうなずいた。ストームが続ける。

「しかし、あの機体はちょうど総合的な機能点検を行ったばかりで、何も問題はありませんでした。それに経路誘導システムの故障では、機体との連絡が途絶えた理由が説明できません」ローヴはストームが作成したさまざまなシナリオを描く3Ｄシミュレーションがすばやく展開されるのを見つめた。

「機体のシステムに誰かが侵入した可能性は？」

ストームは眉をひそめ、かぶりを振った。

「Ｆ‐16の通信システムに加えて経路誘導システムをハッキングし、停止させるのは不可能です。両システムは別々の回路に接続されていますから」

ローヴは地図を見た。

「なぜセイドゼロ湖の西側エリアを調べているんだ？」

ストームが肩をすくめる。

「もっとも論理的な選択は、コアシュヴァ山地にできるだけ近い場所で緊急脱出することだからです」

ローヴは驚いてストームを見つめた。

「論理的？　今回の惨事に論理的なところなど何もないはずだ」

ストームはキーボードを打ち続けた。

「この惨事を引き起こした原因、関係変数、そこに内在する規律を知れば、すべて論理的に説明できます」

ローヴは小さな声をもらした。物事の大半に対して〝なせばなる精神〟を示すこのいかれた人工頭脳(サイバネティクス)の専門家たちが好きだ。

彼は空いている椅子を引き寄せてストームの横に腰かけた。

「いいだろう、では論理的に説明してもらおうか」

ストームが背筋を伸ばしたのを見て、少尉が睡眠不足で首や背中を痛め、目を血走らせているのに、ローヴは気づいた。

「ロシア領空内に侵入するようNATOがF‐16に指令を出していないことを考えると……」

ストームがちらりとこちらを横目で見たが、ローヴは無表情で話の続きを待った。

「……NATO機が今回のことを意図的に引き起こしたとは考えにくいですね」

ローヴがうなずく。

「ここまではわかった」

ストームは肩をすくめ、口に出しながら考えていた。

「F‐16がフープからキルケネスまで護衛に当たっているところに、フルバックが干渉してきた。F‐16が威嚇されている最中に何かが起こったはずです」

ストームは顎ひげをこすった。

「左翼の下の中枢システムを停止させる何かが。そこは機体の急所ですから、電子機器類がすべて停止したに違いありません。機体の機器類すべてがです」

ローヴは考えこむようにストームを見つめた。少尉は持論を展開し続けた。

「パイロットが機体を制御できなくなり、アナログのコンパスを使って南西に向かおうとしたのであれば、風の影響で進路が東に大きくそれた可能性が高いでしょう。北西からかなり強い風が吹いていましたから。つまり、機体はたまたまロシア領空内に入ってしまったんです。そうしてロシア側に追跡されながら、地上のランドマークを確認して現在地を把握したのだとすると、唯一の論理的な対応は風に逆らわず、コアシュヴァ山地にできるだけ近づくことです。だから、機体はそこで墜落した」ストームはアパチートゥイの町を指した。

「機体が撃墜される十秒から二十秒前にふたりが緊急脱出したのであれば、そのあたりの風向きと三十二ノットの風力によってパラシュートは南西に運ばれたはずです。ノルダール少尉の身長は百七十四センチ、体重は五十五キロ、ＢＭＩ値は十八・二です。ジョン・エヴァンス少佐の身長は百八十五センチ、体重は八十四キロ、ＢＭＩ値は二十四・五です」

ローヴが話をさえぎる。

「どうやって調べた？」

　ストームは少し恥ずかしそうに体を揺すった。

「ええと、エヴァンス少佐の診療記録をハッキングしました。ノルダール少尉のことは何度か抱きかかえたことがあるのですが、一応、記録もハッキングしました」

　ローヴがにやりと笑い、ストームは話を続けた。

「とにかく、高度一万メートルから緊急脱出したふたりの軌道を計算しました。一万メートルは最後に計測された高度です」

　ストームが計算式を示したので、ローヴはよく見ようと興味津々で身を乗り出した。

「高度、体重、ＢＭＩ値を考慮して、ふたりが先ほどの風向きと風力に運ばれたとすると、運がよければヒビヌイ山脈近くのこのエリアに着地しているはずです」

　ローヴは画面上の情報とストームが印刷したロシアの山岳地帯の地図をじっくり調べた。理にかなっている。ローヴは感心した。

「なぜふたりは山間部に着地しようとするんだ？」

「そのほうが捜索が困難になるからです。山間部には隠れられる洞穴がたくさんありますし、その周辺は北極の荒れ地が延々と続いています。おそらくヒビヌイ山脈を越え、この経路に沿って西へ進もうと考えているでしょう」

地図を指さしたストームを、ローヴは信じられないという顔で見た。

「だが、ふたりは緊急脱出した時点ではそうした現地の知識など知りようがなかったはずだろう？」

ストームはコンピューター画面の青い光をじっと見つめ、悲しげにため息をついた。

「ノルダール少尉は知っていたのです、以前そこに住んでいたことがあるので」

22

イルヴァとジョンはずっしりと積もった雪を全力で掘り進めた。汗がひどく冷たい水滴となって首まわりや腕、背中をくすぐりながら伝っていく。イルヴァは冷静に手を止め、フライトスーツの前を開いて上半身に着ていた服を脱ぐ。ジョンは驚いて彼女を見た。

「ノルダール、何をしている?」

「濡れた服を着ていると凍死のリスクが高まります」

ジョンは重いため息をついた。彼女の生存本能が一流であることは認めざるをえない。彼もフライトスーツを開いて服を脱いだ。ふたりは裸の上半身を冷気にさらして立ち、ぞんざいに体を拭いて互いの背中も拭った。摩擦によって血流がよくなり、刺すような感覚でいくらか目が冴える。イルヴァがちらりと見ると、ジョンの体じゅうにむごたらしい傷跡があった。彼女はどこで負った傷なのか知っていたので何も言わなかったが、ジョンはその視線を意識した。彼のほうも、イルヴァのタトゥーに気づいた。彼はタトゥーを入れた女性を何よりも嫌悪していた。

ふたりして汗や湿りをすっかり拭き終えると、イルヴァは服を裏返して乾いた布地が体に触れるようにして着た。ジョンもそうした。ふたりは一瞬、震えながら立ちすくんだ。

イルヴァが内側から掘り進めるために這って雪洞に入ると、ふいにジョンは悲しみに襲われた。彼女を見ていると娘のリアを思い出した。娘とふたりで何度もミシガン湖へキャンプ旅行に出かけたものだ。すべてが楽しく、すべてが最高だった。彼はキャンプに必要な真剣さや状況認識の大切さを身をもって学ばせようとしたが、娘はそれを心躍る遊びくらいに思っていたのだろう。〝パパは抜かりがないから万事問題なし〟と楽しげに信頼を寄せていた。

ところが、娘は安全ではなかった。ジョン・エヴァンスの人生で間違いなく最悪の瞬間は、父親に対する信頼が娘の目から消えるのを見たときだった。彼女の安全な世界が崩壊し、父親が怪物に変身したときの娘の怯えきった表情を、彼は死ぬまで覚えているだろう。処方薬、マリファナ、ＬＳＤ、アルコールで高揚していた彼は、家に戻ると娘の母を、最愛の妻を、喜んで命を捧げようと思っていた女性を襲った……。

ジョンは妻を襲った。そして倒れた妻に飛びかかって抵抗する間も与えず何度も何度も殴った。彼女は叫んだ。〝出ていって！　家族を殺す気なの！〟　彼が愛し、そのために戦った妻の優しい顔、毎晩心に思い描いた若く美しい女性……からかうような口元、きらきら光るいたずらっぽい目……それらはもうジョンには見えていなかった。彼に見えるのは、嘘つきやごますり、拷問者、政治家、官僚だけ……彼は嘲笑う敵を見つけ、暴力で攻撃した。骨の折れる音が響き、血がほとばしり、彼はアドレナリンと激しい怒りを感じながら、口のなかに金属のような不快な味を覚えた。それでも殴り続けた。目には何も映らず、彼は殴り、彼女は消えた。力の限りに、鉄のようなこぶしで殴った。彼女がぐったりと横たわり、白目をむくまで何度も殴った。彼が勝った。最初に殴ったのも、最後に殴ったのも彼だ。彼の力が勝り、彼女は手も足も出ず、すべて彼に同意し、もう疑問を発しなかった。完全に力を失っていた。彼のほうが強い。彼女はぐったり横たわっている。

そうなるまで、われを失っていた。ジョンはようやく、自分の腕のなかで血を流して意識を失っているのが敵ではなく妻だと気づいた。扉のところに立って彼を見つめている娘に気づいた。恐怖で目を見開いている。娘が床に崩れ落ち、声にならない悲鳴をあげた。〝マミー！　マミー！　マミー！〟

それがふたりを見た最後だった。

ジョンは無理やりその記憶を押しのけ、雪洞の入口でかがんだ。洞はふたりがようやく入れる程度の広さだったが、それで我慢するしかない。イルヴァは何も言わず、ジョンは彼女からできるだけ離れて横たわった。彼女のための空間がちょうどできる。闇と雪の冷たい壁は狭苦しさを感じさせ、氷の棺に寝かされた気分だった。

「狭くてすみません」イルヴァがぼそぼそと言った。

ジョンは無言のまま、壁のほうを向いて胎児のように丸まった。筋肉が痛み、寒さでがたがた震える。

イルヴァも寒さに耐えられそうになかった。体を動かしていないと、急速に冷えていくのがわかる。身をよじるようにして雪洞から月のない夜のなかへ出た。

「少佐、雪が激しいので洞のなかで火をおこしても、暗すぎて煙は見つからないと思います」

ジョンが何かつぶやき、彼女は聞き取れなかったものの同意と解釈した。震えながら、乾いた小枝と多少の苔をかき集める。

数本の小枝と火打ち石でなんとか小さな火をおこすと、ふたりはほっと安堵した。

ジョンが凍った手を炎にかざした瞬間、血管に何千もの蟻が這っているかのようにぞわぞわし始めた。血流がゆっくりと指先まで戻ってくると痛みを感じたものの、それはありがたい痛みだった。イルヴァは雪洞の入口近くに座り、火の明かりで自分の指と足先を確認した。先端があたたまってくると、肌に赤みがさして感覚が戻ってきた。やがて彼女は少佐に注意を向け、その様子を観察し始めた。指は問題ない。左の足先も大丈夫だが、彼女は右脚を見て危機感を覚えた。肌が薄い灰色にくすみ、冷えきってこわばっている。彼女はその肌をそっとつつき、皮下組織と比べて皮膚がちゃんと動くかどうか確認した。ジョンが痛みに顔をゆがめる。

「少佐、凍傷が起こると皮膚の下で氷の結晶ができて細胞や血管が破壊され、細胞死が起こります。確認しなくては」

「凍傷が起きていたとして、どうする？　手の施しようがあるわけでもないのに」

ジョンが低い声で応じた。イルヴァは返事をしなかったが、彼の皮膚を押さえ続けた。ぶよぶよと跳ね返ってくる。

「凍傷にはなっていますが、壊死（えし）は起こっていないようです」

　彼女はまたフライトスーツを開くと、むき出しの腹に彼の両足をそっと当てた。ジョンは彼女を見つめた。肌のぬくもりがありがたく、呼吸がすぐに落ち着いて深くなる。

「回復不能な凍傷を起こさないようにしないといけません」

ジョンはうなずいた。あたたまってくると脚がぞわぞわし、くすぐったいようなひりつくような感覚とともに血液がふたたび足先まで流れるようになった。ジョンは体を倒した。イルヴァは動かず、自分の腹の上でジョンの両足が貪欲にあたたまっていくままにした。

イルヴァはジョンのふくらはぎの傷から血が滴っていることにも気づいた。これもまた問題だ。水分はどんなものでも寒気による損傷を大きくするため、ジョンのふくらはぎに刺さった金属片の燃料残留物から壊疽になるのも時間の問題だと、彼女は確信した。ふくらはぎの傷のせいで、足の凍傷リスクまで高まることにも気づき、悲しくもそれが何を意味するのか意識せざるをえなかった。

ジョンがバックパックからプロテインバーを取り出し、ふたりは無言で食べた。小さな火だが、あたたかい。極北の夜に流れ出す煙も、吹きだまりにどさどさと降り積もる雪に紛れている。体があたたまってくると、ジョンの気分もましになった。イルヴァを見ると、考えこむような表情で腕の緑色のタトゥーをひたすら撫でていた。彼は顔を引きつらせてほほえんだ。

「歩く決まり文句辞典だな」

イルヴァが眉をひそめる。

「えっ？」

ジョンは少し体を伸ばした。

「〝マルセ・シネ・アドヴェルサリオ・ヴィルトゥス〟……どういう意味だ？」

汗を拭うために服を脱いだときに、彼はイルヴァの下腹部に書かれたその文句を読んだのだ。イルヴァはすぐには返事をしなかった。なんて答えればいいのかわからなかったからだ。彼女は自分の指を見おろした。ぞわぞわする感覚はやわらぎ、手が重たく熱く感じられた。

「抵抗なくして貞操は守れない」彼女はつぶやいた。

いきなり何を言い出すんだとばかりに、ジョンが目を見開く。

「なんだって！」

「あるいは、痛みがなければ得るものはない」彼女は暗闇でゆがんだ笑みを浮かべた。

ジョンは思わず笑った。妙な気分だ。あらためて笑う。彼には長年、笑う理由がなかった。この状況を考えれば、今も笑っている場合ではないのだが。

「おいおい、三十歳のわりにえらく感傷的なのはどうしてだ？」

イルヴァはいらだった顔でジョンを見た。少佐のことはかなり知っている。ストームの手を借りて、厳密に言えば一般公開されていない情報収集をし、自分の指導者となる男のことを研究していたのだ。かつてのジョン・エヴァンスは彼女に似ていて、勇敢な伝説を信じ、偉業を夢見ていた。しかしそれは、空軍の英雄たちの玉座から落ちるまでの話だ。イルヴァは彼と同じくらい世の中の暗黒面を知っていたが、言い返す気力がなくて話題を変えた。

「わたしの足も冷たいのですけど」

ジョンが訝るように見ると、イルヴァが足をくねくねさせたので、彼はその意図に気づいた。ジョンがかじかんだ指でフライトスーツを開くと、イルヴァはブーツとソックスを脱いで凍えきった足先を保温シャツの下に入れ、彼の腹の上であたためた。冷たい足を当てられたジョンがたじろいだ瞬間、イルヴァはにっこりと笑った。彼女がジョンの体のぬくもりを味わううち、彼もリラックスし始めた。妙に親密な状況だ。ふたりは足の裏を互いの腹に当てて横たわった。むき出しの足が相手の素肌に触れている。ジョンは最後に女性の肌に触れたのはずいぶん昔のことだと考えた。正直に言うと、最後に誰かと肌を触れ合わせてからずいぶん経つ。

「ほかにはどんな賢い格言が体に彫ってあるんだ？」

イルヴァは考え、ほほえんだ。

「自由に生きよ、さもなくば死を！」

ジョンは口笛を吹いて眉をあげ、無意識に彼女の両足をさすり始めた。それは反射的な行為だった。ふたりでテレビを観(み)ながら、妻の足をよくマッサージしていたのだ。妻がひどく感傷的な番組を好んだので、ジョンはいつも退屈していたけれど、彼女の足をマッサージするのは好きだった。いや、好きどころか、それを愛していた。

「〝死は最大の悪ではない〟ベニントンの戦いでスターク将軍が言った言葉だな」

ジョンがうなずいた。イルヴァは少佐の無知に憤慨したふりをして首を横に振った。

「違います、それはスタークの盗作ですから。まったくアメリカ人らしいですよね。〝ヴィーヴル・リーブル・ウ・ムリール〟がもともとの言葉で、フランス革命のときに使われた標語です」

ジョンは戦いを挑むようにこぶしを振りあげ、声をあげて笑った。

「〝革命万歳(ヴィヴァ・ラ・レヴォリューション)〟」

「そうです、少佐。自由に生きよ、さもなくば死を、革命万歳！」

ジョンの笑顔は現れたときと同じくらいすぐに消え、彼はかすかな炎をじっと見つめた。

「だが、言うは易(やす)く行うは難(かた)しだな」彼はつぶやいた。

「何がですか？」

「自由に生きるのがだ」

イルヴァは鼻で笑った。彼女に言わせれば、自由は唯一のゴールだ。彼女にとって自由への欲求は最たるものなので、他人が彼女を支配したがっている、あるいは束縛したがっているという気配を少しでも感じると、拘束衣を着せられている気がして体じゅうが抵抗した。

「自由のためなら喜んで死ぬわ」イルヴァは本心から言った。

ジョンは白々しく鼻を鳴らした。

「何もわかっていないんだな。きみはロマンティックな空想世界を実現しようとしている、怯えた子どもみたいなものだ」

イルヴァは返事をしなかった。火が燃え尽きそうだったが、もう疲れすぎていて外で木を集める気になれない。

「リビアの反政府勢力に監禁されていたとき、連中はわたしの自由を奪い、命まで喜んで奪うつもりだった。生かしておく気になったのは、わたしを利用して、はした金を稼げる可能性があったからにすぎない。あのときほど必死で生きたいと思ったことはなかった。たとえそれが、監禁状態で生きることを意味していたとしても」

「監禁されているときにその傷を?」

それは愚問で、彼女はすでに答えを知っていた。ジョンがうなずく。

「まあ簡単に言うと、わたしが彼らの村を石器時代さながらの状態になるまで爆撃したという事実が、連中のおもてなし心を動かしたってわけだ」

「本当に凄まじい状況だったのでしょうね」

ジョンは答えず、イルヴァをじっと見つめていた。消えかけた火の薄明かりのなか、彼女が突然老けて見えた。深い悲しみをたたえた表情だと彼は思った。若い女性の体に宿った老齢の女性。

ジョンは目を閉じた。

「地獄そのものだったよ、少尉。だが、帰郷して自由になってからのほうが最悪だった」

イルヴァはその先を知りたくてジョンを見たが、その目は閉じたままだった。深い息遣いが聞こえ、彼女は会話が終わったことに気づいた。

23

ロシア国民は固唾(かたず)をのんで見守っていた。合図を待っていた。過去に何度も経験してきた、彼らの運命を決する合図を。誰もが今後の動向から影響を受けるだろう。国民はテレビやコンピューターやラジオの前に座り、ひたすら待った。彼、すなわち大統領を。国民は大統領が彼らに善悪を告げるのを、何が現実で何が偽りかを告げるのを従順に待っていたのだ。ちょうど大統領が彼らを待っていたように、今や彼らが大統領を待っている。大統領自身もこの瞬間を、自国民や世界や自分自身のために道を照らす機会をずっと待ち望んできたのだ。すべてが委ねられた今、彼の準備はできているのだろうか？

この旅路は無情な闇から始まった。

脚がひょろりとした少年だった彼は、第二次世界大戦で破壊され、銃弾や手榴弾(しゅりゅうだん)によって穴だらけになったサージグリーン色の建物の裏を駆けずりまわっていた。そのあたりはレニングラードのなかでも貧しい地域で、将来性のない、悪いものがはびこる見放された場所だった。大統領の両親は、ほかの二家族とちっぽけなアパートメントを共有して暮らしていた。一度ならず二度の世界大戦を経験した両親は、最愛のわが子をふたりも失って打ちひしがれていた。共産主義政権のおぞましい悪とその不能性の産物である悲惨な運命に見舞われた両親にとって、奇跡的に恵まれた彼だけが人生のご褒美だった。彼を授かったとき、両親は子どものいない疲れ果てた中年夫婦だったが、貧しい暮らしにもかかわらず、母は自分たちの世界を希望で満たすであろう新しい人生に明るい展望を抱きながら妊娠期間を過ごした。

大統領は戦争の残骸と裏通りの非人間的な貧困の影のなかで育ち、両親が苦しむ姿を目の当たりにしながら、子どもで無力だからという理由で両親とともに苦しんだ。だが、それは永遠には続かなかった。両親の苦悶（くもん）とロシアの屈辱が、彼の生きる衝動となり、生きる意義となった。

貧困地域で子どもがすることなど限られているが、彼はよく棒でネズミを追いかけて遊んだ。一度、大きな猫ほどのサイズの巨大ネズミを見つけた。まさに怪物だ。彼はそいつを裏庭の隅から隅まで追いかけまわし、地下室まで追いつめて窮地に立たせた。巨大ネズミは逃げ場を失い、優位に立った彼は棒でネズミを激しく何度も打ちつけた。ネズミは哀れな鳴き声をあげ、体を丸めて小さな手で頭を守っていた。彼が勝利を確信した頃、ネズミが急に立ち向かってきた。面食らって恐怖を覚えた彼が後ろにひっくり返ると、ネズミが攻撃してきた。彼は驚き、あわてて立ちあがって薄暗く入り組んだ地下室を逃げまわった。真後ろから彼に追いつこうとするネズミが威嚇しようとするシーッという声が聞こえた。彼の恐怖心と無力感に比例して、獣の強気が増すのを感じた。地下室から地上へ続く階段にようやくたどり着くと、恐怖の悲鳴をあげながらなんとか扉を開けて飛び出し、怒り狂うネズミの面前でばたんと閉めた。ネズミが怒りわめくのが聞こえ、扉の向こう側を引っかいていたが、こちら側に来られるわけもない。彼は逃げきったのだ。その話を人に聞かせるのが好きだったが、今では実際に起こったことなのかどうかわからなくなっていた。とはいえ、その話には詩的な真実が含まれている。なぜなら、彼はそのネズミからいくつかの教訓を得たからだ。誰にも彼を追いつめさせないこと。そして、どんなときもなりふりかまわず攻撃すること。

今、自分が率いることを長らく夢見ていた国民が彼を待っていた。母親に父親、息子に娘、民衆が彼がのぼりつめるための、つまり彼の神格化のための土台を準備していたのだ。

生涯にわたる準備を終え、ついにその瞬間が訪れた。彼はレニングラードの悪臭漂う裏通りであらゆる種類のいじめや屈辱と戦って耐えるしかなかった貧相な少年から、ソ連国家保安委員会（KGB）の諜報員（エージェント）にまでなったが、歴史上もっともちっぽけな緩衝地帯へと追いやられた。東ドイツのドレスデンは人に感銘を与えたことなど皆無であるばかりか、その真逆だった。彼はひどく退屈したものの、避けられない衰退か、よくて己の凡庸さから注意をそらすための模索にしかならない平凡な謀略に耐えるしかなかった。しかし、彼は凡庸ではなかったし、衰退など受け入れなかった。
単調で無意味な日々を送りながら、彼は決してあきらめないこと、運命の気まぐれに服従しないこと、自分の定めを受け入れないことを学んだ。そう、大混乱が生じ、混沌が支配し、世界が崩壊しても、彼は攻撃するつもりだった。

　そして一九八九年の秋、ロシア人の世界がそのとおりに崩壊したとき、彼がぞっとしたことに、モスクワ政府は沈黙したままだった。それはまるで、人類の苦しみがあまりに大きくなると沈黙する神のように。神は美しく荘厳な場所、英雄的な偉大さや深い愛のなかにしか現れない。しかし、そんなところで誰が神を必要とする？　このうえなく気楽で美しい人生が自分にほほえみかけているときに神を必要とする者などいるだろうか？　いない。モスクワ政府にも同じことが言えた。ゴルバチョフの新自由主義の波がロシア人の世界を一掃し、先見の明に欠ける飲んだくれのエリツィンがもっとも卑劣な新興財閥と盗人集団に祖国を売り払って自らの立場を強化したとき、神もモスクワ政府も弱くて独善的で意味のない存在であることが証明された。大統領も母国も窮地に追いやられ、彼はあらゆる場所から敵が侵入してくるのを目撃した。彼は攻撃するしかなかった。

そして今、ふたたび進退窮まっていた。NATOに包囲された彼は、自分自身と自国を守らなければならない。大統領は大きな不安を覚えつつ、優美な邸宅で側近たちの前に立ち、それぞれを順番に見つめた。彼らは受け身のおべっか使いらしく指令を待ちながら、意志を持たずに座っている。彼が口を開く前に、誰も見解を述べようとはしなかった。もっとも、彼らの取るべき態度としてはこれが唯一公平で理にかなっているのだ。

人々は頭を失ったニワトリ同然だ。彼らはニワトリ小屋を占領したキツネに対抗して共同戦線を張るのではなく、互いをつつきまわって死に至らしめる。大統領は彼らのおしゃべりやゴシップ、貪欲さ、ごますり、独善性、怒りっぽさ、交通渋滞や公害、無意味な快楽主義を憎んでいた。そんなふうだから弱くなるのだ。連中のちっぽけな脳みそで考えさせたら、どんな一般常識も通じないだろう。

数年前に会食したあるビジネスリーダーがノルウェーの精神科医の話をしていた。その精神科医は虐待されて怯えきった野良猫を引き取り、アミグダラ（扁桃体の意。恐怖を感じたときに活動する神経細胞の集まり）と名付けた。精神科医は猫を手なずけようとし、自分は友だちで、自分といれば安全だとわからせようとした。しかしうまくいかず、アミグダラは餌を与える手を嚙み続け、最終的に精神科医はあきらめざるをえなかった。もっとも思いやりある行動は猫を安楽死させることだったが、精神科医はそうはせず、その自滅的な猫を死よりも悲惨な運命に委ねた。つまり、全世界と彼を常に恐れながら生かすことにしたのだ。

大統領は、自分の望みどおりに扁桃体を活性化あるいは非活性化できる者が世界を制すると常々思っていた。あらゆる指導者にとって、それがもっとも効率的な武器になる。だからこそ、彼は毎朝入念にタブロイド紙に目を通した。タブロイド紙から得る情報は、専門家の分析が彼の執務室に届くはるか前に民衆の移り気な感情を測る正確な計測器になる。人類のちっぽけな脳みそが考えることなどどこまでも予測可能で、彼は予測可能性というものが好きだった。すべてに原因と結果があり、勝手に起こるものなど何もない。勝者と敗者の違いといえば、勝者は自分を助けに来る者はいないと気づいているだけのことだ。つまり勝者は、誰のことも信用せず、常に自分が主導権を取って先制攻撃し、最後の最後まで自ら戦うべきだと気づいているのだ。

一九九〇年代初期、彼は市場自由主義の指導者たちから感情操作というファシスト的な態度を学んだ。その指導者たちはニューヨークやロサンゼルス、ロンドンから贅沢な自家用ジェット機に乗ってモスクワへやってきた。その多くが流行最先端の服やブランドもののメガネを身につけていた。自分たちがブランドを構築できると知らしめる方法を承知していたのだ。そうした態度こそが弱さの証(あかし)だと彼は考えた。彼にとって高価な服や派手なジェット機は、流行が日々移り変わる経済に左右される外見的なアイデンティティのしるしの上に成り立つ脆弱(ぜいじゃく)な自己の確たる証拠だった。しかし、もちろん彼はそうした者たちへの軽蔑はいっさい見せなかった。彼らの手口を学びたかったからだ。

彼らはとんでもない額の金を積まれると、喜んでその狡猾さを披露してくれた。彼らによると、マスメディアの発展により、世界じゅうの人々が自分を個人として認識するようになったという。その多くはアイデンティティを伏せて個人としての責任を大衆に紛れさせたいと望む一方で、自分のことを華々しいほど個性的だと感じたがるのだ。あらゆる流行やファッションは、その奴隷である者たちが自分は独特な存在だという幻想を保守したがっていること、自分は独自の個性的なスタイルを持ち合わせ、ほかより抜きん出ていると思いたがっていることを裏づけていた——ほかの人々が全員そうであるように。誰もが個人としての自由を望み、他者から賞賛のまなざしを向けられることを求めているが、それを努力して獲得するのはいやで、個人としての責任を負うのもごめんだったのだ。

大統領は側近たちを見た。彼らは順境のときも逆境のときも大統領に従うだろう。なぜなら、彼らは自由を求めていないからだ。自由は義務を伴う。彼らは自分の肩から義務という重荷を取り除いてくれる指導者を求めつつ、自分たちは楽しみ、問題から意識をそらしている。さらに言うと、彼らは父親のような存在、国家、管理者、神に責任を負ってもらいたがっている。つまり、ディズニーランドで楽しむ子どもになりたいのだ。

秘訣（ひけつ）は聴衆を喜ばせることだ。あなたたちは唯一無二の存在だ、もう充分に苦しんできた、あなたたちには最高のものだけがふさわしい、そしてわたしならそれを与えることができる！と。たとえ相手がもっとも個性的な知識人であっても、セックス、お世辞、贅沢、喜んでアイドルを装う中身のない有名人で気をそらし、楽しませるのはあっけないほど簡単だ。支配者階級に見えることでかつては満足していた者たちが、今では平凡な大衆のなかに自らを映し出さなければならない。リアリティ番組に出てくる二流のスターを褒め称えることで、結局のところ自らを褒め称えているのだ。なぜなら大衆は、努力を要するもの、高尚なもの、卓越したもの、本物を嫌う。自分が怠け者で、平凡で、愚かだと思わされるからだ。人々が常に快楽やまやかしの自己実現を追いかけるのは、彼らのさもしさのしるしだ。これ以上に単純な話はない。

一九九〇年代の権威者である情報操作（スピンドクター）のプロたちが説いたこのモットーは、実に有用な教訓だ。

だから彼は国民を楽しませ、お世辞で持ちあげた。あなたたちは比類なき支配者民族に属し、特権を与えられているのだと。ロシアが一番だ、ロシアをふたたび偉大な国家に！　彼はマーケティングの天才だったアドルフ・ヒトラーのスローガンを借用した。ヒトラーではなくムッソリーニだったかもしれないが。

しかし、国民はくだらないスローガンや快楽主義しか与えられないとすぐに飽きる。不満が出てきて落ち着きを失う。彼はちょっとした興奮を与え、スケープゴートを用意する必要があった。共通の敵に対抗して国民を一致団結させるのは昔ながらの方法なので、彼は西側諸国やアメリカを敵として示した……というよりも実際のところ、彼らが自らを示したのだが。

敵の脅威を感じたとたん、大衆は個としての自由を早々と手放し、批判的な思考能力や個としての責任を放棄する。大半の子どもがそうであるように、人々はおもしろい幽霊話を好む。適度に恐怖心をあおられ、最後には親のような存在に慰めてもらいたがるのだ。そして、その親のような存在というのが大統領だ。

彼らは不快なものや喪失から逃れたいと本能的に願い、その次にもっとも簡単な道を選びたいという衝動に駆られるが、そうした願いや衝動を彼はすでに初等教育の時点で学んでいた。まもなく七十歳になろうとしていたが、自分のその信念を否定するものにはまだ出会ったことがなかった。すぐに得られる満足や儚い快楽への本能的な誘惑を退けることができる者など少数だ。

必要以上の報酬を支払って西側諸国の権威者たちから学んだふたつ目の教訓は、彼が自らのブランドを体現すべく自分を演出しなければならないということだった。つまり、国民に物語を与えるのだ。これは目新しい知識で、彼はそれを熱心に取り入れた。かつての彼はKGB内で出世すべく、できるだけ目立たず、大衆に紛れ、他人の注意を引かず、身を潜める訓練を受けた。ところが今は、真逆の指示を受けたのだ。西側の権威者たちによると、彼は自分を売りこむ必要があった。いかに自分が悲惨な状況を脱して自力で成長し、想像を絶する逆境にもかかわらずあらゆる種類の悪と戦ったかという物語を売りこまねばならなかったのだ。アリストテレス派の詩や古典的な英雄物語の構造は、当時と変わらず現在にも通用する。

いいだろう。自分を孤立主義者として、神話の始まりから現れた典型的な主人公として作り直そうではないか。売りこむものがコンピューターであれ、ステーキであれ、あるいは宗教やポップミュージック、政治的指導力といったものであれ、それぞれのブランドはすべて同じ設計図に基づいて構築されている、と彼らは言った。大衆はそれを好む。大統領は自分が甘い飲料のボトルに貼られた〝コカ・コーラ〟のロゴになったことに気づいたが、それに効果があるならば自分がロゴになっても一向にかまわなかった。

そんな彼が、今ここで従順な側近たちに囲まれている。偉大な指導者として自分を構築するための入念な試みが頂点に達する瞬間が訪れたことに、彼は気づいた。

大統領は背筋を伸ばした。全員の視線が、そしてすべてのカメラが自分に向けられている。彼は汗ばんでいた。若かりし頃に書いたスピーチを静かに取り出す。母国ロシアのために大戦争を起こすよう国民を促すためのスピーチだ。怪物は、敵は、ドラゴンはふたたび成敗されるべきだ！

「わが親愛なるロシア国民よ」

声がかすかに震えるのをぐっと抑えた。NATO機がロシア領空に侵入して以来、国民のあいだでただならぬ緊張感が高まり、ロシアはそのはけ口を求めている。国民は優柔不断や不確実性には耐えられないと考えていることを、彼は理解していた。

ふいに、冷静になって客観的に考えた。彼は愚かではない。今もし戦争を宣言すれば、団結したNATO軍に攻撃され、ロシアには決して勝ち目がないだろう。彼には時間と狡猾さが必要だった。狡猾さはあり余るほどあるが、時間はどうだ？　必要なだけあるだろうか？

あのネズミは攻撃が最大の防御であることに気づいたのだろうが、その結果はどうだ？　結局は、罠（わな）にはまるか猫にやられる。それがネズミの宿命だ。あいつらが長生きすることはない。彼はネズミの暗喩から卒業した。それは人生のモットーというよりもおもしろおかしい都市伝説であることに気づいたからだ。

「われわれの準備はできている。ノルウェーとの国境に戦闘態勢を整えた兵士六万五千人と武器を配備している。われわれは何も恐れることはない。相手が戦争を望むのであれば、応じるまでだ」

大統領は聴衆を見渡した。ネズミは衝動的で愚かだが、彼は違う。

「超大国間の戦争に勝者はいない。関係国すべてが滅びるだけだ」

室内の沈黙と緊張感があらゆる音や動きを強調した。彼がスピーチ原稿をおろすと、かさかさと大きな音がした。

「ロシアはF‐16が行った領空侵犯について、侵略の意志がなかったことを証明させるため、NATOに三日間の猶予を与える。その後の結果は彼らしだいだ。われわれはここに集い、準備はできている！」

沈黙が続いた。側近たちは拍手すべきか非難の声をあげるべきかわからないようだ。火種をもみ消した形になった大統領は、部屋に期待はずれの空気が漂うのを察した。自分の対応が弱腰と解釈され、今や内部の略奪者が血の匂いを、彼の血の匂いを嗅ぎつけるに違いないとわかっていた。しかし、それでもかまわなかった。歴史的英断のほうが、全国民の破滅につながる恐れがある一時的な勝利より重要だ。地下室の扉を閉めたとき、彼は向こう側に残されたネズミの怒りと失望を耳にしたが、今それと同じことが起こっているのだ。最大の勝利は戦わずして勝つことだ。賽（さい）は投げられた。ここからの数日で、敵がこちらの挑戦を受けるかどうかがわかるだろう。

24

何かすべきだ。これにただ蓋をして隠すわけにはいかない。イヴァナ・ホドルコフスキー少佐は寒さに震えながら、視線を落とした。さらさらとした粉雪がかちこちに固まった氷の層の上に積もっている。イーゴリ・セルキン少尉が嘘をついているのは間違いないが、彼女にはその理由がわからなかった。

イヴァナが立っている凍りついた地面は、彼女と、平穏に見える上辺の下でぐつぐつと煮えたぎる猛火のあいだにある薄い被膜でしかなかった。人間の煮えたぎる感情と冷静さ、原始的なものと社会的なものは絶えざる戦いを繰り返している。今立っている地面は、薄寒い砂漠で凍って静止しているように見えても、表面下ではくすぶっていることをイヴァナは知っていた。何かが起きようとしている。モスクワからあの運命の電話を受けて以来感じていた不安は純粋な恐怖へと変化し、今にも爆発しそうだった。彼女は氷で覆われたツンドラ地帯と、そこでともに暮らす人々のあたたかさが好きだった。凍結したマントルは北極圏の人々の冷静沈着さをよく表している。しかし、その澄みきった冷たさもいずれは打ち負かされてしまうだろう。なぜならその凍りついた地面の深奥では磁気を帯びたどろどろの液体が煮えたぎり、いつか氷の心を溶かしてしまうからだ。地球内殻を流れる五千度を超える温度に直面すれば、永久凍土層でさえなすすべもなく溶けるだろう。負けるのは時間の問題だ。

冷たい風が建物の脇を吹き抜け、風のうなり声があたりに満ちた。イヴァナは凍えていたが、空を見あげ続けた。モンチェゴルスク空軍基地は北極圏の高いところに位置し、ネオンのように輝くオーロラが空一面に広がる絶好の場所だった。

イヴァナは星やオーロラを眺めるのが好きで、幼い頃はオーロラのことを幽霊だと信じていた。空にとらわれてしまった霊が、解放と許しを永遠に求め続けているのだと。そう説明してくれたのは祖母だ。幼いイヴァナは寒い夜に聞かせてもらうおもしろい幽霊話が大好きだった。オーロラに敬意を払わないといけない、と祖母は言った。この世をさまよう魂に敬意を払わなければ、おまえもそのひとりになってしまうのだと。

北極の空で脈打つように明滅する緑色のオーロラを見ていると、イヴァナの胸に畏敬の念があふれた。たとえ今晩のように悲惨な夜であっても。

イヴァナがとらわれの魂になって夜空を永遠に逃げまどうという、祖母が描いた悪夢のような幻想を、彼女はひそかにすてきだと思っていた。目を閉じると、このツンドラ地帯から飛び立ち、氷の結晶が集まった雲のように軽く無限に向かって浮かびあがる自分が想像できる。イヴァナはひとりほほえみ、眼下に見える小さな家々や、リッツァ川が渓谷を曲がりくねってバレンツ海に注ぐ様子を想像した。彼女はここからはるか高くを旅したかったが、実際は地に足をつけて寒さで両足を交互に踏み替えながら、心をぐらつかせていた。直感を無視して指令にやみくもに従うのは賢明ではない。あの指令を出した者が誰なのか、確認できるまで待つべきだった。あんなふうにストレスに打ち負かされ、自分の懸念を矮小化（わいしょう）すべきではなかった。最悪の場合、彼女の弱さとプロ意識の欠如が国境の両側の人々に大きな苦しみをもたらしたのかもしれない。彼女はそう思って身震いした。考えるだけで気分が悪い。けれど報告書がまとめられ、なんの異議もなくモスクワに認可されてしまった今、彼女には打つ手がほとんどなかった。イヴァナはすべての責任を免除されている。いや、すべてではない。彼女自身が自分を責めていた。

背後で扉がきしむ音がして、イヴァナは驚いて振り向いた。ガラス戸の向こうに、モスクワから新たな代表団が到着したのが見える。長旅の疲れがうかがえた。夜間勤務の隊員たちがすでに持ち場につき、コンピューター画面の明かりに照らされている。まるでゾンビみたいだ。冷たい風に吹かれ、イヴァナはうなじできつく結ったシニヨンからほつれた髪を撫でつけた。感情を見せない、仕事用の顔を作って部屋に入る。同僚たちの目には自分がいつもどおりの慇懃で独断的な指揮官に映っていることを彼女は知っていた。それが人生の役割になっていたのだ。

彼女は広々としたオフィスを横切り、十五分後にはカーキ色で統一された会議室で例の事件について再度話し合うために座っていた。疲労のあまり形式張る余力がなかったので、単刀直入に話を始める。

「研究室に行ってきました」

スヴェトラ将軍と大統領の諮問チームが驚いて彼女を見た。

「それで？」

イヴァナはできる限り事務的かつ中立的でいようと努めた。

「セルキン少尉のフルバックで見つけた塗料の痕跡試料（サンプル）を提出しました」

「塗料の痕跡？」

イヴァナはうなずいた。

「衝突があったのかもしれません。機体同士が接触した可能性があります」

スヴェトラ将軍が困ったように身じろぎして、イヴァナをじっと見つめている。彼女は続けた。

「セルキン少尉のフルバックが受けた損傷と、彼の報告が一致していません」

彼女はスヴェトラ将軍が一瞬目を細めたのを見逃さなかった。諮問チームのひとりである太った男が甲高い声で言った。

「しかしセルキン少尉からは衝突の報告などなかった。彼が虚偽の報告をしたと言いたいのか？」

室内の空気が変わったのを感じたイヴァナは、敵意が高まっているのに気づき、この話は慎重に進めるべきだとただちに察した。

「フルバックの右翼にへこみと塗料の痕跡を発見しました。この損傷から考えられるのは——」

「では、なぜＮＡＴＯ機はロシアの領空に侵入し、核基地に向かっていたんだ？」いらついたスヴェトラ将軍がイヴァナの説明をさえぎる。

彼女には答えはわからなかったが、自説があった。可能性が低いどころか、ありえない説とはいえ、ひと晩じゅう思案した結果、ほかに説明しようがなかった。

「衝突によってＦ‐16の経路誘導システムが停止した可能性があります」

スヴェトラ将軍はイヴァナの仮説に動揺したようだった。彼らの説と矛盾するからだ。彼は書類をかき集め、会議が終了したことをはっきりと示した。

「ホドルコフスキー少佐、報告に感謝する。追跡調査はわたしに任せてくれ」

「でも、この情報はNATOに報告すべきでは？」彼女は食い下がった。

将軍と諮問チームは顔を見合わせた。

「どうするべきか、判断は指導者たちに任せよう」

イヴァナは怒りが募るのを感じた。ロシア側が誤った判断を下した可能性を隠すことは将軍の利益になるのだと理解する。

「機体を見ていただくだけでいいんです。そうすれば、この状況を変えられるかもしれません」

スーツ姿の太った男が、彼女ではなくスヴェトラ将軍をもの問いたげに見る。

「エンジニアたちからは損傷の報告など受けていない」彼はぶつぶつと言った。

イヴァナは立ちあがった。

「証拠をお見せできます」

スヴェトラ将軍はため息をついて彼女を見た。彼はイヴァナと働き始めて七年になり、彼女が極めて杓子定規で執拗なことを知っていた。一度決めたら、てこでも動かない。

十分後、イヴァナとスヴェトラ将軍と諮問チームの一行は格納庫に立っていた。彼女がイーゴリが乗った機体に向かって決然と歩いていく。

「見てください、ここに――」

彼女はその場で固まって翼を見つめた。どこにも傷がない。へこみも傷も、その痕跡さえなかった。

25

イルヴァはびくりとして目を覚ました。自分がどこにいるのかわからず、昨夜のことが単なる悪夢ではないと思い出すまでに数秒かかった。彼女とジョンは雪洞で生まれたての子猫みたいにもつれ合って眠った。火が燃え尽きたあと、唯一暖を取れる方法は互いにくっついていることだったのだ。夜明けの光のなかへ這い出たイルヴァは、もうすぐ九時になる頃だろうと判断した。長いあいだ眠っていたようだ。彼女は身震いした。ゆうべ苦労して進んできた景色を初めてはっきり見ることができた。

昨夜は身を切るような寒さで大雪が降っていたが、早朝に天候が変化したらしく、あたりは白い粉雪で覆われていた。深い青と紫とマゼンタ色の北極の光がツンドラ地帯にあふれ、空には雲ひとつない。北東からの夜明けの光を受けて背後の稜線が浮かび、南西の正面には彼らとノルウェーを隔てる平原に向かって傾斜する岩だらけの光景が広がっていた。イルヴァは自分たちがたどってきた断崖の端まで歩いていき、昨日は思っていたよりも長い距離を進んでいたことを知って安堵した。あと五、六日で目的地に到着できるだろう。ただし、ジョンが倒れなければの話だ。

昨晩は、ジョンが眠ったあとすぐに彼女も寝入ってしまった。ありがたいことに夢も見ないくらいの深い眠りだったものの、ジョンのうめき声と身悶(みもだ)えするような動きで目が覚めた。最初は彼が起きたのかと思ったが、何やらぶつぶつ言っていたので、悪夢を見ているのだと気づいた。イルヴァはそれがどんなものかわかっていたので、彼に寄り添って抱きしめ、髪を優しく撫でた。ジョンはぞんざいに彼女の抱擁から逃れつつも、手負いの獣のように怯え、憤慨していた。しかしイルヴァがささやくように穏やかな声で歌い始めると、彼は落ち着きを取り戻していった。彼女は怖がる子どもをあやしつける母親のように、ジョンを安心させ夢も見ない眠りへと誘導した。永遠に刻まれたような彼の険しい表情がやわらぎ、顎の力が抜けて眉間の深いしわが薄れる。年老いているようにも、若々しくも見えた。

ジョンの攻撃的な表情がほどけ、迷いから覚めたようだった。すぐに彼はいびきをかき始め、彼女もふたたび眠ることができた。

イルヴァに続いてジョンも目を覚まし、ふたりはほぼ無言で荷物をまとめるとノルウェーへの旅を再開した。

一歩、また一歩……そしてまた一歩。ジョンはイルヴァの背中に視線を据えたまま、深い雪のなかを重い足取りで進んだ。ふたりは雪をかき分け、山の左側をよじのぼっては這いおりた。イルヴァもさすがにこのあたりまでは来たことがなく、アングヴンダスチョルーとケディクヴァンパフクのあいだの山道を抜ける経路を必死で思い出そうとした。ジョンの調子を尋ねはしなかった。きかなくても苦しんでいるのがわかったからだ。

一番の急勾配に達すると、イルヴァは立ち止まって眼下に広がる深くて細長い渓谷を見おろした。左下から水の流れる音が聞こえたので、渓谷を落ちてタヴァヨク川に流れこむ滝に到達したことがわかった。高くそびえる山々に囲まれて、滝の水は何千年もかけてこの深い渓谷を掘ってきたのだ。川は西へ流れ、生い茂る針葉樹林(タイガ)まで蛇行している。その密林に入れば絶好の隠れ場所になるだろう。そこで枯れ木を集めて火をたいても、わずかな煙であれば木々に紛れて夜の暗闇では発見されにくいはずだ。そこまで行くことができれば旅の最大の難関は終わるが、その旅路は長く、極めて困難だ。彼女はまず、できるだけ早く渓谷に到達する経路を見つける必要があった。

イルヴァはあたりを見まわした。右側の山地は急勾配になっていて、氷の塊のあいだに細かい岩屑が見える。この南側の傾斜した道を進むのが最善だろう。イルヴァが歩き始めると、ジョンも何も言わずに彼女のあとに続いた。

ふたりは夜に降り積もった深い雪をかき分けながら、重い足取りで進んだ。ジョンは負傷した脚をかばいつつ起伏のある地面と岩を踏んで歩くのに苦労した。山の反対側で見つけた傾斜した道を進めば、渓谷までゆるやかにたどっていけるとわかり、ふたりは安堵して降下し始めた。突然、ごろごろという妙な音が聞こえ、イルヴァは立ち止まって耳を澄ました。ジョンが訝しげに彼女を見る。

「ノルダール？」

彼女は静かにと言うように手をあげてジョンを黙らせ、顔をしかめて背後の山を振り返った。強い突風が尾根を引き裂くように吹き荒れる音、枝や吹きさらしの木々を覆う氷がひび割れるかすかな音が聞こえたが、山々自体は静まり返っている。

イルヴァはかがんで雪の状態を調べた。すかすかで軽く、柔らかい。彼女はナイフで断面を注意深く削り取り、雪の層を調べた。およそ五十センチの粉雪の層が、圧縮された氷の分厚い層の上に積もっている。思ったとおりだ。昨晩はやはり、雪がかなり激しく降ったのだろう。雪と氷の層の境目をナイフで突き、雪の質感を見極めようとしつつ、山側に注意を向けた。

「昨晩の風速はおそらく毎秒十五から二十メートルくらい。もしくは、それ以上でしょう」

ジョンは風速が実際にそれくらいだったことを認めるようにうなずいたが、イルヴァが単に昨晩の天候のことを気にしているのではないと察した。彼女はそこに座って耳を澄ました。白い山側から視線を外さず、独り言をつぶやいている。

「……それに三十五から四十五度の傾斜」

「ノルダール、何をしているんだ？」

「ここで降下するのが理想的だと思ったのですが……」

イルヴァはまた黙って考えこむように顔をあげ、山側に沿って視線を走らせた。

「風があそこから新雪を運び、風の当たらない北東側のエリアに積もらせたんです」

彼女は山の南西側にある吹きさらしの広いエリアを指さした。「それがわたしたちの上方の雪に圧力を加えています。そこはまだ付着するほど時間が経っていません」

また音が聞こえた。イルヴァが今度は深刻な表情で飛びあがったが、ゆっくりと背筋を伸ばした。彼女が断崖に積もった粉雪が描く、かすかな波状の曲線を見据えていたので、ジョンもその視線を追った。頭上の崖に沿って細い亀裂が水平に走り、山の尾根に沿って垂直に入った亀裂もいくつか見える。

「ここで雪崩が起きるかもしれません」イルヴァが結論づけた。

自分たちが雪崩の危険性が高いエリアの真ん中にいることに気づき、ジョンの背筋に震えが走った。

「なるほど。どうすればいい？」

イルヴァはリュックからパラシュートをそっと取り出すと、長い布片を切り取った。警戒した動きで、山やその上の吹きだまりから決して視線を外さない。そのまま慎重に、少し離れた場所にぽつんと立っている高い木まで歩いていく。彼女はパラシュートの長い布片をその木と反対側にある大きな石のあいだに広げた。そして布と自分の足跡を雪で念入りに隠し、人の目につかないようにした。隠し終えた彼女は背筋を伸ばし、ジョンを見た。

「足跡をたどって断崖沿いに戻りましょう」

「大丈夫か？」

「スペツナズがわたしたちの足跡を追っているはずです」

ジョンがうなずく。それが妥当な推測だ。

「そしてここで足跡にたどり着いて……」

イルヴァは自分たちの足跡が作った道と帆のように横断させたパラシュートの布を顎で示し、くすくす笑った。ジョンもその意味を理解し、にやりと笑った。高性能のスノーモービルに乗ったスペッツナズの兵士たちが、ここまでふたりの足跡をたどってくるのが目に浮かぶ。連中がイルヴァの狡猾な罠に突入し、その衝動で上方の岩が崩れて山側に転がるに違いない。あるいは、木が折れるか激しい衝動で大きく揺れるかして、布が裂けるだろう。追跡者たちがスピードを落としていなければ、きっと放り出されて、そのまま走り続けたスノーモービルの振動が雪崩を起こす。

「地獄のような騒ぎになるでしょうね」彼女は笑って後ろにさがり、注意深く自分の足跡をたどった。ジョンもそれにならい、広い斜面側へ近づくにつれ、不安がしだいにやわらぐのを感じた。

出発した場所までようやく戻ったときには相当の時間が経ち、ふたりとも息を切らしていた。また振り出しに戻ってきてしまった。イルヴァは半分凍りかけた川が流れる急な渓谷を確認しに行った。川はごつごつした岩場へと流れ落ちている。

彼女の視線が尾根をたどる。その先はさらに急で、氷と岩屑に覆われた切り立った急斜面になっている。

イルヴァは重いため息をついた。あの尾根の端まで行って渓谷をくだるのは時間がかかりすぎるし、岩屑が危険をもたらす可能性もある。いつ滑り落ちてきてもおかしくないのだから。最速経路はこの凍りかけた川の近くを降下していくことだ。所要時間は一時間ほどだろう。考えるまでもない。

彼女は崖の端まで行って見おろした。垂直の氷の壁が谷底に向かって崖になっていた。氷はでこぼこしてるし、頑丈な岩が何箇所か突き出ている。足場には困らないだろう。

「少佐、降下できますか?」

ジョンは信じられない思いで彼女を見つめ返した。

「ノルダール、まさか本気で言っているわけでは……」

最後まできかずとも彼は答えを知っていた。イルヴァはもう崖の端に向かっていた。

26

アリはコンピューター室にストームを残し、カフェイン飲料のおかわりを買いに行った。ストームはボードー空軍基地と〈アークティック・ブリザード〉演習中のほかの重要地の両方に設置されたいくつもの監視カメラの映像を見ながら、あくびをこらえた。あまりの疲労に目がかすみ出す。彼は細心の注意を払って何かを探していた。たとえば怪しく思われる状況や人物、不信感を与える何か、規範から逸脱する何かを。干し草に紛れた一本の針を探すような作業だったが、どこかしらから着手しなければならない。疲労のせいでひりひりと痛む目を一瞬閉じて休ませようとする。しかし短い休憩を取ってもめまいに襲われるだけだから、続けたほうがいい。彼は凝り固まった首まわりをひねったり伸ばしたりしてから、キーボードに戻って無限に広がるサイバー空間へと飛びこんだ。

コンピューター画面に映像が次々と映し出される。蟻のように、あるいはイナゴの大群のように集まっては散っていく人々、兵士や政治家たち。彼らは話し、笑い、議論し、現れ、立ち止まり、座り、走った。あまりにも大勢の人。ふいにストームは目を見開いて、まっすぐに座り直した。ボードー・アートセンターのロビーに彼女がいる。エントランスのカメラが、ローヴ将軍とイルヴァが話している様子をとらえていた。どうやらふたりは知り合いらしい。どんな関係か調べてみなければ。イルヴァが小さく見え、どういうわけか身構えているようだった。ストームは注意深く映像を見た。会話が終わると、ローヴはホールへ向かい、イルヴァはひとりでそこに残った。時刻は午後六時三十七分——広場でストームと会うほんの一分前だ。ストームは映像を止め、考えこんだ。多分、不本意ながら、愛していると気づいた女性のことを、自分はどれくらい知っているのだろう？　彼女には多彩な面があり、数多くの秘密がある。そこでひとり立ち尽くし、ローヴが消えた方向を向いている彼女を見ていると、会いたくなって絶望が呼び起こされた。今はその絶望に浸っている余裕はないが。

　ストームはまた再生ボタンを押した。ローヴ将軍がホールに向かっているあいだに、イルヴァは明らかに肩を落とし、いつもの堂々とした人懐っこい表情が目に見えて影をひそめた。寂しそうで、悲しそうにさえ見えた。あれがイルヴァなのか？　あれが本当の姿なのだろうか？　彼女はロビーを見まわし、大きな窓を、窓の外のバレンツ海を見つめてから、背筋を伸ばして出口に向かった。

ストームはロビーの反対側からやってくるジョン・エヴァンス少佐にも気づいた。ホールの出入口でローヴの姿を認める。映像を見ていたストームはまたしても背筋を伸ばした。ふたりは挨拶を交わしたかと思うと、驚いたことに、その大きな扉を抜けて一緒にホールへ入っていったのだ。

27

「互いの音を聞いて！　互いを感じるんだ！」

アレクセイ・ガルバはうっとりとした身振りでノルウェー語とロシア語を織り交ぜて呼びかけた。「考えないで、感じろ！　演奏するのではなく、自分が音になって！」

ノルウェー・ロシア合奏団の演奏家たちは演奏に集中した。リドゥリドゥ・フェスティバル開催中に行われるノルウェーとロシアの伝統的な親善コンサートが四カ月後に迫っていて、ロシア出身のこの著名な作曲家が加わるリハーサルは毎回気が抜けないのだ。

「楽しませようとするのではなく、楽しさを分かち合おう！　自分も楽しむんだ！」

メッテ・ワンは合奏団を端から見つめた。陶然とした音響技術者がふたり。ひとりはムルマンスク出身で、もうひとりはトロムソ出身だ。トゥヴァ共和国出身の喉歌（喉を詰めて発声する、笛に似た音などが特徴の特殊な歌唱法。トゥヴァではフーメイと呼ばれる）の歌い手ふたり。ハーシュタ出身のヴァイオリ

ニストとチェリスト。サーミ人のドラマーふたりと、ヨイク（サーミ人の伝統的な音楽）の歌い手

……あのベルとシンバルとチベットシンギングボール担当の女性はどこの出身だった

か、メッテは思い出せなかった。チベット出身？　いや、モンゴル出身と言われたらそう見えないこともない。

アレクセイ・ガルバの音楽は心の状態を表現する。それは瞑想のようでもあり、祈りのようでもあった。単調なリズムが夢の旋風を起こし、音楽が聴衆の心をひとつにする交響曲（シンフォニー）に引きこんでいくのを、メッテは何度も体験した。

「そう、その調子……やっと……」

集中したアレクセイは丸い顔に何本もしわを寄せ、目を輝かせた。フィンマルクで合奏団を指揮するのはこれで五回目だ。彼はモスクワ出身の洗練された国際的アーティストだが、この北極圏の小さな町にすっかりなじんでいる。

北ノルウェーの人々はアレクセイの音楽に感動し、それを楽しみにしているため、彼は何度も招待された。キルケネスの聴衆に迎えられると心を解放することができるのだ。モスクワやそのほかの世界各地で体験する形式張った堅苦しい出迎えとはまったく違う。地元のジャーナリスト、メッテ・ワンからは特にあたたかく迎えられた。初めて訪問したときにメッテからインタビューを受け、ふたりはすぐに親しい友人に

なった。実際、親密すぎるくらいに。アレクセイがこの合奏団とフェスティバルに専心する大きな要因は間違いなくメッテの存在で、それに比べたら彼が得る経済的報酬や芸術的名声などは些細なものだった。

初対面のとき、メッテは明らかに緊張していた。彼の才能に気後れしたからではない。インタビューするはずだった記者がスキー旅行で脚を骨折したため、急遽メッテが代わりを引き受けることになったからだ。彼女は世界的に有名な作曲家アレクセイ・アレクセイエヴィチ・ガルバのことも、彼がどんな音楽を作るのかも知らず、アレクセイにとってそのような事態は初めてだった。

十五年前に夫を癌で亡くして以来、メッテは生意気な猫二匹とともにトロムソでひとり暮らしをしていた。ずいぶん昔に引退したが、不定期で芸術に関する記事を地元の新聞に書いていた。その新聞社ではほかに誰も書こうとしない、とりわけニッチな芸術の話題について書くのが彼女の担当になった。彼女はそれでかまわなかった。ポップスターやスター発掘番組の勝者、ビャルネ・メルゴールの展覧会といったものには興味を失っていたので、そうした記事を書く余力がなかったからだ。

初めてキルケネスを訪れたとき、アレクセイは驚いた。このノルウェーの小さな町が、ロシアの縮図のようだったからだ。道路標識のキリル文字、ロシア語のラジオや新聞などが、この東の姉妹国が西ヨーロッパの最北東国境に住む人々にとって重要な意味を持つことを証明していた。図書館のロシア語インフォメーションやロシア船員のための教会があること、店の看板にはすべてノルウェー語とロシア語が併記されていることを知って、彼は感嘆したものだ。ロシア人でも、ノルウェー語を勉強しなくてもキルケネスでは容易に暮らしていける。しかし、それは彼の目標ではなかったので、アレクセイはこの町を訪れるようになった五年間でかなりのノルウェー語を独学で習得した。この小さな町を、そしてすてきなメッテをもっと理解したかったからだ。

ふたりとも、人生の晩年にこのような深い愛を知ることになるとは思ってもいなかった。だが彼らはそれを発見し、それを楽しむ方法を知っていた。恋に落ちるのは若者だけの無駄な特権だと彼は思っていたし、ふたりは魂の伴侶(ソウルメイト)に出会えることがどれほどの奇跡か知らなかったのだ。とはいえ、メッテとアレクセイは自分たちがいい年であることを知っていたので、与えられた思いもよらぬ贈り物を大切にした。

リハーサルを終えると、全員が食事に出かけるために防寒着を身につけた。演奏家、音響技術者、腕を組んだメッテとアレクセイは、滑りやすい道を慎重に歩きながら地元のシーフード専門レストランへ向かっていた。

それから起こったことを通りすがりの人が撮影しており、その動画はまたたく間に拡散された。三人の酔っ払ったノルウェー人が路地から現れ、合奏団のロシア人たちを指さし、彼らに向かって叫び出したのだ。

「ロシアに帰りやがれ、このロシア野郎！」

男たちが合奏団のロシア人たちに殴りかかり、数名のノルウェー人がアレクセイたちを助けようとしたが、事態はあっという間に悪化した。突然、喧嘩っ早いノルウェー人たちがナイフを取り出したのだ。苦痛に満ちた数分後、アレクセイ・ガルバと仲間のロシア人たちは雪のなかで血を流して倒れていた。ロシアはもっとも有名な現代音楽作曲家のひとりを失い、メッテ・ワンは生涯の恋人を失った。

この作曲家を糾弾し殺した三人のノルウェー人男性の動画は、世界じゅうで再生された。ブリュッセルでは、ＮＡＴＯ事務総長と部下たちがその凄惨な映像を見た。

事務総長はこの映像がどのようにモスクワに伝わるかをただちに察し、ロシアの大統領が掲げる、世界じゅうにいるロシア人を守るための権利がこの映像によって助長されることを案じた。すでにさまざまな形で報復措置が行われているに違いない。なぜなら、通りすがりの一市民が撮影した動画がインターネット上に投稿されてからわずか一時間ほどで、ノルウェーの空運すべてを制御する衛星システムがハッキングされて停止したからだ。

残忍な映像が投稿されたのは、NATO代表者と、ノルウェーとロシア両国の国境委員会が予定していた会議の直前でもあったため、当然ながら、それはロシア代表団の極度の不安と激しい憤りを誘発した。会議は惨憺たる結果となった。ロシア代表団は、ロシア国内に墜落したパイロットをノルウェーまたはNATOが捜索することを拒否し、今回の殺人事件を受け、NATO機の墜落も悪意ある行為と見なした。

事務総長は大きな窓辺に行って外を眺めた。灰色の陽光が首都を鈍く照らしている。ブリュッセルの冬には美しさがない。ボードーにあるノルウェー総合司令部とつながったビデオ通話が開始した。向こうの雰囲気も重苦しい。

ノルウェーの防衛大臣がカメラをのぞきこむ。

「事務総長、NATOの選択肢にはどういったものがありますか？」

誰かが返答を思いつく前に、彼女の背後のドアをノックしてジョージ・ローヴ将軍が入ってきた。防衛大臣は眉をひそめた。ローヴを会議に招いた覚えはない。

〈アークティック・ブリザード〉を指揮するベイル将軍が彼女に友好的にほほえみか

けてきた。

「勝手ながら、われわれのもっとも重要な戦略アドバイザーを招いておきました。ローヴのことはご存じですよね」

防衛大臣はそっけなくローヴに挨拶した。

「民間企業の代表者をこのブリーフィングに参加させるわけにはいきません。ノルウェーは国連傭兵条約を批准していますから」

彼女は大画面に映った事務総長をちらりと見た。どうやら、彼もローヴの登場に驚いているようだ。だが、ジョージ・ローヴのことはよく知っているので、様子を見守ることにしたらしい。大臣の反対を予測していたローヴは礼儀正しく一礼して扉に向かいかけたが、ベイル将軍が口を開いても少しも驚いた様子は見せなかった。

「アメリカは同条約を批准しておりませんし、ローヴ将軍は二〇一六年以降、アメリカ軍とNATOの戦略チームの主要メンバーです。彼はそういった立場でここにいます」

防衛大臣は事務総長が仲裁に入ってくれることを期待してまた画面をちらりと見たが、ブリュッセル側から異議が出なかったので不安を覚えた。どうすればいいのだろう？　ローヴ将軍には定評があり、優れた軍事キャリアがある。彼はアメリカ政府に数年勤めたのち、アメリカで最大手の民間警備会社のひとつに経営陣として加わった。彼の指揮のもとに同社はさらに成長し、今では見事なエリート兵士集団を誇っている。アフガニスタンとソマリアの一部地域で活動をしているのは、〈タイタンズ・セキュリティ〉だけだ。国家軍事組織があまりにも扱いにくく、官僚的で、統制が取れなくなっているからだ。

ローヴが会議に参加するのは、彼らにとって都合がいいのかもしれない。彼は準軍事的戦略とテロやゲリラ戦などの非対称戦争を誰よりも熟知しているし、キルケネスで起こったロシア人作曲家殺害事件に続くパニック状態を考慮すると、有用な人材だ。防衛大臣は戸惑った。なぜブリュッセルにいる事務総長は何も言わないのだろう？ひょっとすると、この状況はおかしなものではないのだろうか？　もし第五条にのっとって全同盟国がノルウェーの救助に駆けつけるのなら、ＮＡＴＯ軍が指揮を執るはずだ。つまり結局のところ、アメリカ人抜きで話を進めることはできない。彼女が視線を向けると、ローヴが愛想よく笑って見つめ返してきた。彼女はローヴを高く評価している。数年前、ブリュッセルで行われたＮＡＴＯサミットで彼が行った理路整然とした講演を聴いたのだ。ローヴが軍の上層部を喚起した方法を、彼女は気に入っていた。

「なぜアメリカと西側諸国は第二次世界大戦以降、すべての戦争に負けているのか?」

ローヴの問題提起は会場にいた独善的な指導者たちに向けられたもので、そのあとに続いた気まずい沈黙が彼らの答えだった。アメリカ率いるNATO軍は約三百五十万の戦闘態勢が整った兵士と年間一兆ドルの予算を備え、間違いなく世界最強の軍事力を誇っていたが、同盟国の戦争遂行努力はあまりうまくいっていなかった。指導者たちの権力と尊大さは、彼らが自由に使える同盟国の軍事力と予算に比例していた――彼らが示した成果ではなく。

ローヴはその講演で彼らを徹底的に論破した。あれはもはや叱責に近かった。「NATOの戦略は衰退している」彼はそう言った。「今日の戦争がメディアやサイバー空間、陰湿な裏社会、雑然とした不毛地帯で行われていることを踏まえると、大規模な常備軍や高価な戦闘機は役に立たない。反乱軍が民間人に紛れ、ときには何年も隠れているのに、大規模で扱いにくい軍隊を待機させるのは費用がかかりすぎるし、非生産的かつ非効率的だ」防衛大臣は内心、彼に賛同した。しかし、ローヴが明らかに正しかったとしても、会場に集まった者たちは現状の体制にあまりにも個人的に関与していたため、聞く耳を持たなかった。ローヴは手厳しい演説を続けた。

「未来の防空に必要なのは高価な戦闘機F‐35や早期警戒管制システムではなく、無人戦闘ドローンだ。これからの戦争は人工知能によって制御されるロボットが戦う。費用のかかる訓練や監視や設備を必要とする脆弱な兵士たちが戦うのではない。多くの方々にとってこれが恐ろしい見通しであることは承知しているが、無人ドローンや戦闘ロボットは巻き添え被害や人員・費用の面を考慮すれば、はるかに正確で費用対効果の高い攻撃を行える」

的を射た批評だ、と防衛大臣は思った。会場の独善的な空気が薄れてきているのがわかった。ひとりよがりな意見だと面と向かって指摘するほど根性のある者はほぼ皆無で、ローヴの率直さは関心を集めた。

彼の演説に続いた議論は示唆に富むものだった。国際戦争の遂行を規定する現行の規約は国家間のみに適用され、民間の関係者間には適用されないという要点が述べられた。つまりプロの傭兵、ロボット、ドローンは政治的な責任説明を負わされることなく自由自在に動けるのだ。防衛大臣には、ローヴがそれを利点と考えているのかどうか判然としなかった。

そして今、防衛大臣は自分が決断を下すのを礼儀正しく待っているローヴを心もとない気持ちで見つめていた。

「法的、あるいは正式な異議がないようなので、ローヴ将軍にも参加していただきましょう」彼女はきっぱりと言った。

ローヴはうなずいてベイル将軍の横に座った。防衛大臣は自分か事務総長か、どちらがこの会議の議長を務めるべきかわからず戸惑った。NATO条約第五条が発動されれば、NATOが主導権を握る。そしてNATOの推進力はアメリカなので、遅かれ早かれアメリカ人の思いどおりに動くことになる。だとしたら、ベイル将軍が議長を務めるべきなのだろうか？

一同はおのおのの席に落ち着くと、壁の大画面を見つめた。事務総長が会議テーブルについている。

「公式な外交ルートが破綻した今、どういった裏ルートがあるかな？」彼が尋ねた。アドバイザーたちの沈黙が不気味だった。ローヴがためらいがちに咳払いし、部屋にいた出席者と画面の向こうの事務総長に向けて話し始めた。

「極めて可能性の高い展開として、状況が非対称ハイブリッド戦争に向かい、外交努力が予測不能となることが考えられます。通常攻撃に加え、サイバー攻撃や妨害工作、テロ、さまざまな種類の偽情報といった思わぬ戦術も覚悟するべきです」

事務総長がうなずく。

「目下、最大の問題は敵がその攻撃の背後にいる者を隠蔽する可能性があることです。クリミア侵略のことを思い出してください」ローヴは続けた。

「まさにそれを心配しているんだ。クリミアの二の舞になるだろうか？」

事務総長の声は穏やかだったが、プレッシャーに襲われつつあることが身振りに現れていた。ローヴは間を置いた。考えていたのだ。事務総長は疲れた様子で顔に手をやり、重いため息をついた。全員が考えている疑問を口に出すことにした。

「どうすれば争いの拡大を避けられるだろう？　どうすれば戦争を避けられる？」

ローヴは視線を事務総長から、テーブルの端に青ざめて座っている防衛大臣に移した。

「事務総長、わたしが申しあげたいのは、戦争はすでに始まっているということです！」

ローヴの発言のあとに沈黙が続いた。そうなのか？　ロシアはノルウェーやNATOの知らないところで宣戦布告したのだろうか？

「では、どうすればいい？」

声はまだ毅然としていたが、事務総長がローヴの率直な意見に動揺していることを出席者全員が感じ取った。NATOにとっても、世界にとっても最悪の事態だ。

「ロシアがNATO同盟国に揺さぶりをかけたいのなら、旧ソ連がしたように通常の戦争を起こすと脅しても無駄でしょう。ロシアの軍事力は劣っていて、彼らもそのことは痛切に理解しています。われわれは彼らが進んで実施する戦略を目の当たりにしてきました。彼らは直接NATOに挑むことなく、シリアを爆撃した。その戦略により、何万人もの難民がヨーロッパになだれこみ、国家を揺さぶる移民危機が起こりました。その結果、ロシアを後ろ盾にしたネオファシズムと反体制政策があおられた。どう考えても、イギリスのEU離脱を招いたのはその移民危機です。われわれが手をこまねいているあいだにも、ヨーロッパは目の前で崩壊しつつあるのです」

ローヴは室内の気まずい雰囲気を感じ取ることができたが、政治指導者たちが認めたくない真実ではなく簡単で希望が持てる答えを求めることには慣れていた。

「ここで躊躇していては、戦略の点でも紛争に対する世論の点においてもロシアを優位に立たせてしまいます。われわれがすべき最善の選択は、外交の裏ルートを通じて協議しながら、サイバー戦術や心理作戦、破壊的な情報戦に備えることです」

ローヴはわざとそこで間を置いた。ここまでは全員が彼の論拠を把握し、それに誰も驚いていないように見える。彼は続けた。

「それと同時に、準軍事組織を持つ警備会社を活用して敵の背後で物理的な作戦を実行することをお勧めします。これにより否定論拠が得られます。あからさまな対立は避けたいですから」

防衛大臣は背筋を伸ばした。根本的に同意しかねる。同盟国が自由に使える範囲を超えた軍事力を活用する権利も権限もないからだ。

「事務総長、繰り返しますが、国連傭兵条約44／34によって、紛争において民間軍事関係者の活用は認められていません」

ローヴはうなずいた。彼女が何を問題にしているのかわかっていた。

「おっしゃるとおりです。しかしロシア、中国、イギリス、アメリカは条約を批准していません。今後、アメリカに主導権を取らせるのなら、たとえわれわれが主導権を取り戻すために準軍事組織に頼らざるをえなくても、ノルウェーが責められることはありません」

「しかし、メディアに批判されます」言葉とは裏腹に、自分でもその反論は空虚だと防衛大臣は思った。

ローヴは理解を示すようにうなずいた。

「今回のような戦略は、決してメディアに悟られないように行うことが重要です」

「そんなことが可能なんですか？」

「歴史が勝者によって書かれることはよく知られていますが、近頃では歴史を書く者が勝者になります。現代の戦争は戦場で勝負を決めるのと同じくらい、報道機関によっても決められます。優位に立つには、グローバルに情報を支配する必要があるのです」

防衛大臣は自分の手がかすかに震えているのを感じ、テーブルの下で膝に置いて固く握りしめた。

「でも情報の優位性を具体的な活動に移すにはどうすれば？」

ローヴはその質問を予測していたようだった。

「今後起こりうる最悪の事態は、さまざまな政府や組織の報道官たちが、それぞれの閣僚あるいはＮＡＴＯにおける自国を代表して互いを糾弾し始めることです。ハイブリッド攻撃を受けると、現実のどの物語の、どのバージョンが真実と見なされるかが問題になります。われわれのメッセージはあらゆるレベルで明瞭かつ一貫しているべきです。ＮＡＴＯ加盟国からのすべての通信の発信源を一元化するのです」

「どこがその発信源になるでしょう？」

ローヴはベイルのほうを向いた。ふたりはあらかじめこの問題について話し合い、共同戦略に同意しているように見た。

「ＮＡＴＯ加盟国の関係者から成る評議会を設立します。すべての通信はそこで展開される物語に忠実でなければなりません」

防衛大臣の頭にまた別の反論が生じた。

「でも報道の自由、言論の自由は？」

「戦争で一番に犠牲になるのは真実です。それゆえに、われわれの真実をぜひとも信じさせなければなりません。戦争とは極限状態であり、今は世界がどの物語を信じるかが勝敗を分けるのです」

事務総長がうんざりして口を挟んだ。演説はもう充分、さっさと行動に移すべきだ。

「具体的な戦略案を出してくれ！　それを、ただちに実行しよう」

28

イルヴァとジョンは滝の近くの岩肌を順調にくだっていた。流れる水や氷のせいで岩は滑りやすく、手は凍りそうに冷たくなっていたため、ふたりとも指の感覚がほとんどなくなっていた。

イルヴァが下を見おろすと、残りはせいぜい五メートルほどで、高揚感で震えが走った。

下まで無事にたどり着ければ、一番困難な部分を乗り越えたことになる。そう思うと、イルヴァは奮起した。ジョンは彼女の頭上で負傷した脚に体重がかかるたびに痛みで顔をしかめている。彼女は足元を見た。真下に突き出た大きくて滑りやすい氷の塊が、ふたりの行く手を阻んでいた。その塊を乗り越えるか、横に回避しておりなければいけない。彼女は、横に回避しておりるほうが簡単だろうかと自問した。多分、そんなことはない。冷たさと焦りが勝ち、イルヴァはナイフを取り出して氷に突き刺すと、つかまるところを確保して滑りやすい塊のほうへおりていった。

ジョンはイルヴァのやり方を見て自分も真似しようとナイフを取り出したが、氷は滑りやすく、負傷した脚で細い棚状の氷を踏もうとしたときにバランスを崩した。落ちるまいとして、とっさに反対の足をイルヴァがつかまっている岩の上に置いてしまった。凍って色を失った手をジョンのブーツでぎゅっと踏まれ、彼女は叫んだ。手を引き抜いた拍子にバランスが崩れて足場を失う。永遠にも感じられた数秒間、ジョンが見おろしているあいだにイルヴァはつるつるした氷の塊に、そして岩にぶつかりながら崖下へと落ちていった。

沈黙が広がる。

イルヴァは岩場でぴくりともせずに横たわっていた。恐怖と自分の不注意に対する怒りが波のように押し寄せてきたが、ジョンは乱れた感情をすばやく落ち着けて冷静さを取り戻した。慎重に、あわてず自分の力でおりるしかない。ぐずぐずしている時間などないのだ。

ジョンは氷の塊をなんとか乗り越え、さらなる問題を起こすことなくイルヴァのもとに到着した。彼女はうつ伏せに倒れていた。まったく動かないし、肩がおかしな角度に曲がっている。

ジョンは彼女の横に膝をついてそっと揺すった。

「ノルダール」

イルヴァは返事をせず、壊れた人形のように地面に伏せている。ジョンはゆっくりと彼女を横向きにした。イルヴァが痛みのあまりうめき声をあげると、彼は心の底から安堵した。

「よかった、生きていたか」

イルヴァはぼんやりとした目を彼に向けてから起きあがろうとしたが、肩に体重をかけたとたんに苦痛の声をあげた。そこでようやく肩を脱臼していることに気づき、ふたたび横たわる。

「くそっ！　すみません、少佐……」

彼女は仰向けになったまま頭上を見あげた。氷の渓谷が彼女を見おろし、日の光が氷の結晶にきらきらと反射して美しく小さな虹ができている。もう少しだったのに、と彼女は思った。

「わたしを置いていってください」

「置いていけるわけがないだろう、ノルダール」

「すみません、あきらめます」

イルヴァは涙をこらえた。ジョンは立ちあがって彼女から数歩離れた。自分自身も万全ではない。イルヴァ・ノルダールがガイド役を務めてくれたとしても、彼がノルウェーまでの困難な旅をやり遂げられる可能性は低い。ジョンは完全にイルヴァに頼っていたし、その事実を忌々しく思った。心を決めてイルヴァのほうを振り返る。

「馬鹿を言うな」

ジョンはそう言って彼女のそばに戻った。イルヴァは苦痛のあまり返事もできないようだ。ジョンはふたたび膝をつくと、慎重に彼女のジャケットとフライトスーツを開け、肩の状態を調べた。イルヴァは険しい表情で虚空を見つめながら、静かな息遣いでじっとしている。ジョンが肩甲骨のくぼみに触れたところ、上腕骨の先端が脇の下付近にあるのがわかった。この種の脱臼は見たことがある。肩甲骨が関節窩（かんせつか）から突き出ているので、もとに戻さなければならない。

「はめ直す必要がある」

イルヴァは静かに彼を見あげた。

「うつ伏せになってくれ」

イルヴァは痛みを無視してうつ伏せになった。

彼女は何も考えず、何も感じなかった。心の目には、マゼンタ色の夜明けの光を浴びたリンサルペンが映っている。彼女は重力を感じてほほえんだ。そこには彼女と、ヘルメットのなかに響く自分自身の呼吸音しか存在しない。

彼女の腕をおかしな角度に曲がったままにして、ジョンは肩甲骨のあいだに自分の膝をのせ、肘関節をそっとつかんだ。脱臼した関節をはめ直す方法を教わったことはあるが、もう何年も前で、実際に試したことはなかった。いったん関節窩から腕を引き抜いたあと後方へ強く曲げるという手順は知っていた。その痛みが筆舌に尽くしがたいことも。

「準備はいいか？」

イルヴァは答えず、穏やかだが遠い目で虚空を見つめていた。ジョンはため息をついた。彼自身は心を無にする技術を会得していないが、極度の苦痛に耐えるためにトランス状態に自ら入ることのできる人を何人か見たことがある。精神力の問題なのだ。イルヴァはヘルメット内の静寂に集中した。手には操縦桿の感触がある。彼女は安全だ。朝の光が地平線全体に広がっている。これ以上に美しいものはないだろう。ジョンが彼女の腕を関節窩から引き抜き、実際に聞こえるほどの音をたてて関節に押し戻したときも、イルヴァは体を突き抜ける痛みを感じることを自分に許さなかった。彼女は処置のあいだもずっと穏やかに呼吸していた。並の精神力ではない。

「ノルダール？」

彼女はジョンを見あげた。遠く、ぼんやりしていた視線が徐々に焦点を結ぶ。

「イエス、サー」

「腕を動かせるか？」

肩に違和感は残っているものの、強烈な痛みは消えている。イルヴァは躊躇してからそっと腕を曲げてみた。大丈夫、動かせる。彼女はかすかにほほえんでみせた。

「神に栄光あれ、癒しが起こったわ」

ジョンはかぶりを振った。この状況で軽口を叩けるなんて。

彼女はパラシュートの布地で手早くつり包帯を作り、彼女につけさせた。

「行けるか？」

イルヴァはうなずいた。腕を包帯で包み、立ちあがって岩場と滝から数歩離れると、幅の広い川を見渡す。完全に凍ってしまうことは稀なので、渡るのが困難であることはわかっている。渡れるくらいかちこちに凍っている氷がふんだんにある場所か、橋になるものを見つけなければならない。

「ノルダール？」

イルヴァは背筋を伸ばして川沿いを指さした。

「こちらです」

29

ストームは深く集中してコンピューター画面の前に座っていた。背後の壁にはムルマンスクの地図、その横には同地を写したさまざまな写真、イルヴァが進んだ可能性のある経路が時系列ごとに貼ってある。ストームは目を閉じて考えた。あのふたりなら、どういった不確定要素が想定されるだろう？　彼は小さくため息をついた。物理的にも、精神的にも、戦略的にも、考えうる答えはいくらでもある。

彼はモンチェゴルスク空軍基地のイントラネットになんとか侵入すると、あっという間に、ノルウェーの補給ヘリを威嚇するよう指令を出した人物を発見した。次に、そのホドルコフスキー少佐のコンピューターへのアクセス権を取得し、ノルウェー軍の翻訳プログラムを使って彼女のメールボックスに残る通信を読んだ。内容は当たり障りのないものばかりだと結論づけようとした。

まさにそのとき、ストームははっとして椅子の背もたれから背中を離した。辻褄(つじつま)の合わない点を見つけたのだ。

ストームは古いソファでうたた寝しているアリを揺すった。

「アリ、見てください」

アリはびくりとして目を覚ました。最初はぼんやりしていたが、ストームの緊迫した表情を見るなり立ちあがり、彼についてコンピューターに向かった。

「ホドルコフスキー少佐がいくつかのメールスレッドから外されている」

アリは画面をのぞきこんだ。ストームの言うとおりで、誰かが作成した高官専用のメールグループがあるのだが、そこに加わるべきホドルコフスキー少佐が故意にブロックされている。おかしい。

「妨害か？」

ストームはうなずき、スレッドをクリックした。

「このメールを発信しているのはスヴェトラ将軍で、グループ内の全員宛です――彼女以外」

アリは目をこすりながらコンピューターの前に腰かけた。

「暗号化されているな」

ストームは、ホドルコフスキー少佐がスヴェトラ将軍に宛てて送ったメールをクリックした。将軍はどれにも返信していない。

「ホドルコフスキー少佐はNATO機を威嚇したフルバックに塗料の痕跡を発見し、そのサンプル分析を取り寄せた。痕跡は一九六八年から一九八八年に製造された十二機のうちのひとつ、〈ジェネラル・ダイナミクス〉社製F‐16Bファイティング・ファルコンのものだ」

ストームは背筋を伸ばした。

「われわれの戦闘機じゃないか」

30

青白いツンドラ地帯に白い光がきらきらとたなびいていた。風に吹きあげられた粉雪が冷たい日差しのなかでダイヤモンドのように輝く。審美眼のある者にとっては、すばらしい光景に見えただろう。

断崖の端に四人の若者が立っていた。彼らは周囲の幻想的な美しさに気づくことなく、視界を邪魔する吹雪の向こうを見ようとして毒づいた。彼らの目的はただひとつ。NATOのパイロットを捕まえることだ。尋問するためには、できれば生け捕りにしたかった。その後ふたりの身に何が起こるかは、彼らの知ったことではない。

ロシアのもっとも危険な男たちが集められたスペツナズ・グループAは、犯人の追跡を得意とし、相手がどこに隠れていようとも見つけ出す訓練を受けている。その兵士たちからは逃げも隠れもできない。ツンドラは彼らお得意の狩り場だ。

今から四時間前、兵士たちはNATOのパイロット二名が昨夜の隠れ家にしたと思われる雪洞を見つけた。ふたりが愚かにも急な山側を降下しようとしたのでない限り、このルートが西へ向かう唯一の選択肢だ。しかも追跡者たちは、パイロットのひとりが負傷していることに気づいていた。雪洞のなかにまだ新しい血痕があったのだ。

夕暮れまでにふたりを見つけられるだろうと、彼らは確信した。

しかし今、兵士たちは断崖の端に立ち、濃く立ちこめた揺らめく灰色のもやに目を凝らしていた。耳を澄ましても、風のうなり声と近くの岩々にぶつかる水の音以外、何も聞こえない。

目の前の雪の塊の向こうに、下方のどこかに深い渓谷があることはわかっていた。この山岳地帯を抜けるには、もっとも可能性が高いルートだ。唯一の問題は、時間とスタミナだった。

スペツナズの兵士たちはこの状況をどう判断すべきか議論した。正常な判断力がある者なら、凍った滝に沿っておりることなどしないだろう。NATOのパイロットたちはそれを回避したに違いない、と彼らは結論づけた。

四人は周囲の地形とGPS座標とデジタルマップから、ふたりは山のゆるやかな斜面を進んでいる可能性が高いだろうと判断した。それが西に向かう唯一のルートだ。

彼らはまたスノーモービルに乗りこむと、うなずき合って数時間前にジョンとイルヴァが歩いた方角へ向かって発進した。高地の端に近づいたところで、追跡者たちは興味深いものを発見した。雪の上に深い足跡があったのだ。上から新雪がかぶっていたが、止まってその雪を除くと、ふたりの人間のブーツ跡がはっきりとわかった。深さとサイズから、ひとりはもうひとりよりも小柄で軽いのがわかる。よく調べてみると、大きくて深い足跡のほうに血痕が残っていた。彼らは周囲を見まわした。足跡から推察するに、山側の楽なほうのルートを選んだのだろう。そしてＮＡＴＯのパイロットたちがこの深い新雪の上を歩いているのなら、まだそれほど遠くには行っていないはずだと考えるのが妥当だった。

兵士たちは轟音を響かせてスノーモービルを発進させ、超高速で斜面沿いの足跡をたどった。

31

ストームは司令部の扉をノックする前に躊躇した。ここへ向かいながら、ホドルコフスキー少佐のメールから見つけた情報をどう伝えるべきか考えていた。彼でさえも説明できない疑問がまだ数多くある。たとえば、ロシア側が機体同士の衝突を隠蔽したがる理由だ。辻褄が合わないように思われる。現状は事故の結果であると推測するほうが誰にとっても都合がいいからだ。武力衝突になれば、ＮＡＴＯよりもはるかに分が悪いロシアにとっても。この新情報は危機を大きく緩和できるはずだ。

彼は力強く扉をノックし、返事を待ってから司令部に入った。

なかではジョージ・ローヴ、ベイル将軍、防衛大臣とその部下たちが深刻な議論を繰り広げていた。ストームが入っていくと、防衛大臣が驚いて顔をあげた。

「お邪魔して申し訳ありません。ですが、興味深い情報を見つけましたので」

ローヴはストームを見て、この長身のハッカーが緊張しているらしいことに気づいた。

防衛大臣が一歩前に出た。

「情報というのは？」

ストームはホドルコフスキー少佐のメールをプリントアウトしたものを防衛大臣に渡した。少佐がフルバックの右翼で発見した塗料の痕跡について説明しているメールだ。メールの下にキリル文字の翻訳がある。

それを読んだ防衛大臣は眉をひそめ、訝しげにストームを見た。

「墜落は事故だった可能性があるということ？」

ローヴとベイル将軍に鋭い視線を向けられ、大臣はメールの内容をすぐに説明した。

ローヴがストームを見る。

「情報源はどこだ？」

「ロシア軍司令部の暗号化されたイントラネットをハッキングしました。これはホドルコフスキー少佐から司令グループに宛てたメールのひとつです」

ローヴはメールを手に取ってじっくり読んだ。ストームがはやる気持ちで続ける。

「それだけではありません。ホドルコフスキー少佐の上官たちは彼女をメールグループから外しています」

興奮したストームが視線をローヴから防衛大臣に戻した。

「ホドルコフスキー少佐はフルバックにＮＡＴＯ機を威嚇するように指令を出した張本人です。あらためて確認しましたが、塗料の痕跡はわれわれのＦ‐16のもので間違いありません」

ローヴはショックを受けているようだった。プリントアウトを防衛大臣に返さないままストームをじっと見つめる。

「向こうの機体とわれわれの機体が衝突したことをロシア側が隠蔽しているというのか？」

ストームがうなずく。

「そうです」

「その衝突が原因で、われわれの機体が墜落したと？」

ストームは間を置いた。

「現時点では衝突と墜落の因果関係を証明することはできませんが、検証に値する見解です」

防衛大臣は顔色を失っていた。これが事実なら話はまったく変わってくる。

「もしこれが事故ではなく――」

ローヴはストームに視線を据えたまま、防衛大臣の言葉をさえぎった。

「NATO軍の反応を誘発するために、彼らがわれわれの機を攻撃した可能性もあるんじゃないか？」

ストームは躊躇した。それも可能性として考えられる。ローヴはそれ以上の情報を求めるように、そしてストームがほかに何か隠しているかもしれないと考えているかのように、こちらをじっと見つめていた。ストームは言うべき言葉が見つからなかった。メールのやり取りによって真実が証明されたわけではなく、むしろ事態をさらに混沌とさせてしまった。新情報がもたらされたからといって状況が変わるとはとうてい思えないとばかりに、ローヴは防衛大臣に言った。

「彼らがわれわれを試しているようです」

ストームは眉をひそめた。

「彼らとは？」

ローヴはいらだってストームをにらみつけた。

「もちろん、ロシア側だ。われわれを欺くためにこのやり取りを仕掛けた可能性がある」

ストームはかぶりを振った。それはありえない。プロキシ経由でロシア側のサーバーをハッキングしたのだ。陽動作戦ではないと確信している。

「それは辻褄が合いません。今、紛争が起こればロシアには失うものしかありません。もしわれわれが――」

ローヴがストームをさえぎる。

「ご苦労だった、少尉」

そして彼は防衛大臣とベイル将軍のほうを向いた。

「気を散らされてはいけません。あちら側から流される、こうした偽情報は山ほど見てきました。今われわれが優先すべきは、予測可能性と毅然たる決意を示すことです。ロシア人はそれしか聞こうとしませんから」

ストームは自分が口を挟むタイミングではないことを承知していたものの、思わず話をさえぎった。

「しかし、その反応こそ、彼らが引き出そうと画策してきたものではないでしょうか……彼らが今回のことを始めたのだと考えると」

防衛大臣が叱責の意味をこめて咳払いをする。ストームはうなずき、了解したというように両手をあげた。

「すみません」

ローヴはうなずいた。ストームが口を挟んだことに気を悪くしたわけではなかったが、そんなことにかまっている時間はないのだ。

「ホドルコフスキー少佐が連絡を取り合った相手が誰かわかるか？」それを知る必要がある。

ストームは首を横に振った。

「研究室とのやり取りは別のイントラネット経由で暗号化されていましたが、解読を試みています」

ローヴはプリントアウトをじっくり読み、短い白髪頭をかいた。

「まずはこのメールの真正性を検証して、陽動作戦として仕掛けられたものではないことを確認する必要がある」

ローヴは背筋を伸ばして父親のような仕草でストームの肩に手を置くと、あたたかい笑みを浮かべた。

「ブーレ少尉、よくやった。あとは任せてほしい」

ストームが褒め言葉を嚙みしめることができるように、ローヴは間を置いた。

「これは重要な情報だから、最優先で取り組む。だから、きみは少し休め。家に帰ってシャワーを浴び、睡眠をとるんだ。心身爽快になって戻ってきてくれ。メールの真正性の検証とホドルコフスキー少佐の通信相手の調査は、きみの同僚に任せるとしよう」

ストームは躊躇した。休息など取りたくない、とにかく今は。しかし全員の視線を浴びて、自分が赤い目をして睡眠不足に見えることを意識し、ローヴの言っていることがおそらく正しいのだと不本意ながら認めた。ストームは一同に敬礼すると、部屋をあとにした。

32

ジョンは負傷した脚を、そしてイルヴァは痛む肩を抱えていたが、ふたりは渓谷におり立ってからは順調に進み、マラヤベラヤ川の川べりを無言で歩いた。イルヴァの記憶が正しければ、この川に沿って進むとイマンドラ湖にたどり着く。巨大なヒビヌイ山脈はもう背後にあり、眼前には隠れ場所などひとつもない平らな北極圏ツンドラが何マイルも広がっていた。半分凍った川のせせらぎが静けさを強調し、イルヴァは自分の呼吸に合わせて歩いているうち、不気味な音を察知した。

足の下で地面が震え、山のほうから低い轟音が響いてきた。ふたりが振り返って山脈を見あげると、南側の断崖で雪崩が起きていた。白い津波が崩壊し、植物も岩も、その行く手にあるものすべてを引きずりこんでいく。氷と雪の壁が、まるでマッチ棒を倒すように背の高い木々をなぎ倒していく圧倒的な光景を見て、ジョンは軽く口笛を吹いた。断崖の底に到達すると、雪崩は巨大な白い雲となって爆発し、転がるように渓谷を進んだ。ジョンは不安げにイルヴァをちらりと見た。

「雪崩はどのくらいの距離まで到達するんだ?」

「だいたい雪崩の高さの三倍の距離です」

ジョンは安堵のため息をついた。あの雪崩の落差はせいぜい五百メートルだ。ふたりはもう何キロも離れたところにいる。轟音が静まって、雪崩自体が収束したあとも、長いあいだ巨大な雪の雲があたりに漂っていた。数分後、雪の塊が止まり、山脈の景色がふたたびはっきり見えた。雪崩が起きた斜面は、まるで何も起こっていないかのように平然としている。

イルヴァがジョンにウィンクした。

「すごかったですね。柔らかい雪の雪崩って好きなんです。ふわふわしているから」

ジョンは目をくるりとまわした。

「理解できないな、ノルダール」

彼女は軽くうなずいた。

「あの雪崩に乗ってサーフィンしてみたいわ」

彼女はジャケットの袖で鼻を拭うと、また歩き始めた。

ジョンは一瞬立ち止まって彼女の後ろ姿を見つめ、弱々しくかぶりを振ってからあとに続いた。

「好みは人それぞれか」

川べりを歩き始めたあたりから雪はそれほど深くなく、ジョンの脚に痛みはあったものの、ふたりは予定よりも速く進んだ。眼前の景色は果てしなく、目にとまる目印も道標(みちしるべ)も何もなかった。川が徐々に東へと曲がり始め、イルヴァはふたりが渡れる場所を探し始めた。西へ向かい続けるには、向こう岸に渡らなければならない。

予定ではイマンドラ湖を渡って欧州自動車道路E一〇五号線にぶつかったら、道路に沿って北西のモンチェゴルスクの町まで進むつもりだった。そこからツンドラを横断してロシアとノルウェーの国境となっているパスヴィク渓谷へ向かう。

山脈が背後の地平線に消えると、変わったのは地形だけではなかった。ふたりは輝く白い雪がどんどん灰色になっていることに気づき、硫化物のかすかな匂いにも気づいた。これから足を踏み入れようとしているこの荒れ果ててひどく汚染された不毛の地について、イルヴァは噂(うわさ)を聞いたことがあった。モンチェゴルスクは、コアシュヴァ山地が神秘的で壮観であるのと同じくらい、不潔で汚染されているらしい。ロヴォゼロに住む彼女のいとこたちから聞いた話によると、モンチェゴルスクでは灰色の雪が降り、舌を突き出してみればアンモニアの味がするという。イルヴァはいとこたちがいつもみたいにモンチェゴルスクのことも大げさに言っているのだろうとずっと思っていたが、今となっては自信がなかった。西へ向かえば向かうほど、景色は不毛で陰気になっていった。

ジョンも周囲の環境の変化には気づいていたが、それについて何か言ったり考えたりする余力がなかった。ただ鼻にしわを寄せ、この薄汚れた渓谷を重い足取りでとぼとぼと進んだ。

ジョンがよろめきながら必死についてきていることが、背後からの音でイルヴァにも伝わった。速度を落とし、大丈夫かきいたほうがいいだろうか？　彼は死にかけの鯨みたいに大きく息を切らしながら、イルヴァから少し離れてぬかるみを進んでいる。いや、できるだけ速く進み続けたほうがいい。速度を落として得られるものなど何もないのだから、彼にはついてきてもらうしかない。彼女はジョンが発熱していることもわかっていた。おそらく壊疽が体を蝕み始めているのだろう。イルヴァとしてはあと十時間は歩けるし、そうしたいところだったが、彼の苦しそうな息遣いと足を引きずる音を聞いていると、次善の策を考えるべきだと思い直した。

イルヴァは川の向こう岸に小さな小屋を見つけた。さらに少し先には氷の橋ができており、ふたりくらいなら渡れるかもしれない。彼女は小屋を通りすがりによく観察した。窓は暗く、寂れた様子だ。

けれど、ここで休憩するのは狂気の沙汰だと自分に言い聞かせた。滝近くの岩肌を降下したことでわずかに優位に立っているかもしれないが、それが何を保証してくれるわけでもなく、今休むのは自殺行為だ。

イルヴァは振り返った。そこで目にした光景は恐れていた以上にひどいものだった。ジョンが熱に浮かされたようにぼんやりと虚空を見つめている。顔から表情が消え、青い唇は固く結ばれていた。負傷したふくらはぎからは血が滴っている。

肩の痛みによってどれだけ体力を消耗するかをイルヴァは思い知っていた。ジョンの傷がどれだけ体力を奪っているかは、想像することしかできない。

イルヴァはいらだってため息をついた。

「少佐、休憩が必要ですか？」

ジョンは無言で、ただ歩き続けた。目ははるか前方のどこかに据えられている。

彼はゾンビのようにイルヴァにぶつかった。

「少佐、あの向こう岸の小屋に行けば食料があるかもしれません。それに、包帯を取り替えることもできます」

ジョンは彼女をぼんやりと見つめ、よろめいた。

「包帯から血がにじんでいます」

ジョンは彼女が言っていることを理解できないようだった。頭が働いていないのだ。髪の生え際に汗が噴き出し、瞳孔が開いている。

「少佐、われわれには休憩が必要です」

イルヴァはそう言った瞬間に自らを呪った。なぜ自分が休憩を必要としているような言い方をしてしまったのだろう？　今、問題なのは彼女ではなくジョンのほうだ。しかし、少佐の男性としてのプライドを守るために、ここで休憩するのはふたりのためだと彼に納得させるような言い方をした。でも彼女には休憩は必要ない。まだ何時間だって進めるし、ツンドラのことは熟知しているので寒さにも対応できる。それなのに、ふたりともが休めるように、ここで止まるべきだと優しさを見せてしまった。イルヴァはジョンのようなタイプをいやというほど知っている。彼はプライドが高すぎて、そして頑固すぎて、このまま歩き続ければ命を失うことになると認められないだろう。

イルヴァはいらだたしげに鼻にしわを寄せた。それは女性特有の狡猾さだと言われるが、賢さではなく愚かさなのだ。彼女はただひたすら進むべきで、ジョンのことは自分で面倒を見させるべきだ。立場が逆だったら、ジョンはそうするだろう。この自己犠牲という些細な行為はイルヴァに母を思い出させた。母はいつも相手が不快に感じたり、自分が重荷になったりすることをなんとしても避けようとしていた。相手の機嫌を取るのが習慣になっていて、自分以外の全員が常に機嫌よくいることが重要だった。それが母をどういう立場にしたか、はっきりとわかっているでしょう？　相手の顔色をうかがってばかりで、意味もなくただ存在するだけの、役に立たない天使みたいな母。いつも自分や相手の感情に流されるあまり、なんの責任も果たせない母。そんなふうに、相手のために自分を殺す母のことを、イルヴァは今までずっと反面教師にしてきた。

　しかし、彼女は目下の問題を熟考し、やはりふたりはチームだし、ジョンは自分の上官で休憩を必要としているという結論に至った。

「少佐、体力を回復できるよう少し休憩を取りましょう」

　ジョンは返事をせず、まるで愚か者のように岸辺をただふらついていた。おなじみの態度だ。

　イルヴァは氷の橋に向かい、そこで立ち止まった。慣れた手つきで氷の状態を確認したが、渡るにはだいぶ薄かった。氷棚の下を音をたてて川が流れている。水深はそれほどないものの、落水すればすぐに体温がさがり、反対側の滑りやすい岸にあがるのは難しいかもしれない。渡るのは危険そうだが、ほかに選択肢があるだろうか？　イルヴァはでこぼこした氷塊を調べた。両端は充分な厚さがある。推測しがたいのは、表面の硬さだ。

イルヴァは注意深く腹這いになって体重を分散させると、小刻みに前進した。不吉な音がしたので動きを止め、腹這いのまま体の下を流れる水を見つめた。目に見えないほどのかすかな動きで恐る恐る肘をついて前進し、向こう岸に滑るようにたどり着いた。ジョンはまだはるか向こう側に立って川をのぞきこんでいる。呼吸がぎこちない。

「少佐、渡れますか？」

ジョンの反応はほとんどなく、自分の世界をさまよっているようだった。

「少佐？」

ジョンが顔をあげ、熱でうつろになった目でうなずいた。ゆっくりと氷の上に腹這いになり、大きく体をよじるような動きで氷棚を這い進む。かすかなひび割れの音が聞こえ、彼の後ろで氷が割れた。橋の一部が水中に沈んでいく。ジョンは固まり、そこでじっとこらえた。もう引き返せない。反対側へ渡るしかなかった。イルヴァはしゃがみこんで手を伸ばした。

「手をつかんでください、もう少しです」

ジョンはもうどうでもいいと言わんばかりの顔で彼女を見た。一陣の風が彼に軽く雪を吹きかける。彼は氷塊の真ん中で腹這いになったまま、虚空を見つめていた。

「ジョン、こっちです」

反応はない。

「しっかりしろ!」

イルヴァは焦りから怒鳴りつけたが、彼はうつろな視線を返すばかりだ。

「今行くよ、リア」彼がぶつぶつと言った。

ジョンは苦労してでこぼこした氷の上を進み、イルヴァのほうへ滑るように近づいてきた。彼女はジョンの袖をつかんで引き寄せた。彼はほとんど独り言のように小さな声でつぶやきながら、ようやくふたりは岸辺に倒れこんだ。

「何も問題ないぞ、リア。おまえは安全だ」

リアって誰なのよ、とイルヴァは思ったが何も言わなかった。

彼女は立ちあがって雪をはたき、耳を澄ました。聞こえるのは川の流れる音、ツンドラを吹き荒れる風の音、地面に転がるジョンの熱っぽい息遣いだけだった。

イルヴァはまた小屋のほうを見た。やはり人けはないように見えたので、近くまで行って調べた。雪にも足跡がなく、おそらく無人だろうと結論づけた。近くにも誰かいる気配はない。ジョンが立ちあがる音が聞こえて振り向くと、彼は氷の下を流れる水のほうに向かっていた。イルヴァが止める間もなく、彼は流れの上に身をかがめた。

ジョンは揺れながら奇妙なターコイズブルーの水を見おろした。岸辺にははるか北東の採鉱場からぬかるみと一緒に流されてきたエジリン輝石やユージアライトなど、そのほかヒビヌイ鉱物の残骸がたまっていた。彼は両手をカップのように丸めてそのアルカリ性の廃水をごくりと飲んだ。イルヴァは止めようとしたが、思い直した。採鉱による化学物質で水が汚染されていることは知っていたものの、わざわざ止めるまでもない。何口か飲んだところで死にはしないだろう。彼女がそう考えていると、ジョンは咳(せ)きこんで川辺で水をはね散らかした。

イルヴァは小屋に視線を戻した。打ち捨てられたその小屋は、防風対策がされていた。用心して近づき、窓からなかをのぞく。薄っぺらいソファとストーブ、テーブルと二脚の椅子以外、何もない。それで間に合わせるしかないだろう。

扉は蹴破るまでもなく開いていたので、イルヴァはなかに入った。

雪に覆われた小さな窓からはほとんど光が入らず、暗闇に目が慣れるまで少し時間がかかった。ジョンのほうを振り返ると、彼は戸口で揺れながら立っていた。明らかに混乱し、熱で朦朧としている。手を貸そうとしたイルヴァを、彼はぞんざいに押しのけ、よろよろと進んで部屋の一番端に置かれたソファにたどり着く直前でどさりと倒れた。

イルヴァが彼をソファに押しあげ、負傷したふくらはぎを調べるためにズボンの脚の部分をめくりあげても抵抗されなかった。包帯が床に落ちると、悪臭が傷の状態を物語った。傷の周囲の皮膚が黒くなり、縁が黄色く炎症を起こしている。かさぶたの端が腫れ、いくつもの小さな紫色の水ぶくれができていた。腐りかけた皮膚と悪化した感染部から放たれる悪臭はつんと鼻をつくような刺激臭で、イルヴァは戻しそうになった。思わず顔を背けて吐き気をこらえる。壊疽を起こしていて、感染部も急速に広がっていた。

33

ストームはノルウェー統合司令部から家に向かう車中で、ボードー・アートセンターの外でイルヴァに会った日のことを考えていた。うなじできつく結ったシニヨンをほどき、ブロンドの髪をなびかせながら階段をおりてくるイルヴァを、彼は遠くから見ていた。ストームは、歩いて二十分の母親の家に向かって町のホールの前の広場を横切る彼女についていった。ブロンドの髪が風で波打ち、彼女は髪をおろしているほうが自由で人目を気にしていないように見えた。ストームはそのときのことを思い出してほほえんだ。イルヴァがタフで自立した人間に見せようと苦心する一方で、病気の母親を心から気にかけ、献身的に面倒を見ていることを、彼は愛おしく思った。イルヴァが母親についてひと言でも優しい言葉を発するのを聞いたことがなかったが、母親を否定するところも見たことはなかった。彼女はただ、母親は深刻な精神的問題を抱えていて、混沌として散らかった状態で暮らしているとしかストームには話さなかった。だが、〈アークティック・ブリザード〉が始まる前に訪ねておこうとすること自体が、母親の状態を雄弁に物語っている。イルヴァは結局のところ、お人好しなのだ。考えてみると、親切でさえあるかもしれない。

そういえば、彼女の母親はどうしているだろう？

面倒を見てくれる人間がいるのか？

ストームはイルヴァの母親を心配している自分に気づいた。どうしてもっと早く彼女のことを考えなかったのだろう？

きっとひどくつらい思いをしているに違いない。彼は自宅へ帰る前にイルヴァの母親を訪ねてみることにした。それくらいの体力は残っている。

ストームはあくびをしつつ、睡眠不足で目がちくちくと痛むのを感じながら、ドアベルを鳴らした。応答がない。しばらく待ってからもう一度鳴らしてみたが、家は暗闇のなかでしんと静まり返ったままだ。

あきらめて帰ろうとしたそのとき、イルヴァの母親が用心深くほんの少しだけ扉を開けた。彼女は細い隙間から不安そうにのぞき、敵意に満ちた目で彼を見ている。

「こんばんは、ぼくはイルヴァの友人です」ストームは笑顔で言った。

敵意の表情が希望に変わる。

「あの子が見つかったの？」

ストームはかぶりを振った。めまいを感じるほど疲れている。彼は初めて会うイルヴァの母親を見た。母と娘はよく似ていて、情熱的な目と高い頬が同じだ。

「まだ捜索中です」

彼女がうなずくと、ストームは躊躇してから言った。

「少しお邪魔してもよろしいですか？」

メアリーは来客を好まず、いきなり訪ねてくる人間を憎んでいた。そっとしておいてほしかった。もう何年も人前に出られるような格好をしておらず、それもずっと家にいる理由のひとつだ。しかし、ストームは優しそうに見える一方で、あきらめて帰る気はないようだった。どうしても彼女と話したがっているのが見て取れる。

メアリーはため息をつき、脇に寄った。

ストームは扉を全開にして玄関ホールへ入ると、イルヴァが話していた黴臭い匂いにすぐに気づいた。

メアリーは居間に入ったところで足を止めた。服や本が散乱している。どうやら荷造りの途中だったらしい。

「ちょっとだけお邪魔して、あなたの様子を確かめたかったんです」

メアリーはすばやく彼のほうを向いた。目が赤く腫れている。

「あなたは誰なの？」

「ぼくは友人で――」

イルヴァの母親はいらだたしげに彼の言葉をさえぎった。

「あの子の口からあなたのことを聞いたことがないわ」

「数週間前に知り合ったばかりなんです。ぼくはCYFORに勤めています」

ストームはリラックスしているふうを装ったが、イルヴァの母親は騙されず、彼の不安をすぐに見抜いた。この薄暗い居間で誰かに監視されているとでも思っているかのように、彼女は自分のまわりを落ち着きなく見まわした。そしてストームのほうに身を寄せ、秘密めいた声でささやいた。

「あの子も彼らに殺されたのよ」

「彼ら？」

メアリーは答えなかったものの、その目を恐怖でぎらりと光らせ、これ以上は言えないというように合図を送った。

「彼らはほかにも誰か殺したんですか？」

彼女はやっと聞こえるくらいの声でささやいた。

「ゲイルよ、あの子の父親」

ストームは眉をひそめた。イルヴァは母親の精神状態が不安定だと話していたが、ストームはこの時点でやっと彼女の具合がどれだけ悪いのか察した。

「彼女のお父さんは脳血栓で亡くなったと聞いていましたが」

メアリーはかぶりを振った。

「彼らがわたしたちにそう思わせようとしているの」

「彼らというのは？」

メアリーは声を落とすようストームにまた身振りで合図し、疑わしげに周囲を見まわした。間を置いて耳を澄まし、自分たちしかいないその居間に本当に誰もいないかどうかを確認している。

「彼らの正体は知らないの」メアリーはささやき、そこにじっと立って虚空を見つめた。

イルヴァの母親は悩ましい考えにすっかり混乱しているようだった。ストームはなすすべもなく彼女の前に立ち、言葉を失っていた。そこで突然、彼女がストームから離れ、震えながら取り乱した様子で服や本や薬をバッグに詰め出した。

「どこに行くんですか？」

「故郷に……」

「故郷はどちらですか？」

「カウトケイノよ」

「そこにご家族がいらっしゃるんですか？」

イルヴァの母親が荷造りの手を止め、疑うようにストームを見あげた。

「あの子のことをどれくらい知っているの？」

ストームは視線を落とした。

「そんなによくは知りません」

メアリーは力なくうなずいた。

「誰もよくは知らないのよ。人を寄せつけない子だから」

ストームは居間の壁に貼られた、メアリーと幼い少女の頃のイルヴァの写真に気づいた。

母方の家族と一緒に写ったイルヴァと両親の写真もある。全員、サーミ人の伝統的な衣装である色鮮やかなガクティを着ていた。イルヴァも両親も、幸せそうでリラックスして見えた。正直に言うと、ストームはイルヴァがそんなにもリラックスしているところを見たことがなかったし、彼女に半分サーミ人の血が流れていることも知らなかった。イルヴァのことをもっと知りたい。

「故郷の家族のもとへ帰れば、彼らはわたしのことまで殺そうとはしないでしょう」

ストームは、この小柄な女性が荷物を詰めたバッグと床に散らばった服のあいだで逡巡（しゅんじゅん）するのを見ていた。彼女は絶望し、混乱しているようだったが、それも不思議ではない。彼女と同じ立場になって混乱しない者などいるだろうか？　娘を亡くしたかもしれないのだ。

「誰があなたを殺そうとしているんですか？」

　イルヴァの母親は気もそぞろに手の甲をかいた。彼の質問を理解しているのだろうか？　爪でかいたところが赤くみみず腫れになっている。ストームは彼女に同情した。まるで、世界の悪から自分を守るために空想世界に逃げこんだ、心に傷を負って怯えている子どもみたいだ。

　ストームがメアリーの手にそっと触れると、彼女はびくりとして彼をぼんやり見あげたかと思うと、さっと手を引いた。ストームは黙ったまま、彼女を優しく見つめた。彼女の不安や混乱が感じられる。メアリーは動かなかったが、自分を見おろす見知らぬ男をじっと見あげ続けた。優しそうな目をしている、と彼女は思った。

「いったい誰なんですか、あなたを殺そうとしている〝彼ら〟というのは？」

メアリーは躊躇した。彼に話したくてたまらないけれど、それはできない。自分の命が危険にさらされているのだ。ストームは彼女が目をそらすまで視線を離さなかった。

「だめ、言えないわ……」

メアリーが必死にかぶりを振ると、長い白髪が肩のあたりで揺れた。

「言えないというか、わからないの。夫が亡くなる前日に、彼のコンピューターが消えてしまって」

ストームは固まって彼女をもう一度じっと見つめた。その情報は重要だと直感が告げている。

「ご主人のコンピューターが消えた？」

メアリーがうなずいた。

「ご主人は中身のバックアップを残していましたか？」

メアリーは目を細めて彼を見つめた。躊躇し、また荷造りに戻る。先ほど以上に取り乱しているようにさえ見える。彼女はバッグから衣類を引っ張り出し、別の何かを詰めこんだ。計画も目的もなくそうしているのは明らかだ。

「どうしてご主人は殺されたと思うんですか？」

バッグからジャンパーが出され、靴の片方と何冊かの本が加えられた。かと思うと、彼女はそれをすぐに取り出した。

「ゲイルが恐れるところなど見たことがなかったわ、一度も。でも、あのときは違った。彼は自分の命の危機を感じていたの」

「ご主人は何を、あるいは誰を恐れているのか、言っていませんでしたか？」

メアリーは息遣いも荒く、荷物を詰めたり出したりしながら、震えて独り言をつぶやいている。この調子では過呼吸になって気絶しかねない。ストームはソファやコーヒーテーブル、バッグのなかに散らばった大量の処方薬に目をやった。

「巻きこまれたくないのよ」彼女が怒ったように言った。「イルヴァとわたしのことは放っておいて。どうしてあの子を放っておいてくれないの？」

ストームはメアリーの狂乱した目の奥には虚無しかないことがわかった。呼吸が速くなり、ますます取り乱す。

「彼らがあの子を連れ去って、殺したのよ。彼らがやったの。誰もわたしの言うことなんて信じない。夫は殺されたの。彼らが殺したのよ。そして、今度はあの子を。彼らがあの子を殺したの。あの子は死んだ。わたしの娘は死んだ。それなのに、誰もわかってくれない」パニックに襲われて声が高くなる。「誰も気にかけてくれない！」

メアリーは叫んだ。

ストームは彼女の感情に巻きこまれるまいと大きく息を吸った。この気の毒な女性が完全に正気を失う前に、慰めて安心させる必要がある。彼は人懐っこい笑みを浮かべてみせた。

「ハグしてもいいですか？」

彼の申し出がメアリーの混乱した頭に浸透していく。彼女は驚いて彼を見あげた。ストーム自身も、自分の申し出に驚いていた。普段から気軽に相手を抱擁するようなタイプではないからだ。メアリーは何も言わず、目を見開いて彼に視線を据えている。

ストームは待った。メアリーは静かに涙をこぼし、自分のみじめな状態に今気がついたとばかりに恥ずかしそうに下を向いた。視線をあげる勇気はないようだが、静かな声で応じた。

「いいえ、それは……でもあなたがそうしたいのなら……わたしのほうはかまわないけれど……ハグしても……」

ストームが腕を広げてゆっくり近づいていくと、メアリーが少したじろいだので、彼は腕を広げたまま立ち止まった。主導権は彼女のほうにあると感じてほしかったし、彼女を騙したり、抑えつけたりするつもりなどないことをわかってほしかった。最後の一歩を彼女の意思で進ませることが重要だ。ストームはそれが賢明なやり方だと以前に学んでいた。イルヴァも同じだったから。

メアリーは躊躇したあと小さな一歩を踏み出し、彼のすぐ近くで止まった。そのまじっと佇んでいる。ストームは長く力強い腕をそっと彼女にまわした。彼女は少し背をそらしたものの、すぐに身を委ねてきた。

優しくメアリーを包むと、ストームはその体から漂う悪臭に気づいた。痩せ細った体は弱々しいながらも弦のように張りつめているのが感じられる。ストームはどのくらい長く抱きしめていていいものかわからなかったので、彼女が自分で決められるように少し腕の力をゆるめた。ところがメアリーは、まるで凍えているかのように両腕を胸の前で組み、彼のほうにさらに身を寄せた。じっと立ったまま、ストームの胸に額をつけている。ストームは彼女の背中を撫でた。キモノの上からでも肋骨(ろっこつ)が感じられる。メアリーは震えていた。唇を嚙みしめて抑えていたが、やがてこらえきれなくなったのか、すすり泣きが号泣に変わった。ストームはこの小柄な女性が怒りを吐き出すままにさせた。彼女が容赦ない苦痛を絞り出すにつれ、涙が彼のシャツの前身頃を湿らせていく。

「大丈夫、ぼくがいます。一緒に立ち向かいましょう」

ストームは小さな声で言った。

その言葉は、彼女がうまく説明できなかった絶望を表していた。まるでこの見知らぬ男性が心底から理解しているかのように。

「あなたはひとりではありません」彼は優しく言った。「必ず娘さんを見つけます」

やがてメアリーの不安も涙もおさまり、ストームはそっと抱擁を解いた。

メアリーは静かに自分の両手を見おろしていた。震えは止まり、呼吸も落ち着いて、平静を取り戻している。

「ありがとう」彼女は小声で言った。「最近は医者と精神科医にしか会わないし、あの頭のいい人たちは誰も人間らしい思いやりを処方してくれないの」

ストームはソファやコーヒーテーブル、バッグのなかの薬を見た。

「でも強い薬は大量に処方してくれるんですね」彼はほほえんだ。

メアリーは驚いて彼を見あげ、そのにこやかな目と目を合わせて笑った。

「そうよ、すてきな診断と一緒にね。足りなくなることは絶対にないの」

ふたりは親密な瞬間を共有したことに少し気恥ずかしくなり、ほほえみ合った。

「あの子に会いたいわ」メアリーがささやく。

ストームはうなずいた。絶望で胸が痛んだものの、今はそれに浸っている場合ではない。頭を働かせなければ。彼は何も言わずイルヴァの母親を見つめ続けた。家族だとはっきりわかるくらい似ているところがある。メアリーの緑色の目は、涙がいくぶん狂気を拭い去ってくれたのか、鋭敏さが増しているように見えた。

「ふたりに会いたい」メアリーがつぶやく。

彼女はストームを見あげた。今になってようやく気づいたが、彼もずいぶん打ちひしがれて見えた。

「それで、あなたのほうは大丈夫なの？」

ストームは何か当たり障りのない返事を、彼女を安心させられるような返事をしようとしたが、できなかった。腹の底からわきあがる苦痛に、胸と喉にこみあげてくるものに耐えられない。しかし彼自身の絶望を見せるわけにはいかないし、話す余力もなかった。メアリーが彼の頬を撫でた。

「あの子は小さい頃、アスペンの葉みたいだったのよ……でも強く育ったわ。わたしや父親よりも強く」

そこでストームは突然、メアリーのなかに楽観性とおおらかさを見出した。かつての母親は楽観的でおおらかだったと、イルヴァから聞かされていた。

「今もあの子の強さは変わらない」メアリーが彼を慰めるようにほほえんだ。「この状況を生き延びることができる人がいるとすれば、それは……」

また涙が浮かんできて言葉が途切れ、彼女は言い終えることができなかった。ストームは感謝してうなずいた。

「ぼくに何かできることはありますか？　何か必要なものとか？」

メアリーはかぶりを振った。

「わたしにとっては長旅になるわ」小声でつぶやく。「妹のエルにはもう五年以上会っていないの。考えてみれば、それほど遠くに住んでいるわけではないのにね。そう遠くでは……」

ストームは深く息を吸った。

「ご主人のコンピューターの中身のバックアップはまったく残っていませんか？」

メアリーはぼんやりと虚空を見つめた。

「そのコンピューターの中身かバックアップにアクセスできれば、答えを見つけられるかもしれません。少なくとも、ご主人が亡くなるまで何に取り組んでいたか調べることができます」

イルヴァの母親は散らかった部屋を見まわし、力なく首を横に振った。

「夫は何も言っていなかったわ」

コーヒーテーブルの上にペンと新聞があった。ストームはそこに自分の名前と携帯電話の番号を書いた。

「話し相手がほしいときや、何かぼくで力になれることがあれば、いつでも連絡してください」

メアリーは黙ってうなずいて、そのメモを受け取った。暗くなった居間に沈黙がのしかかる。

「そろそろ帰ります」ストームは言った。「少し様子を見たかっただけなので……また連絡します」

彼女がうなずく。

「ありがとう」

ストームが玄関に向かうと、彼女が居間を引っかきまわす音が聞こえてきた。

「待って！」

彼が冷たい屋外に足を踏み出しかけたとき、メアリーが急いで追ってきた。ストームは振り返り、彼女がサーミの美しい装飾品を渡そうとしているのを見て驚いた。

「これを持っていって」

ストームは銀色のボール型ペンダントがついた美しいネックレスを見た。受け取ると、かすかにちりちりと鳴った。

「サーミのマジックボールよ」イルヴァの母親が言った。

ストームはもの問いたげにメアリーを見た。それが何か知っているべきなのだろう、その言葉に聞き覚えはあったものの、具体的なことは何もわからなかった。

「わたしの母と曾祖母から受け継いだもので、イルヴァに持っていてほしいの」

ストームはそのネックレスをどうすべきかわからないまますなずいた。

「ありがとうございます……」

「イルヴァを妊娠していた頃からあの子が生まれたあとも、わたしはそのネックレスをつけていたの。その音を聞くとあの子は落ち着いたわ。わたしたち一族の習わしなの。揺りかごの上にマジックボールをつるして、眠っている子どもに悪さをする闇の世界の力から守るのよ。サーミ人の子どもはみんな、これを持っているわ……」

ストームは美しい装飾が施された銀色のボールを優しく撫でた。

「この模様には意味があるんですか？」

メアリーはぐっと息をのみ、声を震わせて言った。

「〝シエラ〟の効果があるの――お守りという意味よ」

ストームはかすかに震える大きな手でネックレスを握った。

「お預かりします。イルヴァを見つけたら必ず渡します」

メアリーは不安げにうなずいた。

「そうしてちょうだい。お守りの効力があるの。あなたにも必要なものを与えてくれるはず」

ストームはネックレスをポケットにしまい、イルヴァの母親を見た。ふたりの目が合い、一瞬見つめ合う。

「あの子を見つけて」メアリーはそうささやくと、扉をしっかりと閉めた。

ストームは自分の後ろで鍵の閉まる音を聞いた。

ストームは車に乗りこみながら、みじめさを感じていた。家族写真のなかでほほえんだり笑ったりしているイルヴァの顔が脳裏をよぎり、ハンドルにもたれてうなだれる。心の底からイルヴァに会いたかった。ポケットからネックレスを取り出し、怒りに任せて助手席にそれを放ったが、そのちりちりという音が心をなだめた。イルヴァは生まれる前からこの音を聞き、これに守られてきたのだ。

彼は気を取り直して車を出し、自宅へ向かった。

十五分後、ストームはボードーの中心部にあるアパートメントの外のいつもの場所に車を停めた。車からおりるとき、助手席に放ったままになっていたネックレスが視界に入った。それを手に取り、その職人技をしげしげと見つめた。銀色のボールには精巧な透かし細工が施され、側面に留め金がついている。留め金を外すと、華美なボールのなかに別の銀色のボールが入っていた。それがちりちりという小さな音をたてているのだ。なかのボールを取り出したストームは、はっとした。それは宝飾品に見せかけた小さなメモリースティックだった。

34

イルヴァはジョンのふくらはぎを調べた。幸いなことに、感染は今のところ皮膚だけにとどまっている。これが骨まで達すればおしまいだ。

「少佐、ここにいてください。わたしはキロフスクまで行って薬と包帯を調達してきます」

イルヴァの提案は明らかに突拍子もないものだった。彼らは今、ロシアが最優先でとらえようとしている犯罪者で、ふたりともそのことを承知していた。もし見つかれば、よくて殺されるだけか、最悪の場合はロシアの刑務所に収容されることになるだろう。しかしジョンは、彼女の提案に異議を唱えることなく、後ろにもたれて眠ってしまった。

イルヴァは迅速に行動しなければならなかった。わずかながらの優位を失うという理由だけではなく、ジョンのふくらはぎの感染症が刻一刻と広がっていたからだ。日が暮れる前に敗血症を起こすだろう。

イルヴァは小屋を出て周囲の景色を調べた。太陽は南側にあり、湖まで川沿いに歩いてから北東へ向かえば、おそらく一時間でキロフスクに着くだろう。川沿いを歩いているうち、化学物質の悪臭がきつくなってきて、鉱山町に近づいているのがわかった。

〝Кировск（キロフスク）〟の文字がなんとか読み取れる標識を掲げたでこぼこ道をたどっていくと、ついにその荒廃した産業都市に着いた。

キロフスク郊外では、ソ連時代の墓石のように見える廃れた建物の列をこっそり通り過ぎた。いくつもの割れた窓が彼女に向かって大きく口を開け、どちらを向いても腐敗臭がする。崩れかけた家々は、地球における人類の儚さを証言していた。それらもかつては近代化の極みを、そして実用的で楽観的な未来への希望を表していたのだ。それらはソ連の建築ならではの、国家による発展、計画経済、計画産業への盲信を証言している。本質的な美しさや人間らしさを慎重に考慮する余裕もないほど急激な発展だ。

今や崩壊した建物群は、時間と人の思いやりから見放されたよぼよぼの老人のようにもろく見えた。ソ連時代の灰色の建物群は、守るべき命を失った抜け殻でしかなかった。自然が、山のようなモルタルとセメントの下に埋められた壮大な光景を取り戻そうとしているのだ。通りには気味の悪い沈黙が漂っていた。

東に向かうと、町の様相はゆっくりとだが着実に変わってきた。ある交差点では片側に薄暗い廃墟が、反対側にはモーテルやいくつかの商店、カフェや薬局が並んでいた。イルヴァが店のひとつに忍び寄ったとき、新聞の一面に彼女とジョンの写真が大きく載っているのに気づいたが、驚きはしなかった。人々は警戒しているだろうから、誰かに見られるわけにいかないと思い、びくびくしながら周囲を見まわす。

酔っ払った男が路地で壁に向かって小便をしていた。その横に大きなバッグと彼の頭から落ちたウシャンカ帽が転がっている。完璧だ。

イルヴァは猫のように機敏な動きで男の背後に近づいた。その途中、近くの廃墟から落ちたと思われる錆びた鉄の棒を拾う。男をしたたかに打ちつけて気絶させたとき、まだ違和感の残る肩に痛みが走った。男が倒れ、その薄くなった頭から赤くあたたかい血が滴る。目が覚めたら死ぬほど頭が痛むだろうと思いながら、イルヴァは彼のバッグを開けた。うれしいことに、衣服が入っている。周囲を見まわすと、通行人がふたり舗道を歩いていたが、彼らは強風に負けまいと身を寄せ合って足早に通り過ぎていった。

イルヴァは自分のフライトスーツを脱いでバッグに詰めると、男のバッグに入っていた服を着た。男性もので大きすぎるうえにちくちくしたが、これを着ていればあたたかいし、この将来性のない町で暮らす不運に見舞われた陰気な地元住民にうまく溶けこめるだろう。

彼女は倒れた男から分厚いダッフルコートをなんとか剝ぎ取って着た。耳当てのついたウシャンカ帽をかぶる前にすばやく男の財布をつかむと、何枚かルーブル紙幣が入っていた。数分後、くたくたのバッグを肩にかけた外見上は痩せた小柄な男が通りにふらりと出てきた。

イルヴァは舗道を進んだ。通りの外れでおぼろげなネオンの看板を見つけた。薬局だ。彼女は視線と肩を落としたまま店に入った。店員の姿はなく、防犯カメラも見当たらない。彼女はためらうことなく包帯や消毒液、鎮痛剤(パラセタモール)、抗生剤らしきものなどをバッグに詰めた。背後で扉がきしむ音が聞こえ、振り向くと小太りの老婦人がトイレから出てきたところだった。老婦人は無関心な表情でイルヴァを見てからレジ前の椅子に座り、カウンター上の古いテレビの音量をあげた。店じゅうに、ムルマンスクの核基地へ向かう途中で撃墜されたＮＡＴＯ機のニュースが響いた。イルヴァは動悸(どうき)が激しくなるのを感じ、コートの襟を立てると寒い舗道にそっと出て姿を消した。

次は食べるものを見つけなければならない。食料品店に入るのは危険すぎる。用心して通りを進んでいたとき、寂れたカフェを通り過ぎたときにグヤーシュ（パプリカで味付けした野菜と牛肉のシチュー。ハンガリーの郷土料理のひとつ）とボルシチの匂いがした。その店の裏口へこっそりまわると、予想どおり、中身があふれるごみ箱が並んでいた。彼女はハゲワシのように捨てられた残飯や、肉や野菜の切れはしを探した。食べ残しの肉汁あふれるカツレツを何口かかじると、絶品とは言わないまでも心からおいしく感じられた。もうふた口食ってから、バッグに入るだけの食べ物を詰め、音もたてずに敏捷(びんしょう)に通りへ戻った。

イルヴァは肩をいからせ、帽子を目深にかぶり、コートの襟を立てると、ツンドラ地帯に向かって寂れ果てた町を重い足取りで歩いた。

キロフスク郊外では、文明は完全に廃れている。イルヴァが建物のあいだを縫うように進んでいると、中庭に停められたブラック・アークティック・キャットＺＲ９０

００を見つけた。あたりをうかがったが誰もいなかった。彼女は静寂に後押しされて中庭に入り、そのスノーモービルに近づいた。これは救いの手だと思い、車体にバッグを置いた。かじかむ手でケーブルを引き出し、エンジンをジャンプスタートさせる。

「おい、おまえ！」

太った大男がこちらに向かってきたので、イルヴァは固まった。

「そこで何をするつもりだ？」

男のほうを見あげると、コートの襟とウシャンカ帽のあいだから彼が自分に向かってくるのが見えた。イルヴァは返事をせず、ゆっくりとスノーモービルから離れた。男が中庭に入ってきてまじまじと彼女を眺めたかと思うと、笑い出した。

「女みたいだな。女なのか？」

イルヴァは周囲を見まわした。出入口がひとつしかない薄暗い中庭に足を踏み入れるとは、なんて愚かなことをしてしまったのだろう？　大男が唯一の避難ルートに立ちふさがっている。まるでこちらの心を読んだかのように、一歩近づいて彼女の腕をつかんだ。肩から背中へと痛みが走り、イルヴァは大声をあげた。男の力は強く、相手を振り切って逃げるのは無理だろうと気づいた。瞬時に敵を品定めする。男はでっぷりと太り、身長は二メートル近くある。むくんだ顔、血走った目、息はウォッカの不快な匂いがした。イルヴァは鼻にしわを寄せた。酔っ払いは大嫌いだ。

そこで彼女はほほえみ、媚びるように顔をあげて男の目を見つめた。

「そうよ」深く息を吸う。「これはあなたのスノーモービル？」イルヴァは自分のロシア語のアクセントにわれながら満足した。サーミ人のアクセントが多少残ってはいるが、それは初めてロシア語を学んだのがロヴォゼロに住む親族からだったからだ。

男は彼女のアクセントに気づかなかったようだ。ただ、いやらしい目つきでイルヴァを見て、ぼろぼろの歯をあらわにした。

「ああ、そうさ」

男はすばやくあたりを見まわした。中庭は暗く静かだ。ふたりしかいない。

「気に入ったか？」

イルヴァは愛想よくうなずき、彼につかまれた腕を慎重に抜いた。無邪気を装って軽快に男の横を通り過ぎようとしたが、うまくいかなかった。男は攻撃的な熊のごとく電光石火の早業で彼女をふたたびつかんで引き寄せた。

「どこかで見た顔だな？」

イルヴァは目をそらした。男が彼女の頭からウシャンカ帽を剝ぎ取ると、ブロンドの髪が肩で波打った。男がにやりと笑う。

「へえ、そうか」

彼女は立ちすくんだ。動悸が激しい。男の太鼓腹とぼろぼろの歯は不健康と運動不足を示しているが、腕をつかまれたときの感触は腕っぷしの強さを物語っていた。接近戦は望ましくないものの、ここまで追いつめられていては選択肢がない。耳を澄ましても人がいる気配はなく、目が届く範囲では目撃者は皆無だ。イルヴァは背筋を伸ばし、目を細めた男と視線を合わせてから生意気な笑みを浮かべた。

「そうよ」

「おまえで大金が稼げそうだ」男がつぶやく。

男はさらに彼女を引き寄せた。

「でも、まずはお楽しみといこうか?」

イルヴァは逃れようとしたが、乱暴に硬い赤壁に叩きつけられた。後頭部をコンクリートに打ちつけられて体じゅうに痛みが走り、失神しそうになりながら倒れた。男ががかがんで彼女をぐいと引っ張りあげ、体を寄せる。臭くて熱い男の息が彼女の口にかかり、腹と太ももが押しつけられる。男の股間が勃起しているのを感じて、イルヴァは吐きそうになり目を閉じた。

好色な酔っ払いはまともに頭が働かないものだ。彼らはいつも自分の知性を過大評価し、女性の嫌悪感を過小評価する。イルヴァは男の血走った目を見つめ、大げさなうめき声をあげてほほえんだ。失神させられそうになったからなのか、興奮したからなのか、その理由を相手の判断に委ねると、男がそれを気に入ったのがわかった。胸を愛撫され始めたので、イルヴァは男にその瞬間を楽しませ、あえて力を誇示させた。それが不注意の原因になる。男は彼女が盗んだ幅広のズボンのウエストバンドを貪欲に引きちぎり始めた。太くて不潔な指で腹部から下へとたどられ、股間をまさぐられると、イルヴァは嫌悪感でぞっとしたが、動かなかった。男の愛撫に耐えなければならない。彼女のあたたかい息遣いが落ち着いたのを感じると、男はようやく警戒心を解いた。薄ら笑いを浮かべて彼女の服を脱がせていく。イルヴァは身をよじって逃れようとしたが、男のほうがすばやく彼女の喉に肘を押し当て、空気を遮断した。イルヴァは恐怖を感じて彼を見あげた。息ができない。彼女が力なく腕を振りまわすと、男は冷笑した。女が歯向かうのを楽しむタイプのようだ。

35

CYFORに戻ったストームは、アリとともにそれぞれのコンピューターにかじりつき、どんどん拡大を続ける情報とデータの仮想世界をめぐる長旅に没頭した。そこには独自の法によって統治される独自の超現実がある。ストームはワールド・ワイド・ウェブの0と1で構成されるデジタルネットワークを手際よく見てまわった。あらゆるデータ通信、ブラウザ検索、画像、平凡なフェイスブックの更新、自己愛に満ちたインスタグラムの投稿、意味のないツイート、恋人同士あるいは敵対する者同士の秘密のテキストメッセージが彼の意のままに手に入る。毛布にくるまって、この宇宙のビッグ・ブラザーから逃れることなど誰にもできない。ジョージ・オーウェルが描いた暗黒小説(ディストピア)は、現代のすぐ身近にいるスパイに比べたら愉快なおとぎ話だ。彼らは、われわれのメタデータや生体認証データを分析することによって、われわれの行動、思考のすべてを気味が悪いほどの正確さで検知する。

ストームが探していたのはテキストメッセージ、画像、アルゴリズム……とにかくイルヴァ捜索の手がかりになりうるものだ。それと同時に、彼は膝に置いたシンプルなｉＰａｄにも注意を向けていた。これは安全対策だ。ペンダントから見つかったメモリースティックを読みこむのに、ノルウェー軍のネットワークにログインするわけにはいかない。

画面上に一連の不可解な記号が現れた。

「ちくしょう、全部暗号化されている」

アリがストームの肩越しに画面をのぞきこむ。

「だけどファイル名は読めるじゃないか。どうやら〈タイタンズ・セキュリティ〉に関するファイルみたいだな」

ストームがアリを見た。ふたりとも同じことに気づいたのだ。〈タイタンズ・セキュリティ〉はジョージ・ローヴが勤める民間の警備会社だ。その会社がイルヴァの父親とどんな関係があるのだろう？

ストームはメモリースティックを接続したｉＰａｄをアリに渡した。

「ここに入ったファイルを解読できますか？」

アリはほほえんだ。

「頼まれるのを待っていたよ」

アリはそれ以上何も言わず、座り直して暗号解読に取りかかった。

　ストームは基地内の監視カメラの映像記録にアクセスした。事故が起こる前にローヴが誰と接触しているか知りたかったのだ。ストームはまた、延々と座ったり立ったり出入りしたりする人々の映像を入念に確認していった。早送りで再生された人々は何も考えていない虫の大群のように見えた。

映像が彼の目の前で明滅する。

ふいにストームは停止ボタンを押した。格納庫のひとつに設置された監視カメラの画質の粗い映像に、ひとりで暗闇から歩いてくるローヴが映っていたのだ。日付は軍事演習〈アークティック・ブリザード〉開始日の夕刻だ。

ストームは勢いこんで映像を数分戻し、通常速度で再生した。そこには、格納庫の灰色の壁に映るおぼろげな影のように、監視カメラの前を通り過ぎて駐機場へと歩いていくローヴの姿が映っていた。時刻はローヴがボードー・アートセンターでイルヴァと話し、そののちにジョン・エヴァンス少佐と会った二時間四十分後だ。

ストームは考えをめぐらせた。ローヴはこんな遅くに滑走路で何をしているのだろう？　映像がさらに続き、解像度は腹立たしいほど低かったが、画面を拡大すると、そこにもうひとりいるのがわかった。滑走路の端にいるその人物は、誰かを待っているようだ。ストームは身を乗り出して目を細めた。あれはまさか……？　映像はいらいらするほど不鮮明だし、その人物はカメラに背を向けて立っていたが、ローヴが近づいてきて後ろで立ち止まると、もうひとりが振り返った。ストームにも暗闇で待っていたのがエヴァンス少佐だとはっきりわかった。音声はないため、ふたりの会話の内容については推測するしかない。しかし、エヴァンスのボディランゲージが最初は緊張していたものの、会話が進むにつれてリラックスするのが見て取れた。終わりに差しかかる頃には、ふたりのあいだの空気は友好的でくつろいだものになったように見えた。ふたりは何を話していたのだろう？

ストームは映像を拡大してみたが、それだとあまりにも粗くて何も見分けがつかなくなった。読唇術などできそうにない。

突然、コンピューター画面の映像が何度か明滅し、ふたたび白く光って彼を照らした。

アリが椅子から立ちあがる。

「なんだ、今のは？」

アリがストームのそばへ来た。

「誤作動か？」

アリはかぶりを振り、メインコンピューターのところへ走っていった。

「ちくしょう。ハッキングされた」

ストームはとっさに反応し、ハッカーを追跡し始めた。

「何やってんだ、今すぐ閉じろ！」アリが叫ぶ。

アリがすべてのシステムをログオフしながら国防侵犯をイントラネットに警告する一方で、ストームは光の速さでタイピングしていた。

「サンドワーム（ロシア軍に所属すると言われるハッカー部隊）でもＳＯＲＭ２（ロシア国内の通信を監視する巨大ネットワーク）でもないな……」

プロセッサがうなったが、ストームは断固としてログオフを拒んだ。アリがストームのコンピューターのプラグを引き抜き、画面が真っ暗になる。ストームは激怒して立ちあがり、椅子が後ろの床に倒れた。

「なんてことをしてくれたんです？　ハッカーを突き止められたかもしれないのに！」

アリがストームを見てため息をつく。

「おまえは休憩したほうがいい。思い入れが強すぎる」

ストームは暗くなったコンピューター画面をにらみつけた。

「ハッカーがわかれば、そこからたどって……」

「ストーム！」

アリは怒りよりも絶望的な思いに駆られて、コンピューターとストームのあいだに割って入った。ストームの視線を自分に向けさせる。

「ハッカーを追跡すれば、ＣＹＦＯＲのすべてを暴露することになる。正気を失ったのか？」

ストームは怒ったようにアリの向こうのコンピューター画面をにらんだ。

「だけど、われわれがすべきは――」彼は反論した。

アリが容赦なくさえぎる。

「きみの上官として、帰宅を命じる。少し休め」

ストームはかぶりを振ってコンピューターのプラグをまた挿そうとしたが、アリに無理やり引き離された。

「ブーレ少尉、われわれはイルヴァとエヴァンス少佐を見つけるためにできることはなんでもするつもりだ。約束しよう。だがきみは今、任務全体を危機にさらしている。ストーム、きみには休憩が必要だ。明日、戻ってきてくれ。いいな？」

　ストームが激怒のあまり大声をあげそうになったそのとき、いきなり部屋じゅうの電源が落ちた。数秒後、予備発電機が作動して電力が戻ったとたん、グループ内の別のIT技術者が叫んだ。

「トロンハイム北部のすべてのコンピューター・センターが機能停止しました。〈エクイノール〉も〈ハイドロ〉（いずれもノルウェーに本社を置くエネルギー関連企業）も〈アビノール〉（ノルウェー空港運営会社）も、それぞれのシステムの機能停止を報告しています。ヴァードーにあるアメリカのレーダーシステム〈グローバスII〉が、北部におけるミサイル防衛プログラムを停止しました」

　ストームがアリを見た。

「サンドワームのような新手のハッカー部隊の仕業か、新たな作戦でしょう。相手のほうがわれわれより優位だ。こっちの行動を予見している」

　アリは信じられないとばかりにストームを見た。

「どういうことだ？」

「相手は矛盾する情報やおとり情報を流して、われわれを弄んでいるんです」

　アリはうんざりしたように手で目を覆った。最悪の状況じゃないか。

「相手というのは誰のことだ、ストーム？　ロシア人か？」

ストームは躊躇した。ロシア人が完全な不意打ちでそうした攻撃を開始するのは筋が通らない。しかし相手がロシア人ではないとすると……？　ＮＡＴＯもロシアも無駄な努力ばかりして劣勢に立たされ続けているあいだに、ほかの誰かが主導権を握ったに違いない。国境の両側のシステムを熟知している誰かが。ストームは上着をつかんでアリを見た。

「アリ、ぼくは行かなければなりません！　メモリースティックの解読を頼んでいいですか？」

「ああ、今もやっているところだ」

ストームはアリにだけ聞こえるように声を落とした。

「相手は不明ですが、攻撃の首謀者はわれわれのネットワークに侵入した。この問題はデジタルではなくアナログ方式で解決する必要があります」

アリはうなずいたものの、ストームの大きな背中が廊下に消えていくのを見つめながら、しきりと頭をかいていた。ストーム・ブーレはこの問題をアナログ方式で解決しろと言っているのか？

神よ、あいつと鉢合わせする人間を、どうか助けたまえ。

36

視界に赤と黒の斑点がちらつき、イルヴァは急激な酸素不足で意識を失いかけた。耳鳴りがしてあらゆる音がくぐもって遠のく。まるで水のなかに沈められているみたいだ。息を切らしながら赤ら顔をゆがめている男を見つめているうち、彼女はあることに気づいてはっとした――この太ったロシア人はズボンの前を開けたいのにファスナーが引っかかってしまい、注意散漫になっている。これは最後のチャンスだ。ファスナーをなんとかおろし、下腹部を手探りしている男の耳右を、イルヴァはすばやく渾身（こんしん）の力をこめて殴った。男がのけぞり、彼女の喉を押さえていた力がゆるむと、イルヴァはむせ返り、冷たい酸素が流れこんでくるのを感じた。男が腹を立てて飛びかかってきたので、彼女は心底から無力感を覚えたが、相手の勢いを利用してその鼻に頭突きした。男が強烈な痛みに一瞬、集中力を失い、折れた鼻に手を当てようと前かがみになったところを狙って、彼女は相手の顔を膝蹴りした。男がうめき声をあげながら彼女の背後のコンクリートの壁に衝突する。イルヴァは右腕をあげ、人指し指と中指を男の目に突き立てた。眼球が割れて眼窩から押し出されると、頭蓋骨の奥からごぼごぼと音が聞こえた。視力を失い方向がわからなくなった大男がつかみかかってきたものの、彼女はなんとかかわして距離を取った。優位に立ったところで男の喉仏めがけて蹴りを二発食らわせ、喉頭と気管をつぶした。男は空気がもれるような奇妙な音をたてながら彼女の前に膝から崩れ落ちた。これでもう声帯に空気が通らないので、声を出せないはずだ。イルヴァは貪欲に息を吸った。立ち直るのに少し時間が必要だった。視力と呼吸を失って膝立ちになった暴漢が彼女の前で揺れている。イルヴァは少しのあいだ立ったまま静かに男を見ていた。ホラー映画のグロテスクな登場人物みたいだ。

そこで彼女は、首に強く蹴りを入れて頚椎をつぶし、男を楽にしてやった。首が音をたてて折れ、男は不格好に倒れた。頑丈な体を激しく痙攣させ、しなびたペニスをさらしたまま、ついに冷たい雪のなかに横たわる。血まみれのふたつの穴に見つめられながら、イルヴァは手についた血を男の服で念入りに拭った。あまりにも簡単に逝ってしまったわね、と思いながら、自分のズボンを引きあげてウエストをぎゅっと締めた。とはいえ、これで厄介なろくでなしが世界からひとり消えたわけだ。

彼女は任務終了を一応確認しようと身をかがめた。すると、男の損傷した気道からまだきしむような音がもれているではないか。なんてしぶとい男だろう。イルヴァはナイフを取り出して男の胸に突き刺し、心臓まで切り裂いた。男は最後にもう一度、がくんと痙攣した。イルヴァは相手の血が自分の着ているジャケットの袖に染みこんでいるのに気づいたが、男がこと切れるまで辛抱強く待った。そして、ようやく仕事を終えた。

さて、どうしよう？　男のずたずたになった遺体が足元に転がっている。このまま放っておけば、発見されて嫌疑がかかるだろう。男の遺体とともに町を出て、途中で遺棄する必要がある。イルヴァは超人的な力を振り絞り、なんとか男をスノーモービルのそばまで引きずっていった。まったく、太りすぎだ。男を持ちあげると肩に激しい痛みが走ったが、どうにか乗せることができた。男をハンドルバーにかぶせるようにすると、重たい体がいくらか安定した。

イルヴァは男の後ろに座り、イグニションスイッチを引いてハンドルロックをこじ開けた。片手をアクセルに置いてケーブルをつなぎ、イグニションにナイフを挿してまわす。エンジンがうなりをあげると、回転数をあげて加速した。

イルヴァは猛スピードで町を走り抜け、ツンドラ地帯に出た。貴重な時間を無駄にしてしまった。スノーモービルに乗った彼女はキロフスクを急いで抜けると、十五分後には小さな小屋の前で、太った男を乗せたままスノーモービルを停めた。

イルヴァは男をおろして小屋に引っ張りこみ、服を脱がせた。血が服全体に染みているけれど、予備にもらっておこう。ありがたいことに、男は数枚のルーブル紙幣とウォッカの瓶を持っていた。これも役に立ちそうだ。

ジョンは相変わらず青白い顔でソファに横たわっていた。イルヴァが去ってからもずっと眠っていたようだが、今は目を覚まして細めた目で彼女を見ている。

「少佐、移動手段を手に入れました」

ジョンは彼女が言っていることを理解しているようには見えなかった。熱に浮かされ、震えている。イルヴァは包帯、ウォッカ、殺菌クリーム、抗生剤、パラセタモール、ナイフを取り出した。

ジョンのズボンを慎重にまくりあげ、傷をあらわにする。

これ以上ひどくなりようがないほどの悪臭を放ち、濃い紫色の皮膚からは黄色い膿(うみ)が流れ出ていた。

「少佐、感染部位を除去しなければいけません」

ジョンはうなずいたものの、彼女の言葉をきちんと理解したのかどうかは疑わしい。

イルヴァは彼に抗生剤とパラセタモールを渡し、ウォッカを与えてのませた。そして、ナイフと傷口を殺菌した。

ジョンが彼女を見た。目に生気がない。

「いいですか？」

ジョンは反応しなかった。彼女はナイフをふくらはぎに水平に当てて深く息を吸うと、壊死した皮膚の分厚い塊を取り除き始めた。赤い肉の部分に到達するとジョンが叫んだ。痛みによる痙攣を起こして背中をのけぞらせ、やがて気絶して静かになった。痛みがあまりにひどいと人間が気絶するのはありがたいことだ、とイルヴァは思った。気を遣わずに作業を続けられる。

感染した組織を完全に取り除かなくてはいけないこと、そして組織が残ってしまうよりは余分に除去したほうがいいとわかっていたので、そのようにした。作業を終えると傷口を消毒して包帯を巻き、ジョンをひとりで寝かせておいた。時が来れば目を覚ますだろう。

イルヴァはごみを漁って調達した食べ物をテーブルの上に並べた。おなかがぺこぺこだ。小屋で見つけた薪（まき）と古い新聞紙で火をおこし、カップに入れた雪を溶かして、肉の大きな塊を貪った。そうしてようやくウォッカをがぶ飲みすると、疲れがどっと押し寄せてくるのを感じた。筋肉が麻痺し、疲労のあまり目がちかちかする。

イルヴァは部屋にいるふたりの男をちらりと見た。ロシア人のほうは当然の報いを受けたわけだが、ジョンにはなんとか生き延びてほしいと心から思った。不思議なことに、この頑固な老いぼれ男にあたたかい気持ちを抱き始めていたのだ。疲労困憊した彼女はテーブルに突っ伏して、腕枕に頭をのせた。

肩の調子を確かめてみたところ、痛むものの我慢できないほどではない。少しのあいだ休むことを自分に許可すると、ストームのことが頭に浮かんだ。会いたい。イルヴァは目を閉じて彼の顔を、灰色がかった緑色の澄んだ目を思い浮かべた。その目は内輪のジョークで笑っているかのように、ほとんどいつも笑みを浮かべていた。アルゴリズムや複雑な確率計算に没頭しているときでさえ、きっと笑顔なのだろう。特によく思い出すのは、付き合い始めて数週間経った夜のことだ。ふたりは愛を交わした直後で、イルヴァは疲れきって彼の広い胸に身を預けていた。深い夢から覚めかけている……いや、むしろ夢うつつになりかけている感じだった。ストームがほほえんで、からかうように彼女を見た。イルヴァは身を起こした。

「何?」

ストームは優しく彼女の髪を撫でた。

「ちょっと考えていたんだけど」

「何を？」

「きみは絶頂を迎えたとき、どこにいるんだい？」

イルヴァは笑った。質問の意味がわからなかった。本当におかしな男に深入りしてしまったものだ。

「どこにいるのかって？」

「ああ……」

イルヴァはほほえんで彼にキスをした。

「ここよ、多分」

ストームは何も言わず、曖昧な表情でただ彼女を見ていた。

「ここにいるわ」

「本当に？」

イルヴァは力なく首を振った。もっとよく考えてみるべきかもしれない。絶頂を迎えたとき、彼女は、人はどこにいるのだろう？　奔放な情熱が解き放たれ、エクスタシーの波に連れていかれるとき、人はその失われた数秒間、誰になり、どうなっているのか？

何者でもなくなり、どこにもいないのだ。だからこそ、すばらしいのだ。消えてしまうから。

小さな死（ラ・プティ・モール）……たしかオーガズムの瞬間をそう呼んでいたはずだ。死があんな感じなら、恐れる理由は何もない。

イルヴァはそう考えたことをストームには言わず、キッチンへ行って冷蔵庫から一・五リットルのペプシ・マックスを取り出した。ベッドに戻ると、彼は寝ていた。こんなにすぐ寝つける彼が羨ましかった。

37

ストームはCYFORから直接メアリーの家へ向かった。メモリースティックのことと、彼女の夫が亡くなる前にそれについて何か話していなかったか、もっと聞きたかったのだ。

しかし家に着くと、当然ながら彼女はすでにいなかった。ストームはインターネットで調べて、カウトケイノ村に住むイルヴァの親族の住所をカーナビに入力した。ボードーからカウトケイノ村までなんの変哲もない道を延々と走るだけのドライブだが、スウェーデン経由の最速ルートで行けば十一時間くらいで着くだろう。時間と道だけが流れるドライブだ。

冷たいノルウェー北部の雪景色のなかを走り抜けながら、ストームはアリに電話をかけた。

アリによるとNATOが、つまりアメリカが軍事活動の先頭に立つことになったらしい。ローヴとベイルが外部との通信すべてを厳しく制限すると発表した。その決定は妥当だと、アリは急いで言い足した。サイバー空間ではすでに舌戦が起きているからだ。

「メモリースティックの解読に進展は?」

アリは疲労のあまりあくびをした。

「進めてはいるが、かなり厄介だな」

何をしているのかとアリから問われ、ストームは休養を取るのも悪くないから、一日か二日したら職場に戻るつもりだと答えた。アリが黙りこんだので、ストームは自分の言葉を上官がいっさい信じていないとわかって安心し、先を続けた。「だけど、休日中でも進捗状況を知らせてもらってかまいません」

アリは躊躇した。ひとりで何かやろうとしているストームが心配だったが、ひょっとするとそれが自分たちには有利に働くかもしれない。CYFOR内では、アリのチームが入手できる情報も外部に出せる情報も厳しく制限されているので、臨機応変な対応が難しい。アリは疲労が色濃くにじむため息をついた。

「もちろんだ、ストーム。もし何か進展があれば連絡する」

ストームはうなずいた。彼らがこれから足をかけようとしている危ない橋を無事に渡りきるには互いの助けが不可欠だ。

通話を終えると、ストームはガソリンスタンドに寄ってＳＩＭカードを購入した。これで、携帯電話の電波から彼の行方を突き止められることはひとまずない。

次にイルヴァの母親に電話をかけ、自分もカウトケイノに向かっていることを伝えた。

38

イルヴァははっと目を覚ました。まずい、すっかり眠りこんでしまった！　床に死体が横たわっているのを見たとたん、吐き気がこみあげた。ああ、あの男をあんな姿にしてしまったのは現実なのだ。いずれ誰かが、彼がいなくなっていることに気づくだろう。

彼女はぶるっと身震いした。どれくらい居眠りしていたのだろう？　外に目をやると、日が暮れるまであと二、三時間はありそうだ。この時間を最大限に活用したほうがいいだろう。イルヴァは立ちあがり、衣類と食料と薬をまとめると、ジョンを外へ引きずっていき、スノーモービルに乗せた。冷気にさらされ、彼が一時的にうっすらと意識を取り戻す。

「どこへ行っていた、ノルダール？」

「しいっ、眠っていてください。スノーモービルを調達してきました。まだ明るいうちにこれで移動します」

イルヴァは盗んだ防寒着を手に取り、ジョンの体をそっとくるんだ。そしてエンジンをかけ、出発した。

彼らは速やかに移動できるようになった。風が小さな氷の針となって顔を刺してくるが、おかげでイルヴァはいくらか元気を取り戻した。凍ったイマンドラ湖を突っ切り、やがてE一〇五号線に出ると、道沿いに西へ進んだ。顔に当たる風とスノーモービルの動力、ジョンの体温が心地よく感じられる。高熱のせいで彼は大型ヒーターと化していたが、体の震えが止まったのはいい兆候だ。かなりのスピードで走り続けることに集中していたので、軍用車の列が近づいてきていることに最初は気づかなかった。

スノーモービルで大きな雪の吹きだまりを飛び越えたところで目をあげると、巨大な緑色の車両が目に入った。すぐさまアクセルから手を離し、向こうから見えないように吹きだまりの後ろにスノーモービルを移動させてエンジンを切った。見つかってしまっただろうか？　彼女はジョンにぴたりと身を寄せ、じっと動かずに耳をそばだてた。すぐ近くを大型車が轟音を響かせて通り過ぎていき、やがてしんと静まり返った。警戒しながらこっそり様子をうかがうと、車列が西のほうへ消えていくのが見えた。彼らはノルウェーとの国境に向かっているに違いない。ロシアは戦争を始めるために兵士たちを動員しているのだ。

イルヴァは周囲を見まわし、それ以上車が来ないことを確かめた。除雪された灰色の雪が幹線道路の脇に積みあげられている。無限に続く雪原に黒い傷跡が走っているようだった。車は一台も見当たらず、斜面にも何も異状はなかった。イルヴァはふたたびスノーモービルのエンジンをかけた。これより先は交通量が増える可能性があるので、道路から少し離れて走ったほうがいいだろう。

くたくたに疲れてはいたが、スノーモービルで何キロか順調に走り続けるうちに希望がわいてくるのを感じた。ジョンは頭をもたせてぐったりと彼女に体を預け、赤ん坊のように眠っている。凍った湖や広大な平原をスノーモービルで駆け抜けるうち、イルヴァは鼻歌を口ずさみ始め、やがて疲労が奇妙な高揚感に取って代わった。まるで氷の上に浮かんでいるような感覚だ。

体が宙に固定され、自分が前に進んでいるのではなく、この土地が背後へ後退し続けているかのようだ。エンジンの振動はどことなく呪術師(シャーマン)が叩く太鼓を思わせ、リズムに合わせて全身が震えた。最初のうちはその感覚に抗うように筋肉を緊張させていたが、やがて疲労に屈し、体の力を抜いた。

あたりが暗くなり始めても、イルヴァは移動をやめなかった。森に入ると、背の高い木々のあいだを走り抜けるためにやむなくスピードを落とした。極寒の北極圏のタイガにしか生育していない古い松の木々をぐるりと見まわす。鼓動が鎮まり、息を吸うたびに、雪の積もった松から染み出した大いなる力が体に染み渡るのを感じた。イルヴァは完全に満たされ、自然と、森と、タイガと一体になった。

ここに生い茂る木々は、戦士たちが行き交うのを目にし、幾度となく、互いの残虐な行為から逃げまどう人々の盾となって守ってきたことだろう。北極圏の高地ではあらゆる生物がそうであるように、木々もゆっくりと成長する。この北の大地では、時間がもっとも大切な資源なのだ。なかには地上二、三十メートルまで伸びた木もある。何千年ものあいだ、いや、氷河時代からここに立ち続け、泰然と構え、過酷な環境を生きてきた。ここの木々には時間があった。時間と生きる意思が。どこまでも伸びながら、ずっとここにとどまってきたのだ。

イルヴァは根っからの自然愛好家だった。そして……スピードも愛している。人を酔わせるような速さがたまらなく好きなのは、絶え間ない不安を忘れ、流れに身を任せざるをえなくなり、すべてと一体になれるからだ。

空を飛んでいるときは、胸がいっぱいになった。幸福感とは言わないまでも、コックピットのなかでしか味わえない静けさと心の安らぎを得られる。空はいつでも自分にとって戻るべき場所だった――人間の策略や欲や狂気から遠く離れた場所。空を飛んでいると、風景に溶けこむことができた。それ以上でもなければそれ以下でもない存在になれた。

木々は守護霊のようであり、白い霜という重たいマントをまとったまま、時の流れが止まった兵士のようでもあった。そういえば、冬のマントを着て佇む木々の美しさをすっかり忘れていた。この先どんな運命が待ち受けていようと、ここでは自由だ。そのとき、エンジンが荒々しいうなりをあげ、イルヴァはスノーモービルの生命力を感じた。

ところが次の瞬間、音がしなくなった。

スノーモービルは最後に力ない音をたてたかと思うと、燃料切れで停止した。穏やかな気分はあっけなく終わりを告げ、重苦しい現実に引き戻された。イルヴァは小さく悪態をついた。

落胆しつつスノーモービルからおり、周囲に目を向ける。森の奥深くにいるのはたしかだが、正確な場所はわからなかった。この深い森のなかにいるよりも、果てしない平原をあてもなく進むほうが楽だったとなぜか思った。

ジョンは目を覚まし、意識が朦朧としたまま上体を起こした。女が山猫顔負けの動きで、するりと茂みのなかへ分け入って小枝を切ったり重い枝を折り取ったりしながら、小声で歌を口ずさんでいる。独特な歌声に、彼は耳を傾けた。一風変わった詠唱(チャント)のようだ。

ジョンにはなんの歌なのかわからなかったが、イルヴァが歌っていたのは、幼い頃、なかなか寝つけない夜に母がよく歌ってくれたヨイクだった。イルヴァは落ち着きのない子どもで、あまり眠らなかった。医師が睡眠薬を処方しようとしたものの、母はそれを拒み、代わりに興奮している娘にヨイクを歌って聞かせた。母は落ち着きのないわが子に辛抱強く接し、少女はヨイクで歌われている言葉だけは理解できるようになった。穏やかな歌は、あたたかな息と母の愛を通じて伝えられた。そして薄暗い夜明けが訪れると、狼のような娘はようやく眠りについた。ふたりでそんな夜を幾晩も過ごした。

イルヴァは枝にパラシュートの生地を広げて急ごしらえのシェルターを作り、路地で立ち小便をしていた男や、彼女を襲おうとした酔っ払いから盗んだ衣類を地面に敷いた。作業を終えると、彼女はようやくスノーモービルにぐったりと座っているジョンに声をかけた。

「今夜はここでぐっすり眠れると思います、少佐」

ジョンはスノーモービルからおり立った瞬間に負傷したほうの脚に体重をかけてしまい、思わず倒れこみそうになった。イルヴァは彼に駆け寄り、そっと体を支えてシェルターまで連れていった。

森の上には厚い雲が垂れこめている。夜の闇が迫ってきたので、彼女は小さな火をおこした。炎に照らされたジョンの潤んだ目を見て、イルヴァは気分が沈んだ。どうやらまだ熱があるようだ。

残り物の肉としなびた野菜を取り出し、木から剝ぎ取った樹皮で包み、火にかざしてあたためた。ジョン・エヴァンスはこんなご馳走(ちそう)は初めてだと言いたげな表情で、ごみ箱から拾ってきた残飯のディナーを味わおうとしている。彼ががつがつ食べるのを見届け、ウォッカと薬をのませた。ジョンは満足すると、シェルターの片側で体を丸めた。残り火と食べ物の匂いと、女性が優しく口ずさむ外国語の歌で安心したらしく、ふたたび眠りに戻っていった。

イルヴァは外へ出て、スノーモービルを大きな枝の下に隠してからシェルターに戻った。寒さに凍えながら、ジョンの隣で丸くなる。ふたりは横たわったまま身を寄せ合った。何千年も前から、夜になるとそうやって人々は暖を取ってきたのだろう。心細さと恋しさから仲間を求め、ようやく人心地つくと、本来の自分になり、まわりを忘れることができるのだ。

ジョンの規則正しく深い寝息を聞いているうちに、イルヴァはストームが恋しくなった――あたたかな体と揺るぎない穏やかさが。ジョンの体からも同じ穏やかさがにじみ出ていることを願いながら、寄り添って身を丸めた。なんとかうまくいきそうだ。

夜の帳（とばり）がおりた頃、イルヴァはようやく眠りについた。不思議なことに、平原とトナカイ、ヨイクを歌う声と分別をわきまえた年配者の目が夢に出てきた。重厚なリズムと、あたたかい肌に触れる息、じっと見つめてくる視線を夢のなかで感じた。

イルヴァはぐっすり眠っていたが、ジョンの怒鳴り声で目を覚ました。彼がまた悪夢を見ているのだとすぐにわかった。対処方法はもうわかっていたので、安心させるために彼を抱きしめた。ところが彼は体をくねらせて逃れ、上体を起こし、ぼんやりした目で彼女を見つめた。イルヴァは慎重に近づき、髪を撫でようとした。いつもそうすれば落ち着くからだ。

「ジョン、わたしです。あなたは安全です」

ジョンは本能的に反応した。彼女をつかまえて押し倒し、強い握力で首を押さえつけたのだ。イルヴァは彼の手から逃れようと抵抗したが、さらに強く押さえつけられたので、空気を求めてあえいだ。

「息ができない。息が……」

イルヴァの声が徐々に小さくなり、やがて消えた。

ジョンはトランス状態に陥ったように目を大きく見開いていた。正気を失い、何かに取り憑かれたように手に力をこめ続けていると、やがて女は抵抗するのをやめ、おとなしくなった。そのとき、ジョンはふとわれに返り、自分の手の下で女がぐったりと横たわっているのに気づいた。彼は驚愕し、ぱっと手を離した。彼女はいったい誰だったか？

周囲に目をやり、シェルターと焚き火と食べ物を見て、ようやく自分がどこにいるのか理解した。

「ノルダール！」

小柄な体をそっと揺すってみたが、なんの反応もなかった。ジョンは力なく座りこんだ。自分は彼女を殺してしまったのか？

39

東へ向かって進めば進むほど、ストームはイルヴァのことがますます頭から離れなくなった。彼女が生きているかどうかもわからず、もう二度と会えないかもしれないと思うと胸が痛んだ。もし生きているとしても、今頃はどんな苦難に耐えているのかと考えるだけで恐ろしかった。ストームは悪態をついた。睡眠不足とこみあげる涙のせいで目がひりひりし、手の甲で顔を拭った。悲観ばかりしていても、誰のためにもならない。なんとかして、彼女の居場所を突き止める方法を見つけなければ。あきらめるものか。絶対に。彼があきらめるわけがないと、イルヴァはわかっているはずだ。もし生きていれば……彼のことを思い出してくれていれば。

目的はひとつなのだから、遠く離れた場所でなすすべもなく、世界規模の事件と愛する女性に関する情報に目を通しているよりは、彼女を助けるためにできることを考えるほうがましだ。今ならはっきりとわかる。自分にとってイルヴァは必要な人だ。

必ず見つけ出してみせる。当たり障りのない会話やお遊びのような関係はやめておくべきだったのだ。自分は臆病者だったとストームは気づいた。拒絶されるのが怖かったのもあるが、彼女を怯えさせたくなかった。彼女はいつまで経っても気を許そうとせず、ふたりのあいだに常に不信感がつきまとっているのがひどくもどかしかった。

ストームはE一〇号線を進み、やがてノルウェーとスウェーデンの国境に到着した。国境を越えるときは、念のためにさらに北の小さな脇道を選んだ。主要な国境は監視されている可能性が高いからだ。スウェーデンの森を抜ける道は不気味なほど人けがなかったが、木々はずっと昔からそこにいたかのように佇み、騒がしい外界から遮断された平和な場所だった。

無事にスウェーデンに入ると、ふたたびE一〇号線を走り、キルナの町で車を停めた。ノートパソコンの入ったバッグを持って、〈ホテル・スカンディック・フェルム〉に足を踏み入れる。ロビーでは、男たちの一団がロシアで撃墜されたNATO機のことを話題にしていた。実際、NATOの戦闘機がそんなところでいったい何をしていたのか、と。

今回の事件については誰も彼もが持論を展開し、多くの陰謀説が氾濫していた。男のひとりが極右の陰謀論集団〈Qアノン〉の馬鹿者たちについて話しているのが聞こえ、ストームは思わず苦笑した。〈Qアノン〉の主張によると、エリート主義者と小児性愛者と文化的マルクス主義を崇拝する人々が世界を裏で牛耳っていて、今回のNATO機の一件はそういう連中が流したフェイクニュースだというのだ。しかし、その文化的マルクス主義者たちがなぜそのような嘘をつくのか、〈Qアノン〉の天才たちにもまだ説明はできないらしい。緊張と不安のなか、人々は怯えているのだろう。ストームは極力、目立たないようにした。

彼はラウンジにある大きな暖炉のそばの席に座り、ペプシ・マックスとノールランド風のスペイン小皿料理(タパス)を注文した。ノートパソコンがハッキングされていないことを確認してからホテルのWi-Fiネットワークに接続し、サイバー空間へと飛びこんだ。

〈タイタンズ・セキュリティ〉の主要投資家のリストを見つけるのにたいして時間はかからなかった。彼らの出身地はアメリカ、ヨーロッパ、中国、ロシア、中東と多岐にわたり、さらに〈タイタンズ〉社の株主の何人かが、ロシアの警備会社〈イーヴァス・グループ〉に出資していることもわかった。ただし株式所有構造は、世界のあちこちに節税目的で作ったペーパーカンパニーの〝本社〟を置くことでうまく隠されていた。問題は、それによって誰が得をしているかということだ。誰が悪事を働いて利益を得ているのか突き止められれば、犯人もすぐにわかるだろう。ストームにとっては、サイバー空間で金の流れを追跡するのはお手のものだった。北極圏の覇権争いによって誰が一番恩恵を受けるのか、もっと昔に調べておくべきだった。ロシア人株主のなかにスヴェトラ将軍という見覚えのある名前があった。彼はいくつかのペーパーカンパニーを経由して、〈タイタンズ・セキュリティ〉と〈イーヴァス・グループ〉両社の株を所有していた。これでおおかたの説明がついた。つまり、このロシア人の将軍がローヴの相棒というわけだ。

イルヴァの母親から渡されたメモリースティックをノルウェーの防衛大臣に提示するようアリに頼むことも考えたが、それぞれの警備会社の株式所有構造をひと目見て、黙っておくべきだと確信した。防衛大臣はローヴを関与させないわけにはいかないだろうし、ローヴはメモリースティックに入っている情報を歓迎しないはずだ。

皮肉なのは、二〇一七年に登録された世界じゅうの紛争のうち、通常戦争はひとつしかなかったとローヴ自身が指摘していたことだ。それ以外は、戦力が非対称なハイブリッド戦争で、民間の軍事会社が国軍と同じように重要な役割を演じたという。同年、ローヴはアメリカ軍の中将を辞し、民間警備会社〈タイタンズ・セキュリティ〉

の常勤の最高経営責任者（CEO）に就任している。ところが、ローヴは二〇〇三年にはすでに〈タイタンズ・セキュリティ〉の株主になっていたことがわかった。イラク侵攻の数週間前に。

純粋に経済的な観点から見れば、イラク戦争は大成功だった——戦争で暴利を貪るほんのひと握りの連中にとっては。当時のアメリカ副大統領ディック・チェイニーは、一九九五年から二〇〇〇年まで石油会社〈ハリバートン〉を率いており、彼がアメリカのイラク侵攻を主張したとき、同社から年金の給付を受けていた。結局、イラク戦争や、すでに名称が変更された〝不朽の自由作戦〟（二〇一五年からは〝自由の番人作戦〟に変更）は、〈ハリバートン〉に莫大な利益をもたらすことになった。アメリカ財務省から戦争成金のポケットに流れこんだ約八千億ドルのうち、〈ハリバートン〉はおよそ二千二百六十億ドルを自社のために確保した。だが今回の場合、ローヴがチェイニーと同じことをしたとは考えにくかった。あの切れ者がそんなことをするだろうか。

ブッシュ政権時代に行われた胸糞（むなくそ）の悪くなるメディア操作の一例が書かれた記事を見つけたストームは、鼻にしわを寄せた。その記事によると、アメリカのコリン・パウエル国務長官がニューヨークの国連本部で、イラクが大量の破壊兵器を保有していることを示すため捏造（ねつぞう）した証拠を発表したとき、国連に圧力をかけてピカソが反戦を描いた《ゲルニカ》を暗幕で覆い隠させたという。戦争の悲惨さを描いたこの有名な絵は、戦争を挑発するパウエルの演説の背景にはふさわしくないと見なされたからだ。やはり、あのローヴがそこまで俗悪になるとは思えなかった。

ストームは新聞に掲載された〝ローヴ将軍〟の写真にじっと見入った。人に信頼感を与えるハンサムな顔立ちで、軍服姿がさまになっている。経歴は、権力と資源が官から民へ移管され続けている現代社会の傾向のお手本のようだった。新自由主義による規制緩和で国民国家が崩壊しつつある。その結果として、モラルの喪失と権力の真空化が起き、新正統派を反映した独自の理想を持つ新たなエリート集団が生まれた。今や多国籍企業や、国の法規制を免れた麻薬王や大富豪の軍事的指導者が、世界を牛耳っている。

イルヴァの父親は〈タイタンズ・セキュリティ〉の信用を失墜させるような情報を見つけ、亡くなる直前までそれを公表しようとしていたのだろうか。ホテルのバーではNATOの戦闘機に関する議論が白熱し、政治的な立場に関係なく、誰もが会話の渦に引きこまれていた。ストームはうんざりしてため息をついた。アリがメモリースティックの中身の解読を懸命に進めているのはわかっているが、いらだたしいほど時間がかかっている。

今は状況証拠以外に、ローヴとF‐16の運命を結びつけるたしかなものは何もない。もしかしたら、自分も真っ昼間に悪魔を見るような偏執的な陰謀論者になりつつあるのだろうか。ストームの知る限り、ローヴはNATOに貢献した実直な戦争の英雄で、〈タイタンズ・セキュリティ〉は法を遵守する良心的な警備会社だ。実際もそのとおりなのかもしれないし、あるいはそうでないのかもしれない。

ストームは食事の代金を払うと、ノートパソコンをバッグにしまい、冬の寒さのなかへ出た。四時間後、彼はエル・メイ・ハッタの家の前に車を停めた。

40

イルヴァが気絶していた数秒間は、ジョンが人生でもっとも長く感じた時間だった。助かるために彼女が必要だからという理由だけでなく、自分でも驚いたことに、彼女を気に入り始めていたからだ。ジョンは彼女に好感を抱いていた。だから全身を震わせながら蘇生を試み、イルヴァが意識を取り戻した瞬間、うれしさのあまり胸が熱くなった。彼女をきつく抱きしめたい衝動に駆られたが、今起こったことを考えれば、それは非常にまずい考えだとわかった。

意識が戻った瞬間、イルヴァは怒りを爆発させた。ジョンを突き飛ばし、必死になってシェルターから脱出しようとした。彼はまともじゃない。完全に正気をなくしているうえに、邪悪だ。ここから抜け出して、彼なしでなんとかひとりでやっていかなければ。

ジョンは立ちあがって彼女を引き止めようとしたが、それが間違いだった。イルヴァは怒りの矛先を彼に向けた。彼女に殴られても蹴られても、ジョンはされるがままにしていた。彼女が怒るのは当然で、それを非難するつもりはなかった。どんなにひどく殴られようと文句を言わずに受け入れていたが、股間をめがけて蹴りを繰り出されたときは、思わずよけてしまった。我慢の限界だった。ジョンによけられてバランスを崩したイルヴァは、一瞬その場に立ち尽くし、彼をにらみつけた。そして恐怖と怒りを同時に覚えながら、もう一度飛びかかってきた。

「あなたはわたしを殺すところだったのよ！　本気で殺すつもりだったの？　どうなのよ？」

ジョンは何も答えず、じっと動かずに殴られるままにした。

やがてイルヴァのスピードがゆるみ、徐々に力が入らなくなっていった。

「まったく、頭がどうかしているわ！」イルヴァはぜいぜいと息を切らしていた。

アドレナリンと怒りが鎮まり始めると、イルヴァは猛烈な寒気を覚え、夜と失望がまとわりついてくるのを感じた。ジョンを殴るのにエネルギーを使いすぎたせいで、疲労困憊していた。肩も痛くてたまらない。彼女は窮地に追いこまれていた。ツンドラ地帯の真ん中にあるシェルターに、気性の荒い殺人鬼とふたりきりなのだ。彼はこれまでに何人殺したのか？　数えきれないほどだろう。平時には？　イルヴァにはわからなかった。ただ、彼が壊れていることだけは、たしかだ。

彼女の心を読み取ったらしく、ジョンはざらついた声でうなった。

「本気で殺したいと思っていたら、きみは五分前に死んでいたはずだ」

イルヴァはその言葉を信じた。

彼女はどうしたらいいかわからず、狭いシェルターのなかでためらった。ジョンのそばにはいたくないけれど、ほかに行く場所がない。深く息をすることもできないし、深呼吸をしようという気にもなれなかった。まだ喉と胸を締めつけられているような気がして、空気を求めてあえぎ、自分の首に触れた。二十四時間で二度も絞め殺されそうになるなんて、もう我慢の限界だ。イルヴァは考えをめぐらせた。さあ、どうする？　ジョンのような人にはどんな作戦がうまくいくだろう？　同じような窮地に陥って命の危険を感じ、戦ったり逃げたり死んだふりをしたりする機会を奪われた多くの人たちと同じように、イルヴァはとりあえず一番合理的な方法を選んだ——卑屈と言ってもいいほど愛想のいい笑みを浮かべてみせたのだ。

「少佐、今度正気を失ったときは、わたしが気絶する前に手を放していただけますか？」

ジョンが訝しげに彼女を見る。

「変態趣味にはそこそこ理解があるほうですけど、なんていうか、首を絞めて殺されるのはわたしの趣味に合わないので」

ジョンは彼女をじっと見つめていたが、やがて理解した。イルヴァは自分が襲われたことを冗談にしようとしているのだ。彼女はまだ笑みを浮かべていたが、目は笑っておらず、警戒の色が浮かんでいる。ジョンは不安を募らせながら、彼女の様子をうかがった。本当は動揺しているのだ。イルヴァはふたたび腰をおろし、彼に言った。

「ひと晩じゅう、そこに突っ立っているつもりですか？」

ジョンに座ってリラックスするよう伝えるために、彼女はうなずいてみせた。彼は腰をおろしたものの、リラックスとはほど遠い状態だった。何を話せばいいのかわからず、ふたりは無言のまま座っていた。いったい何が言えるだろう？

イルヴァとしては彼を問いつめ、襲ってきた理由を知りたかったが、答えはすでに察しがついていた。悲しいかな、悪魔が入りこんだ心のなかでは戦争がいつまでも終わらないという病については、わかりすぎるほどわかっている。それでジョンは歯を食いしばっているのだ。

「わたしを起こすべきじゃなかったんだ」彼はぼそりと言った。「きみがあまりに突然近づいてきたから」

イルヴァは何も言わなかった。すでに何度か悪夢にうなされる彼をなだめ、落ち着かせていたので、批判されたとは思わなかった。

「反射的に行動してしまった」彼が低い声で続けた。

イルヴァはほほえんだ。まだ恐怖と怒りを感じていたが、それを表さないように細心の注意を払った。

「反射的な行動？　副操縦士を絞め殺すことが？」

挑発的な問いかけだったが、軽い口調だった。ジョンはうつろな目で虚空を見つめ、恐怖と自己嫌悪を必死に抑えなければならなかった。

「われわれは、不意打ちを仕掛けてきた相手を攻撃するように訓練されている。それはわかっているだろう」

イルヴァは恐怖がしだいに激しい怒りへと変わっていくのを感じた。ああ、この人は自覚すらないのだ。でも彼は壊れて、完全に正気を失っている。イルヴァはこれまでにも、ようやく安全な場所に戻ってきて、五体満足で帰ってこられたことを喜ぶ帰還兵たちを見てきた。しかし彼らは安全どころか、自分のなかでまだ戦争が終わっていないことを何度も思い知らされることになる。アメリカでは、退役後十年以内に約六万人が自殺している。一日平均で約二十人。戦死する兵士よりも自殺する兵士のほうがはるかに多いのだ。イルヴァがパイロットになりたいと伝えたとき、事実に固執する母は異を唱えた。兵士の人生においてもっとも危険なのは、戦闘が終わったあとだ、そこから地獄が始まると多くの人が言っている、と母は主張した。それが事実であることは、イルヴァも知っていた。二〇〇一年のアフガニスタン派遣から戻った父が、まるで別人のようになっていたからだ。

ジョンはふたつの世界に生きている。かつての彼の断片はまだ存在しているものの、闇と空虚が彼のなかに侵入している。ジョンがイルヴァを絞め殺しかけたように、彼自身もまもなくそれらに絞め殺されるだろう。

イルヴァは咳きこみ、自分の首に触れた。彼の腕で締めつけられ、気道を塞がれた感覚をまだ体が覚えていた。幸いにも今回は感情を抑えることができたが、ジョンはキロフスクにいたあの太った男と同じ結末を迎えていた可能性もあったのだ。

「少佐、驚きました。軍があなたを現場で働かせるなんて」

ジョンは何も答えなかった。シェルターのなかはほの暗かったが、氷のように冷たい風にあおられた木の葉が擦れ合う音で、ジョンは現実に引き戻された。彼はぶるっと身震いした。なんだってこんなひどいことになっているんだ？

彼がまだ混乱しているのを感じ取り、イルヴァはなだめるような声で話しかけた。

「いつからですか？　リビアのあと？」

ジョンは顔をあげず、消えかけた燃えさしをじっと見つめている。

「われわれがなぜリビアを爆撃したか知っているか？」

NATOがリビアを空爆した理由は、当然ながらイルヴァも知っている。

「ええ、もちろんです。ユニファイド・プロテクター作戦は、カダフィの恐怖政治からリビアの民間人を守るためのものでした」彼女は答えた。

ジョンが苦々しげな笑みを浮かべた。

「そのとおりだ。だから平和国家であるノルウェーは、五百八十八発もの爆弾を天の恵みのように落としたわけだ」

イルヴァは言い返した。

「NATO加盟国として、ノルウェーには貢献する義務があったからでしょう」

「民間人を保護するために？」

イルヴァは用心しつつ座り直した。彼の抑えた怒りが不安をかき立てた。ジョンはいったい何を言おうとしているのだろう?

「カダフィは自分を失脚させようとする反乱分子を大量殺戮しようとしていた。だからNATOが介入したんです」

ジョンは首を振った。その主張が誤っていることはすでに証明されているのに、若いノルダール少尉がまだそんな話を信じているとは。彼女がそれほど愚かだと思わなかった。

「カダフィはすでに反体制派と停戦に合意していた」

ジョンはひと呼吸置いてからさらに言った。

「われわれが攻撃を仕掛けたとき、ベンガジにはカダフィの軍隊はほとんど残っていなかった」

イルヴァは何も言わなかった。ジョンが何を言おうとしているのかさっぱりわからない。彼はほとんど独り言のように話を続けた。

「われわれが身を挺して保護した反体制派は、蓋を開けてみれば、血に飢えた集団だった。やつらは何十万人もの民間人を虐殺し、アラブやアフリカの難民をトリポリからヨーロッパへと密航させ、何十億ドルもの利益を得ていた。ユニファイド・プロテクター……いったい誰を守るための作戦だったんだ？」

リビア空爆の正当性について議論が分かれていることは、イルヴァももちろん知っている。たしかに、あの戦争にはもっと別の解決方法があったのだろう。しかし、あらゆる争いがそういうものではないのか？　ジョンはなかなか引きさがろうとしなかった。どうやらイルヴァからなんらかの反応を引き出そうとしているらしい。

「NATO軍の爆撃によって、もっとも恩恵を受けたのは誰だと思う？」

平和主義者や左派の人が後知恵でそう主張するのを聞いたことはあるが、軍人の口から聞くのは初めてだった。イルヴァは疲れきっていたし、そもそも何を言えるだろう？　よりによってジョン・エヴァンスが、NATOは西側の経済的利益を促進するために利用されたなんて話をほのめかすとはまったくばかげている。何しろ彼は戦争の英雄なのだ。忘れてしまったのだろうか？

「でも、カダフィはリビア人に殺害されたわ」イルヴァは反論した。

ジョンはため息をついた。その議論には嫌気が差していたが、彼女がこの仕事をするためには、ある種の真実として信じなければならないことはわかっていた。

「われわれはこの世の地獄を解き放った。それがわれわれのしたことだ。八カ月にもわたってリビアを空爆したすえに、われわれはあの国を放置した」

イルヴァは体力を使い果たしてへとへとで、まぶたが重くなってくるのを感じた。ジョンの言い分にも一理あるが、彼女はパイロットであって政治家ではないし、兵士が戦争におけるすべての不確定要素を把握するのは不可能だ。兵士はただ命令を実行するのみ。さらに今は、彼女は疲れた兵士であり、明日にも西側に入れるよう長時間歩くことを考えると、力を蓄えるために休息する必要があった。

「少佐、わたしたちは少し眠っておくべきです」

ジョンもあくびをした。これ以上言うべきことはなかったし、すでに少ししゃべりすぎていた。

「交代で眠ろう」彼は言った。「きみが先に休め」

イルヴァが断続的に眠っているあいだ、ジョンは見張りをした。残った食べ物を口に運びながら、本当にローヴを信じていいものか、そして無事に国境を越えてノルウェーに戻ったら、イルヴァはどうなるだろうと考えた。正直なところ、ふたつ目の疑問の答えはわかりきっている。イルヴァが不要になったら、彼女の痕跡はすべて消し去られるだろう。小うるさいうえにひどく世間知らずだが、この娘を好きになっていたから残念だ。

　ジョンは震える指で、彼女が丁寧に脚に巻いてくれた包帯をほどいた。感染部位の組織を切り取られた赤い傷口を見てみると、まだ腫れて熱を持っているが、感染症自体は進行が止まっているようだ。

　傷の表面を消毒薬できれいに洗い、新しい包帯を巻くと、さっきまで巻いていた血まみれの包帯をシェルターの外へ放り投げた。夜の澄んだ空気のなかに身を乗り出すと、森が異様な静けさに包まれているのを感じた。まるで今にも飛びかかろうと、じっと息をひそめているかのようだ。

　夜のもっとも暗い時間だが、じきに残酷な新しい一日が木の梢から差しこんでくるだろう。あと一日移動すれば国境にたどり着けるはずだとイルヴァは言っていたものの、明るくなり始める前に出発しなければならない。ジョンはあくびをしながら考えた。どうにかしてあと一日、さらにもう一日乗りきれたら。それで任務が完了し、自由の身になれるのだ。

41

ムルマンスク郊外の小さなアパートメントは、夜明けのかすかな光に満たされていた。町の喧騒はまだここには届いていない。イーゴリは朝食のテーブルにつき、アイスコーヒーを飲みながら、窓から薄暗いコンクリート砂漠を眺めた。またしても眠れない夜に苦しめられた。ほかの人々はみな眠っていた。よく眠れるものだ。どんな危機が迫っているのかわからないのだろうか。大統領は国民に向けて演説したあと、体調を崩したらしい。大統領が世界に三日間の猶予を与え、残すところ二日と十五時間となった今も、バベルの塔のような混乱状態は続き、世界は崖っぷちに立たされていた。イーゴリは最初は混乱したものの、今では現実離れした感覚に襲われていた。五感を麻痺させるような霧が晴れ、異様なほどくっきりした世界は、まったくの無防備に見えた。光はより明るく、闇はより暗く、あらゆる音と色彩がより鮮やかに感じられた。

昨晩、子どもたちがキッチンのテーブルで宿題をしている姿を強く意識した。眉根を寄せて集中するセルゲイの表情や、噛み跡のついた鉛筆、じれったそうに算数の教科書の角をいじる丸みを帯びた手、柔らかな首に触れるとちくちくするウールのセーター、テーブルの上の欠けたカップ、父が長年座っていたせいで、尻の形にへこんだ椅子の座面を見ていると、イーゴリはとてつもない絶望と、言葉に言い表せないほどの悲しみにのみこまれた。

逃げなければならなかった。日常生活の美しさと人のぬくもりは、今にも解き放たれようとしている狂気をよりいっそう強く感じさせた。

イーゴリはいやな気分をやわらげるためにアパートメントの外へ出た。階段口で隣人に会った。彼は赤い顔をして、ほろ酔い加減でのろのろと歩いていた。バッグのなかで瓶がぶつかり合い、かたかた鳴っている。彼は真面目くさった顔でセルキン少尉に挨拶した。

アパートメントを出ると、町角の奥まった場所でふざけ合いながらこっそり煙草を吸っている若者のグループのそばを通り過ぎた。彼らは浮かれ騒いでいるけれど、どことなく自信なさげな雰囲気を漂わせている。イーゴリもかつては彼らと同じだった。無邪気な若者たちのなかに、かつての自分を見たような気がして切なくなった。

さらに通りを進むと、チェコヴァ夫人が犬を散歩させていた。彼女はずいぶん昔からすでに老人で、いつもひとりで歩きながら、赤ちゃん言葉で薄汚い犬に話しかけている。彼女もまた、イーゴリに向かって敬意のこもった丁寧な挨拶をした。

彼は目をそらした。

これが、彼が計画に従って歩んできた人生の背景を描写する動画だ。人生はほぼ予想どおりに進んでいた——三日前までは。コンクリートブロックの建物のあいだで立ち止まり、陰気な空を仰ぎ見た。何もかも終わりだ。彼の嘘と任務に背く行為のせいで、原形をとどめないほど黒焦げになった子どもたちの遺体が、アパチートゥイ郊外の路上のあちこちに転がっている光景が目に浮かんだ。そういう状況に立ち向かうのが彼の仕事で、結果に対する責任を負うのが彼の定めだったはずなのに。

撃墜されながらも生き延びたNATOのパイロットたちが逃走中だと、ニュースでは大々的に報じられ、すぐに捕まるだろうと考えられていた。あのパイロットたちは真実を知っている。イーゴリは彼らに死んでもらいたかった。ロシアにある多くの共同墓地は、公式発表と相反する真実は誰の味方もしてくれないという厳しい事実を証明している。自分は臆病者だとわかっているのに英雄視されても、誠実に生きてきた人間にとってはつらいだけだ。走る気力はなかったし、走ったところで気分が晴れるとも思えなかった。喜びも高揚感も消え去り、イーゴリは来た道を歩いて引き返した。

アパートメントに帰ると、父が居間にいて、コンピューターの前に腰を落ち着けていた。気難しい老人はすぐさま世界の出来事の実況解説を始めた。いつもはおもしろく感じていたのに、今日はそんな気分になれなかった。やがて子どもたちがアパートメントのなかを野獣のように駆けまわり始めた。部屋が狭すぎて、息もできないとイーゴリは思った。ナターシャがやってきて、キッチンのカウンターの前で立ち止まり、眠い目のまま彼をちらりと見た。

「今日は仕事に行かないの？」彼女は言った。

イーゴリが答える間もなく、玄関のベルが鳴った。黙ってテーブルを見つめていると、ナターシャが応対に出た。イーゴリの鼓動が速くなる。

イヴァナ・ホドルコフスキー少佐がドアの外に立っていた。

「ご主人にお話があるの」

ナターシャが口を開くより早く、イヴァナはずかずかとキッチンに入ってきた。少佐の強引な態度に驚きながら、ナターシャがすぐ後ろをついてくる。上官の姿を認めるなり、イーゴリは立ちあがった。イヴァナは、このアパートメントにまったくなじんでいなかった。少佐は別世界の人間で、ふたつの世界が交じり合うのはあまりいい気がしない。

イヴァナは明らかに腹を立てていた。ふたりはしばらくのあいだ、敵意のこもった目でにらみ合ったが、先にまばたきをしたのはイーゴリのほうだった。

「バルコニーに出ましょう。煙草を吸いたいので」

イヴァナは黙ってうなずき、イーゴリのあとに続いて狭いバルコニーへ出た。ナターシャと子どもたちとイーゴリの父は、ふたりをじっと見守っていた。バルコニーでの会話の内容は聞き取れなかったものの、イーゴリが重圧を感じているのは彼らにもわかった。少佐が単刀直入に切り出した。

「セルキン少尉、何が起こったのか正直に言いなさい！」

イーゴリは煙草に火をつけた。肺まで深く吸いこむと、煙がつんと鼻をついた。

「正直に話しました」

「もしあのNATO機がロシア領空に侵入したのが事故だったとすれば、あなたの嘘のせいで第三次世界大戦が始まろうとしているのよ！」

その言葉を聞いたとたん、イーゴリはみぞおちを殴られたような衝撃を受けた。もうひと口煙草を吸いこんだが、気分が悪くなっただけだった。

「言うべきことはすべて報告しました」

イヴァナは鋭い目で部下を見つめた。イーゴリ・セルキンは頭の回転が速く、本質的には正直な人間だ。それなのに今、上司である彼女に面と向かって明らかに嘘をついている。

「なぜなの？」彼女は知りたかった。

イーゴリは何も答えなかった。とにかく気分が悪かった。

「名誉のため？　それともモスクワへの忠誠のため？」

家族全員が居間からこちらを見ているのに気づき、イーゴリは煙草の火をもみ消した。

「少佐、威嚇飛行を命じたのはあなたですよね。自分は命令に従って行動しただけです」

イヴァナはうなずいた。それは彼女の落ち度だとひと晩じゅう考えていた。誰が出したのかもわからぬ命令に従うべきではなかった。責任の一端は自分にあり、その結果を受け入れる覚悟はできている。

「ええ、明らかに責任はわたしにある。だから何が起こったのか本当のことを話してくれたら、わたしが責めを負うつもりよ。あなたは終始、わたしの命令に従って行動していたわけだから」

イーゴリが家族のほうにちらりと目をやると、全員がバルコニーでの緊迫した場面を見ていないふりをした。

「ロシアが厄介な状況に立たされてしまいます」

「そうかもしれないけれど、戦争になるよりはましよ。そう思わない？」

イーゴリは目を伏せた。彼が受けた命令は最上層部から出されたもので、従わないわけにはいかなかった。

「言うべきことはすべて報告しました。お引き取りください」

イーゴリが葛藤しているのを、イヴァナは感じた。しかも……疲れきっているようだ。

「今日出勤して一部始終をありのままに話せば、あなたはきっとあなた自身に感謝することになると思うわ。わたしたちみんなも」

イーゴリは少佐をじっと見つめたが、彼女はまばたきひとつしなかった。

幼いセルゲイがガラス戸に近づいてきた。髪はくしゃくしゃで、パパは悲しんでるの？　と言いたげに目をきょとんと見開いている。イヴァナが少年に向かってほほえみ、ぎこちなく手を振った。イーゴリは彼女がほほえむのを初めて見た。彼女の人間らしい一面を垣間見たような気がした。少佐がふたたび彼のほうを向いたとき、イーゴリの心は千々に乱れた。

「あなたは板挟みになっているのよね、セルキン少尉。悩む気持ちはよくわかる」

イヴァナが彼に優しい視線を注ぎ、親身な母親のように肩に手を置いた。イーゴリは彼女の思いやりに焼印を押されたように、思わず一歩さがった。

「それでもあなたにお願いするわ。真実を話して、イーゴリ。わたしたちの国のため、あなたの子どものため、そしてあなた自身のために。わたしがあなたの味方になって、結果に対する全責任を負うから」

イーゴリのほうも、少佐の人となりが以前よりもはっきりとわかるようになった。イーゴリと同じく疲れと不安と恐怖を感じているはずなのに、彼女は立派で勇敢だ。自分にできる唯一の正しいことをしている。この中年の灰色ネズミ——イヴァナ・ホドルコフスキーこそがこの事件のヒロインだ。イーゴリは自分がみじめなゴキブリになったような気がした。

彼は冬の寒さのなかで黙りこくっていた。愛する庶民的な町、ムルマンスクの喧騒が聞こえてくる。イヴァナは彼にじっと視線を注いだ。彼が葛藤しているのが手に取るようにわかった。イーゴリが目をそらしたとき、できることはすべてやった、あとは彼しだいだと悟った。彼は立派な人間で、内面は善良な男なのだ。

彼女はバルコニーの扉を開けて居間に戻ると、イーゴリの家族に丁寧に別れの挨拶をし、玄関から外へ出た。身を刺すような寒さのなか、狭いバルコニーに佇むイーゴリを残して。

一時間四十五分後、イヴァナはモンチェゴルスク空軍基地の裏手にある駐車場に車を停めた。朝の報告会で、言うべきことを言おうと覚悟を決めていた。それは行きすぎた行動で、血が熱くわき立ち、胸がどきどきしている。しかし戦う準備はできているし、自分が何をするべきかはわかっていた。上官に立ち向かい、高い代償を払うのは怖いが、それでもかまわない。それが自分の役目なのだから。

車のドアをロックして歩き出したとき、背後の少し離れたところで車が動く気配がした。イヴァナが振り返らずに立ち止まると、車も同じように停止したのがわかった。彼女は少し歩き、足を止めた。また同じことが起こった。振り向いてみたが、あとをつけてくる車を運転しているのが誰なのかは判別できなかった。恐怖が冷たい鉛のように重くのしかかり、基地の入口まであと三百メートルというところで彼女はついに走り出した。車が背後に迫ってきたので、イヴァナはさらに速く走った。数秒後、彼女は背後から倒され、ふたりの男の手で車に引きずりこまれた。彼らが何者なのか、イヴァナが知ることはなかった。

42

シェルターを解体し、できればこれが最後の行程であってほしいと願いながらふたりは出発した。あたりはまだ暗く、雪深い森のなかを歩くのはひと苦労だった。じきに息が切れ、イルヴァは汗だくにならないように歩くペースを落とした。すぐ後ろをついてくるジョンも、ぜいぜいとあえいでいるのが聞こえた。呼吸をするたびに胸が焼けるように痛んだ。イルヴァはあえて呼吸の速度を遅くして、体が失った熱を補う機会を作ろうとした。

彼女はジョンに絶えず目を光らせた。昨夜の出来事でジョンを見る目が完全に変わり、彼が心身を害していることに同情と恐怖を覚えていた。そもそも、殊勲飛行十字章や数々の栄誉ある勲章を授けられた英雄のエヴァンス少佐が、なぜＮＡＴＯのパイロットの訓練を引き受けたのかも腑に落ちなかった。しかも彼は、ＮＡＴＯの軍事介入の正当性に明らかに疑問を抱いている。

閉鎖的な森を抜け、開けたツンドラ地帯にたどり着くと、まるで別世界に入りこんだようだった。出発したときはまだ暗く、雪の積もった枝の隙間からは月明かりもほとんど差さなかった。ところがツンドラ地帯では、月が巨大なスポットライトのようにあたりの景色を照らし出している。夜明けの光が地平線でくすぶっていて、目の前の景色がはっきりと見て取れた。ちらりとジョンを見ると、険しい表情を浮かべ、内省的な目つきをしていた。絶え間ない寒さと痛みほど、人間の気力を奪うものはない。

ふたりとも顔も手も凍傷にかかっていたが、今のところはなんとか我慢できた。ジョンの脚の痛みと悩みを抱えた心のほうがはるかに気がかりだった。あと二十四時間足らずでノルウェーに入れそうなのが幸いだ。ジョンがそれ以上持ちこたえられるとは思えなかった。

張りつめた沈黙のなか、ふたりは慎重に歩みを進めた。夜明けの光はまだ弱々しいものの、開けたツンドラ地帯では、自分たちは完全に無防備だとわかっていた。荒涼とした北極圏の砂漠を抜けるこの最後の行程では、隙だらけにならざるをえないので、集中力を保つのが何より重要だった。スペッツナズの兵士たちやドローンや偵察機などに見つからないよう、ふたりとも油断なく警戒しなければならなかった。

　イルヴァは立ち止まった。ジョンのぜいぜいとあえぐ息遣いのほかは、しんと静まり返っている。空を見あげると、月のまわりにガラスのような輪がきらめいていた。

イルヴァは小声で悪態をついた。

「少佐、天候が変わりそうです」

　ジョンは眉をひそめて彼女のほうを向いた。空には雲ひとつなく、澄み渡る寒い夜で、穏やかな風さえほとんど吹いていなかった。

「天候は大丈夫そうに見えるが」彼はくぐもった声で言った。

　イルヴァはため息をついた。

「空を見てください。月暈が出ています」

　イルヴァの視線をたどると、紺碧の広い空で月が寂しげに光っていた。その月を見たとたん、タイムスリップした気分になり、ジョンは思わずほほえんだ。夕日が差しこみ、額があたたかくなるのを感じた。彼は祖父と一緒におんぼろのキャデラックに乗って、『E・T』を観ていた。それは、少年時代における最高の瞬間だった。不思議な世界が目の前で展開されるのと同じくらい、野外に座って映画を観るというのが最高に楽しかった。あの夜以来、二十回は観たはずなのに、それでもまだ少年が自転車のカゴにE・Tを乗せ、警察の非常線に向かって突っこんでいく象徴的なシーンを心待ちにしてしまう。観客は息をのみ、この映画のなかのふたりの小さな英雄はこれで一巻の終わりだと考える。ところが次の瞬間、自転車が魔法のように地面から浮きあがり、少年とE・Tはすべての障害物を越えてはるか上空へ飛んでいくのだ。少年だったジョンは特殊効果だと知っていたけれど、どうしてあんなことができるのかわからなかった。だから自転車に乗った少年と小さな宇宙人が、地球の引力など及ばないかのように月の前で舞いあがるシーンを観るたびに心から感動した。

「少佐、わたしの話を聞いていますか？」

ジョンはきょとんとした顔で彼女を見た。

「なんだ？」

イルヴァは返す言葉を失ってかぶりを振った。この人は話の筋を見失い、さっぱり意味がわからなくなっているようだ。

「少佐、見てください！」

彼女は月を指さした。

今度ははっきりと見えた。月がガラスのような輪に囲まれている。それがどうしたのだろう？

大気の上層に氷の結晶が集まり、肉眼でかろうじて見えるほど薄く軽い雲ができる。

その小さな氷の粒子が月明かりに反射して、光源のまわりで淡い光の輪が輝くのだ。

ジョンはイルヴァが指さした方向に目を凝らした。

「巻雲(けんうん)です」

その瞬間、ジョンは彼女が言わんとしていることを完全に理解した。巻雲は低気圧の前方で発生する。魅惑的な月明かりは、一瞬にして脅威を与える存在となった。今の彼らにとって、嵐だけはなんとしても避けたかった。


彼らがあとにした鬱蒼(うっそう)とした暗い森のなかでは、狼の小さな群れが狩りをしていた。群れのボスである雌狼が鼻面を地面に這わせている。新鮮な血の匂いを嗅ぎつけると、イルヴァとジョンのシェルターがあった場所で立ち止まり、粉雪を掘り起こし始めた。狼はやがて血まみれの包帯を見つけた。ぼろ布にかじりつき、なめてみたが、収穫はごくわずかだった。狼は顔をあげた。過酷な冬だったので群れは飢えていた。空気の匂いを嗅ぎ、狼も天候の変化に気づいた。しかし、気づいたのはそれだけではなかった。ひとたび新鮮な血の匂いを嗅ぎつけたら、決して逃がさない。ジョンとイルヴァの居場所を突き止めるのに、雌狼たちの群れは、雪の上の足跡も偵察機も必要としなかった。

43

ストームは、夜の深い闇から徐々に姿を現すカウトケイノ村を眺めた。夜明けの光を受けて、ゆったりと流れる大きなカウトケイノ川沿いに、身を寄せ合うように立っている小さな家々の輪郭が浮かびあがる。

平らな地形で、地平線が果てしなく続いているように見えた。ストームは急に、自分がとても小さくなり、知っている世界から切り離されたような気がした。もっとも、昔からどこにいても自分が部外者のように思えたものだが。考えてみれば、タフなディビルの世界にどれだけの人工頭脳学者(サイバネティックス)が出入りしている？　メンサの年次総会に、百七十キロのウエイトを持ちあげられる男が何人来た？　軍の士官部隊に、長髪でひげ面のはみ出し者がいたか？　多くはいないだろう。どこにいても彼は部外者なのだ。ストームの人生はずっとそんな感じだった。ところが、果てしなく広がる北極圏の荒野に囲まれた海抜五百メートルのこの地にいると、なぜだか少しほっとした。日頃は都会を好む彼にしては奇妙なことだったし、広大な氷の平原に安らぎを見出すなんて普通では考えられないことだった。

村のまわりの風景は、どこまでも広がる平原と、尾根がときおり弓なりに曲がっている低い山で構成されていて、端から端まですっかり見渡せた。この地域は変化に乏しく、生き延びるためのルールが明確で、静寂が染みこんでいる。ここでなら自分を忘れ、忽然と姿を消すこともできるだろうとストームは思った。

カウトケイノ村は約三百年前にできたばかりだが、この地域一帯と平原は太古の昔からサーミ人の土地だった。ストームは今日までノルウェーのこの地方を訪れたことはなく、サーミ人やフィンマルク県に関心を持ったこともなかった。多くのノルウェー人と同じように、サーミ人はトナカイの遊牧やヨイクの練習で忙しく、誰も住みたがらない地域に住んでいる人々だと思いこんでいた。しかし実際にここへ来てみると、彼らの強い存在感が伝わってきた。

ストームはまたしても眠れない夜を過ごし、メアリーの妹の家のキッチンテーブルに座っていた。室内にニュースをまき散らしているラジオの大きな音がなければ、カウトケイノ村のいつもと変わらない一日だと思えただろう。しかし、それは間違いだ。

今日は運命の日になる——NATO機の墜落は、NATOがロシア領内への侵略を意図した結果ではないことが証明できていないので、ロシアは攻撃があったと見なす構えでいるだろう。

窓の外から激しい轟音が聞こえ、ストームはぎくりとして飛びあがった。外を見ると、スノーモービルが隣家を出てカウトケイノ川へ向かって坂をくだっていく音だったとわかり、ほっとした。スノースーツを着た父親の前に、幼い娘がすっぽりおさまっている。ふたりとも厚手のマフラーを巻き、ふわふわの帽子とトナカイの毛皮のブーツを身につけていた。温度計を確認するとマイナス二十一度だったので、ストームは感心した。ノルウェー南部の人間なら、あんな真似はしないだろう。隣家の前には飼い慣らされたトナカイが三頭いて、一日の幕開けに表情ひとつ変えることなくじっと見つめ合っていた。

居間からエルと彼女の夫が言い合う声が聞こえてきた。ニュースの騒音で家じゅうが目を覚ましたが、夫はラジオを消すことを拒んでいるようだ。ラジオから聞こえてくる女性の単調な声が、バレンツ海の国際管理地域およびパスヴィク渓谷のノルウェー・ロシア間の国境で、ロシア軍とNATO軍の小競り合いが起きたと伝えた。ロシアとの国境付近の地域で暮らすノルウェー人は南部や西部へ避難し、ノルウェー在住のロシア人は母国へ帰国し始めているという。キルケネスで家族と暮らしている男性がインタビューを受けていて、ひと晩じゅう銃声や戦闘の音が聞こえていたと話した。

「ノルウェーでこんなことが起こるなんて、考えもしなかったよ」男性は涙交じりの声で言った。

いくつかの国境検問所でも騒ぎが起きているという。国境が封鎖されたら、ノルウェー在住のロシア人は自国へ戻れなくなるのではないかと恐れているようだ。

西側諸国はショックを受けていた。これは現実に起きていることなのか？　ロシアはNATOと戦争をするつもりか？　三日前のロシア大統領の不穏な演説は、それを示唆しているように聞こえた。

〈タイタンズ・セキュリティ〉がロシアに対して行うハイブリッド攻撃の指揮を任されていたのはローヴだった。主要なデジタルインフラをハッキングし、ロシアのメディアをあおって内戦を誘発し、大統領を弱体化させるという作戦だった。ところが警備会社の金の流れを追跡してみると、キルケネスを含めたノルウェーのさまざまな民族主義組織に資金を供給していることが判明した。ロシアの作曲家アレクセイ・ガルバを殺害した三人の男は、〈タイタンズ〉社が資金を提供した組織に雇われていた。

つまり、あの殺人は仕組まれたものだったのだ。

状況が明らかになればなるほど、ストームの不安は募った。イルヴァはじきに、自分が封鎖された国境の向こう側に閉じこめられたことを知るだろう。しかもどれだけ好意的に考えても、彼女を殺そうとする国に。これ以上ニュースを聞いていられなくなり、彼はヘッドホンをつけ、音楽を聴いて気を紛らせた。

それでもまだ、イルヴァの姿が頭から離れなかった——裸の背中で揺れるブロンド、猫のように寄り添ってくる仕草。彼女がたわむれながらも青緑色の瞳で彼の反応をうかがっているのを、ストームは知っていた。そして、あの大きな笑い声。彼は思わずほほえんだ。イルヴァは何をするにも全力だ——特に笑うときはなおさら。初めて会った瞬間、夢のようにすばらしい女性だと思ったが、夢ではなかった。彼女は奔放で、高潔でありながらタフな女性だ。押さえつけようとすれば避けられるし、必要に迫られたら力ずくで抵抗してくる。彼女はわざとつれなくしているわけではなく、むしろ彼を試しているように見えた。まるで心の奥底で、彼のことを誤解していたと自分を納得させる必要があると思っているみたいに。ああ、多くの女性みたいに、なぜイルヴァは事務員や看護師や保育園の先生ではないのだろう？　なぜ彼が恋した女性は戦闘機F‐16を操縦し、ムルマンスク郊外に墜落し、第三次世界大戦を起こさなければならないのだ？

ストームはノートパソコンの画面をじっと見つめ、NATOのパイロットの居場所に関するロシアの内部報告書に目を通した。癪にさわるのは、彼らがハッカーをいらだたせるのがうまくなっていることだ。

自由主義の西側諸国にとっては、インターネットは開放性と自由な情報の流れという考え方の原点だ。ところが敵にとっては、最強の武器と化していた。アラブの春は言うまでもなく、ウクライナやジョージアで起きたさまざまな〝色の革命〟によって、すべてのデジタル通信を広範囲に監視し規制することが最大の防御であるという信念をさらに強めていた。そして世界の超大国は、暗殺者や傭兵を使って秘密戦争を仕掛けるのと同じように、フリーランスのハッカーを雇ってサイバー空間で攻撃し合うようになった。今や権力と混沌の巨大な民間市場が作り出されている――特に仮想世界において。

ある通信スレッドに、狩猟小屋で血まみれの包帯と全裸の男の遺体を発見したことが記録されていた。彼らはNATOのパイロットたちと関連があると考えていた。しかし、ストームが見つけた情報はそれだけだった。ロシア側はパイロットたちの居場所も、どちらが負傷しているのかもつかんでいなかった。それどころか、パイロットたちがその狩猟小屋にいたという確証すらないらしい。ストームはいらだちを覚え、音楽を止めた。手がかりがあまりに少なく、絶望的に思えた。

イルヴァの母メアリーが料理用コンロのそばに立ち、心配そうに彼を見つめていた。

「ロシアに親戚がいるの」彼女が言った。

ストームはうなずいた。そのことならすでに知っている。

「わたしの姪は、ロヴォゼロ出身のロシア系サーミ人と結婚しているの」

メアリーの神経質でとりとめのない話を聞く気力はほとんど残っていなかったが、彼は無理やり笑顔を作った。

メアリーはなおも話を続けたいらしく、彼の向かいの椅子に腰をおろした。

「彼らはトナカイの遊牧をしているの」

彼女はほほえんだものの、その目に陽気さはなく、正気を失っている様子もなかった。

「なるほど」

数秒後、ストームは彼女が何を言おうとしているのか理解した。その思いつきは、まるで日の出のように目前に現れた。そうか。彼らはサーミ人なのだ。その瞬間、ストームは可能性と一縷の望みを見出した。ロシア側のコンピューターをハッキングしているだけではイルヴァは見つからないだろう。彼らがパイロットたちを見つけた場合、その場で逮捕するだけだ。こちらが先手を打たなければならない。

「親戚の方と連絡を取れますか？」

メアリーは共謀者めいた目つきで彼を見た。

「もちろん」

ツンドラ地帯は携帯電話の電波が届きにくいらしく、メアリーが何度かかけたすえに、ようやくつながった。彼女は姪とサーミ語で話しているにもかかわらず、文脈からストームにも話の内容を察することができた。

「もしもし、インガ・マリヤ、メアリーおばさんよ。今、遊牧中？」

彼女はじりじりした様子で相手の返事に耳を傾けた。

「聞いて、あなたの助けが必要なの！」

インガ・マリヤは、自分のまわりを移動している何千頭ものトナカイの群れのなかで立ち止まった。トナカイの蹄がツンドラを打つ音が響き、鼻からは白い息がもうもうと吐き出され、首につけた鈴が楽しげな音を鳴らしている。おばの言葉がほとんど聞き取れなかったので、彼女は片耳に指を突っこみ、動物たちが放牧地へ追い立てられる騒々しい音を遮断した。

「おばさん、今なんて言ったの？」

「あなたの耳に入っているかどうかわからないけれどね、インガ・マリヤ」メアリーは話を続けた。「ムルマンスクで撃墜されたＮＡＴＯ機のパイロットのひとりがイルヴァなの」

インガ・マリヤは聞き間違いだろうと思った。

「誰ですって？」

メアリーが説明しようとするのをさえぎって、ストームは携帯電話を奪い取り、簡単に自己紹介をしてから本題に入った。

「イルヴァともうひとりのパイロットは、ニャフキュルかイモス付近にいると思うんです。そこから遠いですか？」

「いいえ、今はイモスの近くにいるわ」

ストームは顔を輝かせた。

「お願いです。彼らを探してもらえませんか？　彼らはおそらくあなたがいる地域にいるはずなんです」

インガ・マリヤは首を横に振った。毎度のことだけれど、南部の人はここでの生活をまったくわかっていない。

「このあたりはすごく広いから——」

ストームはみなまで聞かずに言った。

「ふたりがいそうな場所については、ロシアの諜報機関から得た最新の情報をお伝えできます。あなただけが頼みの綱なんです」

「でも、いったいどうやって……？」

インガ・マリヤは最後まできかなかった。急を要する事態だということはわかったし、すべてを知る必要もなければ、知りたいとも思わない。

「もし彼らを見つけたら、どうすればいいの？」

ストームは脈拍が速くなるのを感じた。急転直下、イルヴァとエヴァンス少佐がいるかもしれない地域に頼れる人が見つかった。案外うまくいくかもしれない。

「もし見つけたら、ラヤコスキ周辺のノルウェーとの国境まで連れてきてほしいんです。パスヴィク渓谷ではなく。彼らはパスヴィク渓谷で国境越えを試みるだろうとロシア側は考えています」

インガ・マリヤは納得し、ひとりうなずいた。

「どこから始めればいいかしら？　何か、わかっていることは？」

ストームはなんとか突き止めた情報をすべて伝えた。インガ・マリヤは、パイロットたちがいるだろうと思われている場所に自分たちがいることをもう一度確認し、すぐに捜索を始めると言ってくれた。イルヴァの戦闘機がアパチートゥイの上空で撃墜されて以来、ストームは初めて心がはやり、希望がわいてくるのを感じた。

「こちらは車でラヤコスキの国境に向かいます。六時間ほどで到着すると思います。電話で連絡を取り合いましょう」

インガ・マリヤは同意した。

電話を切ると、夫のイサトが訝しげに彼女を見た。何かあったとわかったのだろう。インガ・マリヤは家族と若い牧夫たちを集め、手短に説明した――ロシア上空で撃墜されたパイロットのひとりがいとこのイルヴァであること。パイロットたちがこの地域にいるらしいので、探し出さなければならないこと。

夫は疑わしげな顔をした。

「だけど、そんな無茶な――」

インガ・マリヤは彼の言葉をさえぎった。

「いいえ、無茶じゃないわ。スペッツナズが彼らがいそうだと考えている場所を教えてもらったから」

「スペッツナズの捜索に協力しろっていうのか？」

「そうじゃなくて、スペッツナズを追跡するのよ」

全員が驚いた顔でインガ・マリヤのほうを向いた。

「彼女もわたしの家族なの！」

若い牧夫が途中で口を挟んだ。

「もし、おれたちがスペッツナズに見つかったら？」

インガ・マリヤはいらだちを覚えて鼻を鳴らした。

「おしゃべりをやめてさっさと捜索を始めれば、誰にも捕まらないわ」

44

ツンドラ地帯の移動は難航し、嵐を予感させる風が北西から吹き始めていた。ジョンは脚全体に広がる焼けるような痛みに絶えず苦しめられていた。感染症が再燃したのだ。身を刺すような風、小さな氷の結晶、それぞれは美しいがひとつにまとまるとひどく不快で、針のように顔を刺してくる。

イルヴァは強い突風に向かって、前かがみになって進んでいた。冷たい雪が隙間という隙間から入りこみ、首筋、袖口、ブーツのなかへと滑り落ちていく。唇は青くなり、顔はこわばり、髪や眉毛やまつげにはつららができていた。寒さは彼女からすべての希望を奪い取った。

体が容赦ない冷えと戦っていた。熱を発生させるために筋肉ががたがた震え、血管が収縮している。肌は青ざめ、皮膚の感覚がなかった。

脈拍と血圧が急上昇しているせいで、イルヴァは犬のようにはあはあ息をしていた。

今のところは予測どおりだ。しかし次の段階に移るのが怖くてたまらなかった。やがて震えはおさまり、脈が弱くなり、徐々に意識が薄れていくはずだ。

彼女は震えが止まる兆候がないかどうか自分自身を観察した。震えが止まるとそのうち無気力になり、ついには錯乱状態に陥る。この最終段階になると、ひどく寒いのに体が焼けるように熱く感じ、遭難者はしばしば服を脱ぎ、裸で眠ってしまう。雪のなかで汗にまみれて横たわれば、血液は徐々に凍っていく。

一歩、二歩……イルヴァは震えながらあえぎ、慈悲を乞うた。神に見捨てられたこのツンドラ地帯では、彼女の祈りは誰にも届かないとわかっていたけれど。彼女はひとりきりだ。誰も彼もひとりきりだ。唯一の選択肢は、頭をさげて前に進み続けることだけだった。

三歩、四歩……西側へ。彼女はめまいを覚えてよろめいた。五歩、六歩……もはや風のうなり声もうめき声も聞こえなかった。凍傷が顔の薄い皮膚を蝕んでいるが、傷の痛みもまったく感じない。イルヴァは歩き続けた……七歩、八歩。彼女はジョンが歩みを止めたことに気づかなかった。息ができなくなった彼が、風と寒さでついに抵抗する力を失い、傷の感染症のせいで膝からくずおれ、倒れこんだことにも。そこへ、飢えた悪魔のように吹雪が襲いかかってきたことにも。

ジョンは叫ぼうとしたが、吹雪のなかで大声を出しても無駄だった。風で運ばれたあられと氷の雨が口と胸を塞ぐ。

寒さで体が焼けるように熱かった。ふくらはぎの痛みで頭が変になりそうだ。何か手を打たなければならない。この悪夢を終わらせるためならどんなことでもいい。彼は震える手でズボンの裾をまくりあげた。そして吹雪が織りなす絶望という白いシーツに包まれながら、包帯を引きちぎった。脚の皮膚は全体は薄い灰色だったが、傷の周辺は黒に近かった。傷口からは黄色い膿の泡が出ている。壊疽は、体の内側からじりじりと彼を食いつぶそうとしていた。皮膚も、脂肪と筋肉の組織も細菌に侵されている。彼には気力すら残っていないのに、誰も太刀打ちできないものと戦っていたわけだ。死が細胞から細胞へと広がっていた……しかも急速に。熱も風も猛威を振るっている。ジョンは降参してへたりこんだ。つらく孤独で、恐怖に怯えていた。もう充分だ。家には帰りたいが、家族は彼を必要としていない。それが真実だ。ジョンには帰るべき家がなかった。

イルヴァは辛抱強く、一歩ずつ前に進み続けた。感覚はとうになくなっていたが、反抗心に支えられ、トランス状態に陥ったように歩いていた。とにかく西へ。そのことしか頭になかった。それ以外のことは考えられなかった。

何も。

それは嘘だ。

さまざまなことがマントラのように何度も繰り返し脳裏に浮かんだ。ストームの姿が一瞬ちらりと見えた。月明かりのなか、彼はベッドの上で目を閉じ、本来の自分に戻っていた。胸が規則的に上下している。その記憶と、ストームを恋しく思う気持ちが彼女に力を与えた。イルヴァは彼のいる空間に何度も戻った。ぴたりと寄り添っている体のぬくもりが感じられた。彼は眠りながらほほえんでいた。眠りながら笑う人なんている?

ストームはほほえみながら、長い腕をイルヴァの体にまわし、ぐっと引き寄せた。ふたりは愛し合ったあとで、彼は眠っていて、イルヴァは起きていたが、そのまま抱かれていた。とても疲れていて眠りたかった。そうすれば、彼の隣で眠る夢から目覚められる。

風がうめき声をあげていた。彼女は歩き続けた。九歩、十歩……。

そのとき、ようやく気づいた。

ジョンがいない。

イルヴァはあたりを見まわした。

そこへ四方八方から白い津波が押し寄せたかと思うと、足を取られて地面に投げ出された。固い雪の表面に顔から突っこんだせいで、額がすりむけてひりひりしたが、イルヴァは起きあがらなかった。

彼女はじっと横たわったまま目を閉じた。何かほかのことを考えるのだ。ジョンのことを考えよう。そうすれば、すべての苦痛を遮断することができる。感情を停止させるすべを知っているので、誰よりも耐えることができるはず。けれど今は無理だ。自分の五感を遮断することができない。**痛みに集中して。**心のなかで言い聞かせる。**自分の体を感じるのはいいこと。苦痛は相棒。**痛みによってアドレナリンが一気に分泌されると同時に、怒りもこみあげた。その怒りが彼女の命をつないでいた。風に向かって頭をさげ、必死に視界を確保する。

「ジョン！」

返事はなく、甲高い風の音とみぞれが降りしきる音だけがツンドラ地帯を埋め尽くしていた。

「エヴァンス、わたしはここよ！」

ジョンは寒さに支配されて身動きが取れなくなり、胎児のように体を丸めて横たわっていた。痙攣はおさまった。忍耐の限界を迎えるのは、無上の喜びと言っていいほどだった。もう戦う相手もいなければ、彼を待つ者もいない。誰かにとっての英雄でもない。いよいよ死を受け入れるときが来たのだ。

心の準備はできていた。今なら自制心から自由になることができる。本分は尽くしたつもりだ。もう降参しよう。

そのとき、周囲の風の音が変わった。

「ジョン！」

彼はぱっと目を開け、耳をそばだてた。女の声だ。彼女か？　こんなところでいったい何をしている？

地平線に高くそびえるように、彼女のシルエットが見て取れた。彼女のまわりに火花が飛んでいる。幸せがこみあげるのを感じた。安堵感と愛情に酔いしれ、彼の喜びは頂点に達した。ああ、どれほど彼女が恋しかったか。

「ジョン！」

彼女はよりを戻そうとしているのか？

ようやく家に帰れるのか？

懺悔(ざんげ)の日々はこれで終わりか？　彼女の許しを得るために、痛みを伴うあらゆる手段を講じてきた。ついに彼女の足元にひざまずくことができるのだろうか？

危機を脱し、愛され、許されるのか。

死を迎え、彼女の腕のなかでよみがえるのだ。これまでの自分をすべて消し去り、裏切りも過ちもすべて忘れてしまう。そんなことなど、大局的に見れば、もはやどうでもいいのだから。死に瀕した宿主から癌細胞が切除されるように、彼は死ななければならない。過去が抹消されれば、ふたりを――妻と娘を――通して人生を生きられるだろう。

ジョンは生まれたままの姿で立ち、妻と娘が彼のいない人生を送る様子を、別の世界から見つめた。彼も一緒にいて、彼女たちと同じように信じ、同じように愛するだろう。もう一度やり直し、別人のようになってしまった自分を浄化するのだ。残酷で苦痛に満ちた瞬間に耐えるたび鍛えられてきたので、錬金術師のように残忍性を純粋な愛に変え、妻に、妻と娘に向けるはずだ。愛だけを、彼女たちだけに。

なあ、わたしはおまえたちのために戦っているんだ。

なあ、おまえたちに会いたくてたまらないよ。

なあ、わたしはおまえたちのためによみがえってみせる。

何度も、何度でも。

三人の気持ちが通じ合っていることもあれば、一緒にいるときでさえ、心が離れていることもあった。三人で一緒にいると、自分の本性を思い知らされることがあったからだ。妻と娘を失ったことを憤ったり嘆いたりせずに、彼女たちが今でもどこかで生きているという事実に感謝しよう。たとえ一緒にいられなくても。

もはや痛みが体の一部となっていたジョンは、どうにか立ちあがった。大事なのはそれだけだ。ほかは、何もかもどうでもいい。彼が信頼し、自らの――そして罪なき人々の――犠牲を捧げてきた連中は、彼の血液中を流れる毒のようなもので、根絶やしにしなければならない。欲と金と異常な権力とで保たれている世界秩序は、百害あって一利なしだとずっと前からわかっていた。まさに壊疽のように、善良な心が蝕まれていくのだ。純粋で新しい夢を育むためには、そんな秩序は破壊しなければならない。ジョンは最悪の瞬間を寄せ集めたような存在であり、もはや連中を恐れてはいなかった。何しろ失うものは何もないし、失う人もいない。

「ジョン！」

これ以上、妻を裏切るわけにはいかない。すでにさんざん苦しめ、大きな代償を払わせてしまった。彼女が泣きわめく声が聞こえ、ジョンは宇宙に感謝した。彼女はついに心を開いて彼を受け入れてくれたのだ。

「キャスリン」彼は嗚咽をもらした。「ここだ……わたしが見えるか？」

「ジョン！」

頭を持ちあげ、耳をそばだてた。あの声はなんだ？　記憶に残っている、歌うような澄んだ声とは違う。ずっと昔の記憶にある、よく通るあたたかな声ではない。

「ジョン！」

何度も繰り返し彼を呼ぶ声が聞こえる。別にかまわないだろう、今の彼女がどんな人間になっていようとも。若さも無邪気さも純真さも必要ない。人生に心を動かされたり影響を受けたりしない女性には、成長も進歩もない。臆病で無知であることを見せつけ、男が必死で手に入れた金や社会的地位を目当てに結婚する幼稚な女たちを、彼は毛嫌いしていた。あの手の女たちは寄生虫だ。打算的で、たちの悪いご都合主義者であることを、若さと美しさで隠している。だが金と権力を手にした男たちは、さらに始末が悪い。他者の苦しみに共感する能力に欠け、利口ぶってふんぞり返り、無知であり続けられる連中を、ジョンは軽蔑していた。尊厳など望むべくもなく鉱山や戦場や売春宿や汚い通りで実際に戦わなければならなかった人たちを冷酷に批判する連中に、嫌悪感を抱いていた。一方、株式ブローカーや官僚や〈グッチ〉を買いあさる連中は、独自の仮想現実に生きているアバターだ。彼らは決して自分の手を汚さない。誰かのために何かを犠牲にすることはなく、ただ奪うのみだ。小心者のくせに計算高い、未熟な大人だ。彼らはわざと無知を装い、わが身の安全と金とセックスと贅沢を追い求め、死体の上で踊っている。権力と地位と気晴らしで、自分の空虚さを埋めようと騒ぎ立てている。ジョンから見れば、臆病者を絵に描いたような連中だ。堕落が責任逃れという服を着て歩いているようなものだ。

あんな寄生虫どものために、自分は命を懸けて戦ってきたのだろうか？　これでもかと快楽を貪り道徳的優位にあぐらをかく退廃した卑劣感どもが、ジョンのように勤勉な人間がもたらした自由と安全を享受することが許されるのか？　そんな連中のために、自分はおぞましい残虐行為を行ったのか？　世界じゅうのわがままな腰抜けどもを甘やかすために、残忍な化け物になってしまったのか？　その怒りはジョンを蝕みながらも、外へ放出されたようだった。それは壊疽よりもひどい怒り、北極圏よりも容赦ない怒りだった。あの変人どもに、あの無知な搾取者どもにおとぎ話のような生活――彼には縁のない生活――を続けさせるために自分は人を殺し、そして死んでいくのか。

キャスリンは違う。ジョンは胸の内でつぶやいた。彼女はボトックス注射と猫撫で声を使って自分を幼く見せようとするレベルの低い女ではない。彼女は成熟した本物の女性だ。彼女は人生の手本となる人で、いつも優しいまなざしで見つめてくれた。妻はジョンの感情を抑えることができ、彼女といると安心できた。彼女は決して批判せず、理解してくれた。そうだっただろう？

「ジョン！」

彼は顔をしかめた。その声が絶望的で、疲労のせいでかすれていたので心が沈んだ。

「ジョン！」

沈んだ気分はなおも続き、妻と娘のことを思い出し、一瞬わき起こった希望もすっかり消えた。

「ジョン！　ここよ！」

最後の力を振り絞って周囲を見まわすと、荒れ狂う吹雪の音に囲まれていた。音は、荒々しく高まったり、不吉に静まったりを繰り返している。彼はその音を追うことに集中した。

「ジョーーン！」

彼は顔をあげ、灰色の雪の塊に目をやった。ときおり陽光が差しこむと、蜃気楼（しんきろう）か夢のように、彼の目の前で踊るゾンビや幽霊や悪魔のシルエットが浮かびあがって見えた。彼らは半透明だった。ジョンははっと息をのんだ。これほど美しい生き物を今まで見たことがなかった。雪片のひとつひとつに永遠が映し出されている。波打つ形の奇妙な光の生き物は、深い悲しみと、心からの希望と、決してかなわぬ夢から生まれたものだった。それらを味わってみたくなり、舌を突き出すと、透明な氷の結晶が冷たいキスで迎えてくれた。渦を巻く星屑に包まれて、ジョンは思わず笑った。彼と永遠とのあいだにある薄い膜が溶けていくようだった。

美しさは、痛みと寒さでカモフラージュされていた。この至福の瞬間を過ごすために、彼は苦しまなければならなかったのだ。そのために、そのためだけに、彼は何度も何度も立ちあがった。

「ジョン！」

一歩踏み出し、動くたびに、雪片の微妙な違いを感じた。それまで無慈悲で変化に乏しい存在だったものが、急に生き生きと感じられた。薄い氷がぱりんと割れ、ふわふわの粉雪に足が沈みこむと、その感触に驚嘆した。まだ誰にも踏まれていない氷の表面を踏みしめるたびに、それはばりばりと音をたてて割れた。クレームブリュレの上部のカラメルの層をスプーンで叩き割るのによく似ていると思い、彼はげらげら笑い出した。

「ジョン！」

また彼女が現れ、あたたかな期待が胸に押し寄せた。

「キャスリン、ここだ！」

「エヴァンス少佐！」

「えっ？」

「エヴァンス少佐！」

彼はまた倒れこんだ。ひどくかすれた叫び声がイルヴァのものだと気づき、悲しみと安堵が同時に襲ってくる。当然だ。イルヴァ以外に、彼に呼びかける者などいるはずがないのだから。

声がするほうへ向かって、ジョンはゆっくりと這い進んだ。動くたびに悔恨の念に駆られ、痛みも増していった。

「ジョン、どこにいるの？　エヴァンス少佐！」

ジョンは雪の吹きだまりのあいだで彼女を見つけた。白い混沌のなかに埋もれている姿は、疲れきった子どものようで、青ざめ、打ちひしがれていた。

「ジョン、どこなの？」

彼はイルヴァのほうに向かって進み続けた。

「ノルダール！　わたしはここだ」

ジョンの姿を見つけた瞬間、イルヴァが抱きついてきたので、彼は両腕を広げた。

彼らは抱き合った。

強い風のせいで雪が激しく吹きつけてきたが、ふたりはなおも互いにすがりついていた。

「見つけてくれたのね！　見つけてくれたのね！」

互いにしがみついたまま、相手のぬくもりのなかに避難した。

羽毛のような雪が幾層にも降り積もり、彼らは分厚い羽布団にくるまったようになった。

45

　インガ・マリヤとその家族は、嵐を避けるためにラーボ（サーミ人の伝統的なテント）を張った。横殴りの風が吹きつけていたが、ラーボのなかはあたたかく快適だった。地面に樺（かば）の小枝を敷きつめ、その上にトナカイの毛皮を広げている。こうすると地面の冷たさが遮断され、居心地がよくなるのだ。中央に円形に並べられた炉石のなかで、火がぱちぱち音をたてて燃えていた。

　炉石の上に長い鎖でつるされた大鍋のなかでは、ビド（トナカイ肉のシチュー）がおいしそうに煮えている。インガ・マリヤは鍋の中身をかき混ぜ、物思いにふけりながら家族を見つめた。栄養たっぷりのシチューからあがる湯気と焚き火の煙が混じり合い、ぐつぐつと煮え立つ満ち足りた音がする。冬の嵐が吹き荒れているときはいつも、快適なラーボのなかであたたかい食事と気の置けない仲間とともに過ごす時間が、このうえない満足を与えてくれる。

イルヴァは行儀の悪い子どもだったと記憶しているが、インガ・マリヤは彼女のことが大好きだった。イルヴァと彼女の母親が一緒に暮らしていたあいだ、インガ・マリヤはいとこと多くの時間を過ごした。彼女と母親にはどことなくエキゾチックな雰囲気があるとみんなが思っていた。彼女たちは外国に住んでいたため、ほかのみんなよりも視野が広く経験豊富だった。しかし都会暮らしの彼女たちは、あまり役に立つとは言えなかった。インガ・マリヤは不安と葛藤を覚えた。可能な限りイルヴァを捜索するつもりだけれど、この地域はとてつもなく広大だ。スペッナズが彼らを捕まえなくても、情け容赦ない北極の風が彼らを捕まえるだろう。

F‐16を操縦していたいとこのイルヴァのことは、牧夫や子どもたちにもすでに話した。彼らはすぐにスターに夢中になった。末娘はうっとりした表情で母を見あげ、自分も大人になったらパイロットになると宣言した。だったら自分の食器を片づけて宿題をしなさい、とインガ・マリヤは笑いながら言った。パイロットになりたいなら、当然やらなければいけないと。少女はこっくりうなずき、料理をすばやく平らげた。

何時間も荒れ狂っていた嵐がようやく去り、風はひゅーひゅーという音をたてる程度におさまって……。

やがて静寂が訪れた。

彼らは耳を澄ました。どうやら、この吹雪もこれで終わりのようだ。

イサトが見張りをするために外へ出た。

絶え間なく続く風のうなり声がやんだのがうれしかった。嵐が静まって初めて、ひどい騒音だったと気づくものだ。

イサトはラーボの入口に静かに立ち、耳をそばだてた。遠くのほうから轟音が聞こえる。音はだんだん近づいてきていた。スノーモービルがこちらにやってくるのは間違いない。スペツナズの兵士たちは嵐のなかを走りまわってふたりのパイロットを捜索したが見つからず、追いつめられていらだっているようだ。

やがて大きなスノーモービルに囲まれ、逃げ場がなくなった。次に何が起こるのか不安になり、イサトはラーボの入口を守るように兵士たちの前に立った。

「ボレス・ブートン、何かご用ですか？」彼は挨拶した。

イサトは近づいてくる男たちをじっと見ながらも、愛想のいい笑みを浮かべ、この種の訪問者に対する不信感を隠した。指揮官がイサトの顔を見据える――彼は一番若かったが、目に冷ややかな光を宿していて、権威ある地位に就いているのは一目瞭然だった。

「このふたりを見なかったか？」

指揮官が携帯電話に保存されたイルヴァとジョンの写真を見せた。イサトは首を横に振った。そのとき、インガ・マリヤが背後から姿を現した。まぶしい日の光に目を細め、夫の隣に静かに立つ。彼女も写真に目をやり、イサトと視線を交わし、もう一度写真を見た。そして何食わぬ顔でほほえみ、肩をすくめた。

「いいえ、見ていません。このあたりでは誰にも会っていません。何しろひどい天気でしたから」

スペツナズの指揮官がインガ・マリヤを食い入るように見た。どうやら彼女の不安を感じ取ったらしい。簡単に騙されるような男ではなかった。

「みなさん、ビドはいかがですか？　ちょうどあたためたところなんです」彼女は言った。

指揮官が部下に合図するのを見て、インガ・マリヤは顔をこわばらせた。兵士たちは彼女を押しのけてラーボの入口を荒々しく開けた。

彼らは牧夫や子どもたちをラーボから引きずり出すと、イサトとインガ・マリヤを地面に伏せさせ、機関銃を突きつけた。インガ・マリヤがじっと伏せていると、牧夫のひとりがすすり泣く声が聞こえた。彼はまだ若く、これがツンドラ地帯で過ごす初めての冬だった。学校は嫌いでトナカイが大好き——この仕事が彼の夢だった。そんな彼が地面に伏せて雪に顔を押しつけられ、後頭部に銃口を突きつけられている。

兵士たちはサーミ人の持ち物をすべてひっくり返した。大声で何か言い合い、地面に伏せているサーミ人に向かってわめき散らす。

その音は平原のはるか遠くまで響いた。

もしイルヴァが近くにいるのなら、この騒ぎを耳にしてここから遠ざかってくれることをインガ・マリヤは願った。

探しているものが見つからないとわかると、兵士たちは内輪で議論を始めた。サーミ人は何か目撃したが、そのことを言いたくないのかもしれない。どうも信用できない。そこで彼らは身体検査を行うことにした。

イサトが咳払いをして兵士たちの注意を引いた隙に、インガ・マリヤはポケットからこっそりと携帯電話を取り出し、雪に小さな穴を掘ってそのなかに落とした。そして転がりながら、携帯電話を雪で覆う。ふたたびじっと伏せ、機関銃を持った兵士たちを警戒しつつちらりと見あげた。彼女が落ち着きなく身動きしていることに、兵士のひとりが気づいていた。

近づいてきた兵士に肋骨を思いきり蹴られ、インガ・マリヤはうめき声をあげた。怒りがこみあげたが、抵抗もせず無言を貫いた。兵士は彼女の身体検査を始めた。片膝で首を押さえつけ、服を引き裂く。インガ・マリヤは息苦しさと恐怖を感じながら、じっと伏せていた。若い牧夫のひとりが飛び起き、彼女を助けようと駆け寄ったものの、殴られて気を失ってしまった。こめかみに銃床を打ちつけられて崩れるように倒れ、血で雪が赤く染まった。

スペツナズの兵士たちはいつものように徹底的に調べたが、何も見つからなかった。彼らは来たときと同じようにあっという間に去っていった。

そこから少し西へ行ったところで、〈タイタンズ・セキュリティ〉の三人の傭兵がノルウェーとロシアの国境を越えた。微弱ではあるものの、たしかな信号を傍受したからだ。彼らはロシアのツンドラ地帯を越え、今はイモスのほうへ向かっている。三人のうちのリーダーが、GPS受信機に接続されたモニターを持っていた。点滅する赤い点がどんどん大きくなっている。彼らは近くにいる。かなり近くに。

46

イルヴァとジョンは、掘って作った小さな雪洞で身を寄せ合っていた。ジョンは胎児のように丸くなって、身を震わせている。くぐもった声をもらしているので、また幻覚を見ているらしい。

イルヴァは彼を抱きしめて、眠らせないようにしていた。今眠ってしまえば命取りになる。イルヴァはあやすような声でヒュペルボレオス人の話を聞かせた。太陽が冬はのぼらず、夏は沈まない地に暮らす、伝説上の民族の話を。

「クイヴァを覚えていますか？　山の向こう側で見た石の巨人を？」

ジョンはうつろな目で彼女を見あげ、必死で話についていこうとした。彼女は何を望んでいるんだ？　なぜ放っておいて、眠らせてくれないのだろう？

「セイドゼロ湖は覚えていますか？　山脈にたどり着く前に渡った湖です」

ジョンはうなずいた。山脈のことは覚えている。

「クイヴァはセイドゼロ湖の近くに住んでいた巨人です。彼は北の人々を守らなければならなかったのに、盗みを働き、人をひとり殺してしまった。土地の神々があいだに入り、湖の水から発する稲妻で彼を焼きました。山脈に残る石の巨人は、黒焦げになったクイヴァの体だと言われています」イルヴァの優しい声に耳を傾けるうちに、ジョンはまるで子どもに戻ったように、ようやくリラックスすることができた。今まで誰も彼のためにこんなことはしてくれなかった。おとぎ話を聞かせるなんてことは。

「なぜ守るべき人間を殺してしまったんだ？」彼はほとんど聞き取れないほどのかすれた声できいた。

　イルヴァは少し考えてから噴き出した。

「覚えていません。ええと……たしか……だめ、やっぱり覚えていないわ」

　イルヴァが彼の気を紛らせようと努力してくれたことにジョンは感謝した。おそらく彼が国境までたどり着けないことをイルヴァはわかっているのだろう。脈絡のある思考ができなくなりつつある。ジョンの思考は、朝靄が晴れたとたんに大きな翼を広げて飛び立つ鷺（さぎ）のように、実際の体験なのか単なる夢なのかわからない、曖昧なイメージのあいだを飛びまわっていた。

「ジョン、あなたならたどり着けます。あと少しです。一緒に国境を越えましょう」

ジョンはうなずきながら、リビアの砂嵐や、プロムでキスをした女の子のこと、彼が爆撃した村のことを考えていた。燃えあがる町、燃えあがる人々、燃えあがる憎悪。もう寒さは気にならず、むしろあたたかさを感じた。体じゅうを熱が駆けめぐっている。イルヴァの声が聞こえなくなったので、ジョンは彼女を見あげた。

「もっと話してくれ。それからどうなった？」

彼女は答えず、目には注意深く観察するような表情が浮かんでいる。

「きみはいいパイロットだ。操縦技術は抜群だし……直感力も優れている……」ジョンは今までなんの話をしていたのかわからなくなってしまったが、イルヴァはもう聞いていなかった。

「すまない。わたしが――」

「しいっ！」

イルヴァはジョンに険しいまなざしを向けて黙るよう身振りで示すと、今やすっかり雪に覆われている洞の入口へそっと移動した。ジョンは彼女に手を伸ばした。

「戦闘機を墜落させるべきだった」

イルヴァはもう一度黙るように合図し、耳を澄ました。

雪洞の外を、固く凍った雪の上を歩く軽い足音がした。誰かがそこにいる。しかし、すぐにしんと静まり返った。

　ふたりは息を殺して聞き耳を立てた。静寂のなかだと、より不穏な空気を感じる。たしかに、何かが、あるいは誰かがたてた音が聞こえた、そうだろう?

　しばらく様子をうかがっていたが、静寂はなおも続いた。イルヴァは不安に胸を締めつけられながら、雪洞の入口に積もった雪を用心しながらかき出した。やがて明るい日の光が差しこんできた。イルヴァは地平線まで広がる静かなツンドラ地帯の白い景色をじっと見つめ、冬の澄んだ空気を深く吸いこんだ。

　ふたり以外には誰もいないと確信した、ちょうどそのとき、雪洞の入口を塞ぐように巨大な生き物が現れた。イルヴァはあとずさったが、逃げ場はなかった。身をこわばらせ、肉食動物の黄色く光るふたつの目と、血のように赤い口内をじっと見つめる。狼が雪洞の入口に頭を押しこんできたので、イルヴァは一番奥の壁に体をぴたりと密着させた。

　狼の群れに囲まれているらしく、今や頭上からたくさんの足音が聞こえてくる。群れのボスが雪洞のなかへさらに頭を押しこんできて、前足で壁を引っかき、白い雪をまき散らした。黒い鼻面が彼女のほうに向けられ、狼が吐く息の熱さを感じた。肉食動物がうなり、むき出した牙がきらりと光る。次の瞬間、狼に嚙みつかれそうになり、イルヴァは悲鳴をあげて両脚を引っこめた。

ジョンは意識を集中しようとした。頭をはっきりさせて行動しなければ。

狼が不気味にうなっている……。

イルヴァが必死に足を蹴り出すと、獣はあとずさりした。ジョンとイルヴァはどちらも息を詰めていたが、数秒後には怪物が戻ってきて、ふたたび彼らに嚙みつこうとした。

ジョンはもう考える必要はなかった。考えたところでなんの役に立つ？　反射神経だけを頼りに行動を起こす。

彼は大声で叫びながらナイフを抜き、雪洞の入口まで飛び出した。狼が飛びすさると、ジョンは獣を追って雪洞から這い出た。

白い光に目がくらみ、最初は自分を取り囲むシルエットしかわからなかった。リビアで戦闘機の残骸から彼を引きずり出した男たちの暗い影と同じように、それは忍び寄ってきた。ジョンはナイフを振りあげた。

「ジョン、じっとして。刺激しないで」

イルヴァは雪洞のなかから声をひそめて、できるだけ冷静に、注意した。

しかし彼は聞いていなかった。もはや誰の声も聞こえていなかった。ジョンは雄叫びをあげ、狼に飛びかかった。

「くたばれ！」

ところが狼はジョンをひらりとかわし、少し離れたところで立ち止まると、微動だにせずに彼をじっと見つめた。ジョンは必死に両腕を振りまわし、怒声を浴びせたが、狼たちはまったく動じなかった。彼からにじみ出ているアドレナリンと無力さと恐怖を嗅ぎ取ったのだろう、威嚇するように頭をさげ、彼のほうへ忍び寄った。黄緑色の目で見透かしていたのだ。彼の恐怖と絶望と無力感に刺激され、狩猟本能に火がつく。

ジョンは立ったまま、両腕をだらりとさげた。自分には倒せない。相手の動きが俊敏すぎる。

群れのボスが頭をさげ、攻撃態勢を取る。獲物が弱気になった今こそ仕留めるチャンスだ。狼は大きなうなり声をあげると、ひとっ飛びで襲いかかり、ジョンの腕に深々と噛みついた。彼は必死になってナイフで反撃し、どうにか左肩に切りこんだ。狼は甲高い声をあげ、彼を放してあとずさりしたが、すぐに別の狼が襲いかかった。群れのなかで自分の居場所を見つけようとしている若い狼だ。その狼は猛然と飛びかかってジョンを突き倒し、首筋に牙を食いこませた。

イルヴァが雪洞から這い出ると、ジョンが血を流して地面に倒れていて、狼たちが彼を取り囲んでいた。

「絶対に動かないで、ジョン」彼女は小声で言った。「匂いを嗅がせれば、立ち去るかもしれないわ」

ジョンは自分の周囲をぐるぐるまわりながら距離を詰めてくる襲撃者たちをじっと見据えながら、立ちあがろうとした。

「ジョン、落ち着いて。動いたら彼らの狩猟本能をますます刺激してしまう」

ジョンは両膝をついてなんとか立ちあがろうとした。

「狼は普通、人間を襲わないわ、ジョン。ただし――」

彼は狂気の叫びをあげながら一番近くにいた狼に飛びかかり、ナイフを振りまわした。しかし狼は、やすやすと彼をかわした。

ジョンがよろめいた瞬間、狼たちがさらに近づいてくる足音が聞こえた。彼は最後にもう一度立ちあがろうとしたが、けがをした脚に力が入らず、そのまま倒れこんだ。じっと横たわったまま自分に嚙みついているいくつかの顎を見あげると、並んだ歯が赤い肉片を引きはがしていた。

イルヴァはパニックに襲われ、コンバットベストから緊急用発炎筒をつかみ取ると、狼たちに向かって発射した。一発、二発、三発。血のように赤い火の玉がひゅーっと音をたてて群れのなかへ飛んでいくと、狼たちは後退した。やがて甲高い声で鳴きながら、尻尾を巻いて逃げ去った。

火の玉が飛ぶなか、ジョンは横たわったままじっと動かなかった。彼は朦朧としながら奇妙な光景を、頭上に広がるツンドラ地帯の空から炎の雨が降るのを眺めた。

ロシア軍のスペッツナズの兵士たちも、〈タイタンズ・セキュリティ〉の傭兵たちも、地平線の向こうから放たれた緊急用発炎筒の光を眺めていた。光の発射地点を突き止めるのは造作もないことだ。

インガ・マリヤとイサトと牧夫たちも同じ光を見ていた。胸に希望の明かりがともり、彼らはすぐさまスノーモービルに飛び乗り、その光を目指して走り出した。

イルヴァは這って前へ進むと、膝をついて震えながらジョンを抱きしめた。彼の体には狼の歯形がくっきりと残り、ひどく出血していた。遠くからぶーんという音が聞こえ、その音はしだいに大きくなっていった。空を見あげると、ロシア軍の偵察機だった。ツンドラ地帯で発生した光に関する報告を受けたロシア軍が、赤外線カメラを搭載した偵察機を派遣したに違いない。

ジョンが目を開け、すがるようにイルヴァを見た。

「雪洞に戻るんだ！」

イルヴァはふたりで安全な場所へ避難するためにジョンを引きずり始めた。彼は痛みと怒りに悲鳴をあげた。

「わたしにかまうな。きみひとりで雪洞に戻れ！」

イルヴァは耳を貸さず、彼を助け起こそうとした。

「ジョン、ふたり一緒じゃないと――」

ジョンはすぐさま彼女の言葉をさえぎった。彼のまなざしは穏やかだった。

「これは命令だ、ノルダール。雪洞に戻れ」

ジョンの声にこめられた決意を感じ取り、イルヴァは彼から離れると、急いで雪洞のなかに滑りこんだ。それと同時に偵察機が飛んできて、雪の上に横たわるジョンをとらえた。

ロシアの偵察部隊は司令部に報告した。

赤外線カメラがとらえたのはひとりだけだったが、その映像は驚くほど鮮明だった。

「ＮＡＴＯのパイロットのひとりであることを確認しました」

ロシアの偵察機が飛び去るや否や、イルヴァはジョンのもとに這い戻った。彼は苦しそうに呼吸をしている。

「少佐、急がないと！」

イルヴァは必死になって金切り声を出したが、ジョンはほとんど反応しなかった。彼は震える手で腕時計を外し、イルヴァに渡した。彼女は手のひらに押しつけられた血まみれの腕時計をわけもわからず見つめた。

「キャスリンに渡してほしい」彼がかすれ声で言う。

「少佐、なぜ今、こんな古い時計の話を？」

イルヴァは彼を助け起こそうとした。戦いを続けさせるために。もうすぐ国境に着くはずだ。あと少しで。ジョンは彼女の手を握りしめた。

「約束してくれ、この時計をキャスリンに渡すと……」

イルヴァは困惑して彼を見おろした。

「立って、ジョン！　急がないと！」

ジョンは立ちあがろうとはせず、イルヴァを引き寄せ、彼女の手のなかの腕時計をひっくり返して文字盤の裏を見せた。金属の部分に数字が刻まれている。

「彼女たちがこの口座にアクセスできるようにしてほしい。キャスリン名義になっている」

イルヴァは涙を流しながら彼を見つめた。頭では理解していたものの、ジョンが言いたいことや望んでいることを受け入れる準備ができていない。イルヴァは必死で彼を引っ張った。

「さあ、立って！」

覚悟と安らぎに包まれたかのように、ジョンは雪のなかに身を沈めた。

「ノルダール、きみは機体の操縦を誤ってはいない」彼はか細い声で言った。

「えっ？」

「フルバックが加速しているのが見えたから、わたしが操縦を代わって速度を落とした。墜落することはわかっていた。故意に事故を起こしたんだ」

「でも……」

「機体を衝突させて海に墜落する。それが任務だった」

イルヴァは耳を疑い、彼を見た。

「なんの任務ですか？」

「わたしの任務だ」

「だけど衝突はしなかった。十分近く飛び続けたあと、撃墜されましたよね？」

ジョンはぐったりした様子でうなずいた。

「あれはわたしのせいだ。生存本能にはどうしても抗えなかった……」

イルヴァは彼から手を離した。そのことは疑問に思っていた。墜落する直前の様子を何度も頭のなかで振り返ったが、どんなに考えても、どれほど正確に事故の記憶をよみがえらせても、何が原因で墜落に至ったのかわからなかったのだ。

「なぜそんなことを？」

ジョンはかろうじて聞き取れるくらいの小さな声で言った。

「誰の利益（クイ・ボーノ）になるのか？」

「えっ？」

「戦争で得をするのは誰だ？」

イルヴァは信じられない思いで彼を見た。初めて会ってから一週間も経っていないのに、二十歳は老けて見える。イルヴァは答える気力さえ失っていた。

「わたしはジョージ・ローヴに買収されていた。彼らには北極圏で戦争を起こす必要があった……だからわたしが協力して……」

イルヴァは首を横に振ったが、それ以上質問はしなかった。納得のいく話だったし、それですべて辻褄が合う。

「これでわたしの任務は完了だ」ジョンが消え入りそうな声でつぶやいた。

彼を見おろすと、体の震えや苦しそうな呼吸は止まっていた。ジョン・エヴァンスはついに降伏し、もはや痛みも恐怖も感じていないのだ。

「ジョン！」

イルヴァは動かなくなった体を揺すった。

「ジョン！」

彼女の声は届かなかった。ジョンはもうこの世にはいない。疲れ果てた体は、雪のなかにじっと横たわっていた。顔から苦痛の表情が消え、生気のない目はどこか遠くを見つめていた。その表情は、安堵しているようにさえ見えた。イルヴァはそっとジョンの目を閉じ、彼をその場に残したまま、古い時計を腕にはめた。これをどうするかは彼女しだいだ。

ツンドラ地帯で緊急用発炎筒が使用されたことは極秘扱いにされていたが、誰もが知っていた。ストームも、アリからそのことを知らされた。

ラヤコスキに到着してロシアとノルウェーの国境へ向かっていたとき、暗号化されたメッセージが届いたのだ。ストームはすぐに上司に連絡した。

「アリ、ラヤコスキ付近の国境に救助隊を派遣するよう防衛大臣に頼んでください」

アリは面食らった。

「ラヤコスキに？」

「ロシアの諜報機関は、パイロットたちはパスヴィク渓谷へ向かおうとしていると考えています。でも、それは間違いです！」

アリは難色を示したが、ストームには説明している時間はなかった。

「ぼくを信じて、ラヤコスキに今すぐ救助隊を派遣してください」

アリが書類を引っかきまわす音が聞こえた。メモを取っているらしい。

「上官の許可を得ないと」

ストームは首を振って言った。

「いいえ、大臣に直談判するんです。ローヴと彼の関係者には、くれぐれもイルヴァの居場所を突き止めたことを知られないように。話してもいいのは、防衛大臣本人と彼女が信頼を置く側近だけです！」

アリはそれ以上質問しなかった。

47

イーゴリは格納庫のなかに足を踏み入れながら、今朝ホドルコフスキー少佐と交わした会話を思い返した。彼女の言葉は、彼の意識に刻みこまれていた。

〝真実を話して、イーゴリ。わたしたちの国のため、あなたの子どものため、そしてあなた自身のために〟

その言葉は苦い毒のように体を蝕み、イーゴリは吐き気を覚えた。ほっとしたことに、少佐はまだ出勤していなかった。

だが、なぜこんなにほっとしたんだ?

ホドルコフスキー少佐はどこにいるのだろう? 誰かに話しているのだろうか? いったい何を企(たくら)んでいる? 考えてみれば、彼女が出勤しなかった日は、覚えている限り一日もなかった。

ホドルコフスキー少佐はいつもこの基地にいて、家具の一部と言ってもいいくらいだ。イーゴリは不安が高まるのを感じた。少佐が姿を見せないのは何かが起きたせいに違いなく、彼には心配するだけの理由があった。

歩きながらいつものように航空整備士たちに挨拶したが、彼らがこちらに向ける目つきが変わっていることに気づいた。日頃から、戦闘機パイロットは少なからず尊敬を集めているとはいえ、今はそれを超越している。彼らの目には賞賛と感謝の念がこもっていて、イーゴリは恥ずかしさのあまり目をそらした。自分が誰かの英雄になっていると考えるだけで耐えられなかったし、苦悩が増しただけだった。

飛行機の点検は一日のうちでもっとも重要かつ楽しい作業で、いつも昔からの大切な友人に会うような気分になった。イーゴリはナットやネジの一本一本まで知り尽くしているので、敬意をもって金属に手を滑らせ、機体に秘められた力をひそかに自分のなかへと取りこんだ。

イーゴリが初めて戦闘機に乗りこんだとき、その力が自分を強く無敵な存在にしてくれると感じたものだった。しかし今日は何も感じられず、飛行機は冴えない金属の塊にすぎなかった。空を飛ぶときの陶酔感をまた味わえるようになるのだろうかと思うと、胸が悲しみでいっぱいになった。

フルバックはいつもどおり、最高のコンディションだった。それを疑う根拠は何もないのに、コックピットをのぞきこむと、イーゴリは不安になった。彼の飛行機がNATO機と接触した瞬間が、NATO機を撃墜した瞬間が、アパチートゥイ郊外で子どもや罪のない人たちが生きたまま焼かれる光景が、脳裏にふとよみがえる。戦争における民間人の巻き添え被害は、たしかに人間が抱える苦悩のひとつなのかもしれない。もちろんそれは悲劇で、爆弾の雨によって引き起こされる不幸にまったく心を動かされないわけではないが、より大きな悪を阻止するためなら、ときには犠牲を払わなければならないこともある。それに、戦闘機パイロットが間違った命令を受けたり操縦ミスをしたりするのは、戦争中であれば当然起こりうることだと理解もしていた。その苦しみと責任を、イーゴリは真摯に受け止めてきた。自分自身よりも重要な大義のためにしなければいけないことをしている、つまり自国と国民のために戦っている。そう自覚することで安らぎを見出していた。しかし今回は事情が違う。今は戦争中ではないが、NATO機を撃墜しろという命令を正当化するために、実際に何が起こったのか、口をつぐんでいなければならないのだ。

自分が何をしたのか知っているし、それが全世界にどんな影響を及ぼしているのかもわかっている。ホドルコフスキー少佐は、イーゴリが真実を話せばすべての責任は彼女が負うと表明した。その言葉に、イーゴリは感銘を受けた。少佐は名誉ある行動を取った。間違っているのは自分のほうだ。

ホドルコフスキー少佐が帰ったあと、イーゴリは凍えながらひとりでバルコニーに残った。吐き気がおさまらず、部屋に入って何も知らない家族の視線に耐えられそうになかった。家族から揺るぎない信頼を寄せられていることに、ますます後ろめたさが募った。しばらくすると、ナターシャがコートを持ってバルコニーに出てきた。

「何か話したいことがあるんじゃない？」ナターシャは彼にコートを手渡しながらきいた。イーゴリは途方に暮れ、静かに首を横に振った。寒さは感じていないのに震えながら立ち尽くしている。ナターシャはためらった。部屋に戻って夫をそっとしておくべきだろうか？　それともここに残って、今何が起きているのか彼が話す機会を与えるべき？

そもそも、本当に何か起きているの？

ここ数日、ナターシャにはイーゴリが別人のように見えていた。夫はかつての彼自身の影のようだった。ふたりは幼なじみで、高校卒業後に結婚した。彼女は夫のことをよく知っていたし、彼はナターシャがこれまで出会ったなかで一番信頼できる、気分にむらのない人だった。何があろうと、どんな心配ごとを抱えていようと、不安そうな顔や悲しむ様子を見せたことはなかった。子どもが生まれたときに目に涙を浮かべたのは別として、イーゴリがこれほど感情的になっているのを見たのは初めてだ。だから今、彼が当惑と失望の表情を浮かべているのを見て、ナターシャは胸が張り裂けそうだった。

イーゴリは妻の目を見ることができなかった。

ナターシャが絶望のため息をつき、彼のほうに身を寄せた。

「わたしに話して、ダーリン。あなたの力になりたいの」

その瞬間、イーゴリはもう少しで、本当にもう少しで、彼女に話してしまいそうになった。ナターシャもそれを察したらしく、その場でじっとしている。ふたりの視線が合うと、彼はか細い声で言った。

「ああ、わかってる」

彼が口にできたのはそれだけだった。

ナターシャが信頼できることはわかっている。イーゴリにとって妻はずっと心の支えだった。たしかに彼女は気性が激しく、うっかり屋で、かなり支離滅裂だが、何よりも忠実な女性だ。ナターシャは優しいまなざしでイーゴリが話し出すのを待っていたが、その思いやりには応えてもらえなかったので、夫の気持ちに寄り添うことはできないのだとナターシャは悟った。イーゴリを苦しめているものがなんであれ、彼はひとりで耐え、乗り越えなければならないのだと。

「あなたが正しいことをする人だと知っているわ、イーゴリ。わたしたちはあなたを愛しているし、信頼している。どんなときも」

ナターシャは彼にそっとキスをして、部屋のなかへ戻った。

妻がガラス戸を閉めたとたん、イーゴリは寒さを感じた。苦悩が感じさせる寒さだ。こんなふうに秘密を抱えることは、人間にとってもっとも孤独な体験だ。この先もずっと、苦しみを抱えて生きていく運命にある。この運命を男らしく受け止め、耐えていかなければならない。それが自分の務めだ。

格納庫に警報が鳴り響き、イーゴリは陰鬱な物思いからはっとわれに返った。ほどなく出動命令が下り、彼は飛行準備を始めた。

48

緊急用発炎筒から放たれた光がツンドラ地帯に消えた頃、〈タイタンズ・セキュリティ〉の三台のスノーモービルが現場に到着した。彼らは緊急用発炎筒の光とGPS信号をたどってここまでやってきた。ロシア連邦保安庁(FSB)内にいる〈タイタンズ〉社の人間がスペツナズに誤った座標を教えたため、数分間は自分たちが有利な立場にいると知り、傭兵たちは安心した。数分あれば充分だ。彼らはこのための訓練を受けているし、元スペツナズの兵士でもあるので、ツンドラ地帯もロシア軍のやり方も熟知している。〈タイタンズ・セキュリティ〉はグローバル企業で、世界じゅうの傭兵と連携している。そのせいで傭兵の管理が大変な場合もあるが、このツンドラ地帯における任務では特殊なスキルが求められ、それを持つ者はかなり限られていた。そのため今回は、元スペツナズの兵士だけが雇われたのだ。彼らは自分の素性や出身地、誰に派遣されたのかを特定できるようなものは何も持っていなかった。万一のことがあっても、彼らの存在から雇い主を突き止められないようにするためだ。目立たずに任務を遂行し、現場から退避する。それが彼らの任務だった。そしてもし失敗したとしても、あくまでも自己責任となる。彼らがいなくなったことに気づく者はいないし、誰も責任を取ってくれない。だからこそ彼らは高額の報酬を得ているのだ。

〈タイタンズ〉社の人間によってＧＰＳ発信機が仕掛けられていたため、パイロットたちを奪還する作戦は簡単に思われた。国境付近で彼らの信号を傍受したので、奪還は計画どおり速やかに行われると彼らは確信していた。数時間のうちに現場に到着し、任務を遂行し、退避できるはずだと。そのあとでジョン・エヴァンスの身に何が起きようと彼らの知ったことではないが、〈タイタンズ〉社の〝資産管理チーム〟があとを引き継ぎ、彼をどこかに高飛びさせて新しい身分と仕事を与えるはずだ。彼は共謀者なのだから。

ノルダール少尉については現地で始末し、死体を置き去りにすることになっていた。彼女はエヴァンス少佐を国境まで連れてくるという役目を果たした。任務は単純で、傭兵たちは成功を確信していた――パイロットたちの居場所を突き止めたからには、状況を掌握できるだろうと。

ところが、イルヴァ・ノルダールもジョン・エヴァンスも見つけることができなかった。一見してわかる手がかりは風に吹き消されていたが、ジョン・エヴァンスが狼に襲われた現場の氷雪のなかには血痕がまだ残っている。傭兵のひとりが丸められた服を発見した。アメリカ空軍のフライトスーツで、サイズは四十四インチ。胸の名札には〝アメリカ合衆国空軍　ジョン・エヴァンス少佐〟と書かれていた。襟の部分を切り裂くと、〈タイタンズ・セキュリティ〉の追跡チームが縫いこんだGPS発信機のチップが見つかった。

傭兵たちは背筋を伸ばしてまっすぐに立った。ジョン・エヴァンスは自分で服を脱いだのだろうか？　低体温症で死ぬ者はそういう行動に出ると言われている。だとすると、彼はすでに死んでいるだろう。裸の人間が極寒のツンドラ地帯で生き延びられるのは、せいぜい四、五分だ。彼らはジョン・エヴァンスが五分で歩けそうな範囲を捜索した。雪のなかで凍死している彼の遺体が見つかるはずだと確信していた。しかしジョン・エヴァンスは見つからなかった。彼は消えていた。

49

イヌワシが旋回して高度をさげながら、ツンドラ地帯を飛んでいた。なめらかな羽毛を風に撫でられつつ、悠々と滑空している。

イルヴァは空を見あげてほほえんだ。あの力強い鳥は、まるで翼でツンドラ地帯を運んでいるようだ。あんなふうに空を飛び、風に乗り、獲物の上を静かに旋回してみたい。そのためには、大地とのつながりを断ち切らなければならない。地上では誰もが死に、生きとし生けるものはいずれ食べられるか腐敗してしまう。イルヴァは重苦しさと闇が体に染みこんでくるのを感じた。もう無理だ。どこかへ飛び去ってしまいたい。

インガ・マリヤとイサトは、〈タイタンズ・セキュリティ〉の傭兵たちに先を越されたことに気づき、緊急用発炎筒が発射された地点からさほど遠くないところで止まった。スペツナズももうそこまで来ているかもしれない。

インガ・マリヤはがっくりと肩を落とした。間に合わなかった。イルヴァのためにできることはもう何もない。狼のように強靱な娘を待ち受けている運命を考えるとぞっとした。イルヴァが人間のほうの捕食者に捕まってしまったら、助けることはもうできない。イサトは、徐々に日が暮れ始めた平原を捜索していた。まもなく暗くなるだろう。

イサトは一羽の鳥が獲物を狙って地平線上を低く旋回しているのに気づいた。それは、死と自然の法則を伝える静かなメッセージだった。

彼は背中を伸ばしてまっすぐに立った。

イルヴァは頭上をゆっくりと飛んでいるイヌワシを眺めた。野生的な琥珀色の目に催眠術をかけられたように、捕食者の目を通して自分自身を見ていた。地面に倒れている無力な人間の上を悠然と飛びながら、自分の命が徐々に失われていくのをはっきりと感じた。彼女は目を閉じた。

〝イルヴァ、ワシはどんな鳥よりも高く飛べるのよ。世界を見渡す目は暗がりでも見えるし、太陽をじっと見つめることもできる。決して屈することなく、どんなものもどんな人も見逃さない。だからシャーマンの使いなの。ワシの目を見れば、あなたの心に強さと勇気と明晰(めいせき)さを与えてくれるわ〟

母が言っていたとおり、彼女の故郷ではイヌワシは幸福の象徴だったのだ。少なくとも、ある人たちにとっては。

ついにイヌワシが襲ってきたとき、イルヴァは本能的に反応したが、すでに生きる目的も力も失っていた。幼い頃、ワシがトナカイに襲いかかるのを目撃したことがある。まだ子どものトナカイだった。ワシはひと息に殺してしまうようなことはせず、長くカーブしたくちばしを獲物に突き刺し続けていた。やがて子どものトナカイがぴくりとも動かなくなると、猛禽類は巨大な扇のごとき力強い翼を広げ、地上から獲物をぐいっと持ちあげて飛び去った。

50

　奇妙なことに、イヴァナは恐怖を感じなかった。まるで自分が宙に浮かび、別の世界から一部始終をじっと見ているような感覚だった。できることはすべてやった。今起きていることは、自分にはいっさい関係ない。不思議な話だが体は感覚を失い、もはや自分のものではないかのようで、音ははるか遠くから聞こえてくる。車のドアが開き、黒い服を着た男が彼女を雪のなかへ引きずり出した。車のなかで、パイロットを発見したという会話を耳にした。イヴァナはＮＡＴＯ軍のパイロットたちを気の毒に思った。彼らは何も悪いことはしていないのに。

　イヴァナは屠殺(とさつ)される子羊のようにおとなしく従った。慈悲を乞うこともせず、どんな危機が迫っているか男たちに説明するつもりもなかった。こういう連中にはどうせ理解できないだろう。彼らは命令に従って報酬を得ているだけで、個人的な恨みは何もないのだ。地面にひざまずいて、後頭部に拳銃の銃口を押しつけられながら、イヴァナは疑問に思い始めた――なぜいつも背後から人を撃つのだろう？　相手の目を見る度胸がないからだろうか？　彼らも人の子だということか？　それとも、感情に流されてしまうから？

イヴァナはこういうタイプの男たちをよく知っていた。彼らは冷酷さと残忍性という鎧と盾を身につけ、傷ついて震える少年の心を守っているのだ。誰が人間らしさを失うほど彼らを深く傷つけたのだろう？　さまざまな種類の暴力と武器は、心の奥底で恐怖に怯えて失望した子どもが、注目を集めたくて使う小道具や儀式にすぎない。愛を与えてくれないなら、尊敬を得られないなら、同情してくれないなら……おれを恐れろ！　おれを見ろ、おれを見てくれ！　見たくないなら、感じるべきだ。おれはおまえの恐怖だ、それを認めろ。おまえの命がおれしだいなら、おまえが本気でおれを恐れているなら……おれの話を聞き、おれを見て、おれを感じろ。そうすれば、おれは永遠におまえのなかにいられる。そうして初めて存在できる。おまえが苦しめば、おれはすべての力をほしいままにできる。おれが手に入れられなかった愛の代わりに。おい、おれが見えるか？

イヴァナは目を閉じた。彼女にはどうすることもできなかった。銃声があたりにこだまし、体はそのまま倒れた。数秒前までイヴァナ・ホドルコフスキー少佐だった女性は地面で息絶えた。その一部始終を彼女は別の世界から見ていた。まるで宇宙にのぼっていくような感じだった。道順はわかっている。

51

ホドルコフスキー少佐が冷静に運命を受け入れたのに対し、イルヴァはまだ勝ち目のない戦いを続けていた。イヌワシの攻撃は途切れることなく続いた。イルヴァは本能的に顔をかばったが、くちばしで皮膚を切り裂かれ、さっと手を引っこめた。顔をあげたちょうどそのとき、最後にもう一度、悪魔のようにぎらぎらした視線をとらえることができた。しかしイヌワシは頭をあげたかと思うと、空気の匂いを嗅ぎ、瞳孔を細めた。そして突然、イルヴァから離れ、飛び去っていった。

なぜ獲物を仕留めなかったのか、イルヴァには理解できなかった。ワシのような捕食者にとって、このツンドラ地帯で何度も攻撃を仕掛ける余裕はないはずだ。これほどの寒さのなかでは、カロリーは貴重なのだから。

いったい何があったのだろう?

そのとき、戦場で攻撃の合図に打ち鳴らす太鼓のような大きな音が響いた。疲れきっていたイルヴァは目を閉じた。音はどんどん近づいてきて、今度はどしんどしんという音になり、大地が揺れ、空気が震えた。イルヴァはとうとう無秩序な集団に取り囲まれ、そのまま一緒に運ばれた。

トナカイの群れが走ってきたとき、彼女は意識を失っていた。群れは川のごとくふたつに分かれ、彼女の両側をうねりながら通り過ぎた。彼女を囲んでいるのは、足並みをそろえて走る、鼻息の荒いあたたかな動物たちだ。鳥の群れやニシンの群れと同じく、未知の力によって本能的にひとまとまりになっている。インガ・マリヤとイサトは群れの真ん中でそりに乗り、牧夫たちはトナカイが群れからはぐれないようにまわりをスノーモービルで走っていた。

イヌワシが彼らを目的の場所へと導いてくれたのだ。捕食者が地上近くで旋回するのは、獲物が目の前にいる明らかな兆候で、先住民であれば誰でも知っていることだった。人間というのは理解しがたいものだが、地球は突きつめれば完全に理解できる。細心の注意を払い、兆候を正しく読み取れば、自然はいつも信頼できる存在だ。

イルヴァが目を覚ます様子はなかった。イサトが彼女を抱きあげてそっとそりに乗せても、まるで眠っている狼の子どものように横たわったままだった。彼はトナカイの毛皮でイルヴァをくるむと、すぐにそりを走らせた。トナカイは凍てつく大地を全速力で走り続けた。古い言い伝えにあるように、死者の魂を運んでいるように見えなくもなかった。

ストームから前もって知らされていたので、彼らは群れの上空を飛ぶロシア軍の偵察機にも備えていた。赤外線カメラが映し出したのは三千頭以上のトナカイの体から発する熱だけで、イルヴァを発見することはできなかった。北の大地ではこの季節によく見られる景色だった。サーミ人が、トナカイに焼印を押したり群れを分けたりするために、駆り集めることが多いからだ。夏になったら牧草地へ連れていく場合もあれば、屠殺する場合もあった。

偵察機はまだ、最後にひとり残されたＮＡＴＯ機のパイロットの捜索を続けていた。ロシア側は、彼女はこの付近にいるはずだと確信しているようだった。

国境の向こう側では、ストームが東の方角を見つめていた。刻一刻と日が暮れていくにつれ、希望も薄れていく。夜間に平原でイルヴァを発見するのはほぼ不可能だ。彼は車のシートにぐったりともたれかかり、目を閉じた。完全なる静寂が訪れた。

そのとき携帯電話が鳴り出し、ストームはそのけたたましい音ではっと眠りから覚めた。

「イルヴァを見つけたわ！」

ストームの心臓が止まりそうになった。

「えっ？」

「イルヴァが見つかったのよ」

こんなにうれしい言葉を耳にしたのは人生で初めてだった。ストームは体を起こした。集中力を保たなければならない。彼らはまだ安全ではない。もっとも危険な行程が残っている。

52

アリがストームの要望を伝えても、防衛大臣は表情ひとつ変えなかった。ローヴとNATOには知らせずにラヤコスキのノルウェーとロシアの国境まで救助隊を派遣してほしいという嘆願を、彼女は黙って注意深く聞いていた。なぜ知らせてはいけないのかと理由を問われると、アリはまだ解読中のメモリースティックの件を持ち出した。

「メモリースティックの中身は？」

防衛大臣の口調から反感と疑念を感じて一瞬ためらったものの、アリはさらに先を続けた。

「まだすべての文書を開くことができていないのですが、ノルダール大佐が――イルヴァの父親です――〈タイタンズ・セキュリティ〉から仕事を受けていたことを示唆する多くの証拠が出てきました」

防衛大臣はアリに食ってかかった。

「いつから軍人が民間の仕事を得ることが犯罪になったの？」

アリは唇を噛み、ありとあらゆる言い逃れを用意して話を続けた。

「先ほども言ったように、まだすべての文書を開いたわけではありませんが、ノルダール大佐はひそかに〈タイタンズ〉社の活動を調査していたようなんです」

防衛大臣はいらだたしげに体をもぞもぞと動かした。貴重な時間を無駄にされたと思っているらしい。

「そう。でも就職先候補の企業について調べるのは常識だと思うけれど」

「それはそうなんですが……彼は〈タイタンズ・セキュリティ〉があるテロ組織とつながっていることを突き止めたようなんです」

防衛大臣はしかめっ面でアリを見た。彼の言葉に引っかかるものを感じたのだ。

「いつの話？」

彼女が食いついたのがわかると、アリは強調するように少し間を置いてから言った。

「二〇〇一年です」

大臣は憤慨の色を隠そうともしなかった。

「二〇〇一年に、非現実的な陰謀説を耳にするたびに一クローネもらっていたら、わたしは大金持ちになっていたでしょうね」

どんどん非現実的になっていく説明を聞かされているのだから、防衛大臣の言い分はもっともだ、とアリは思った。自分は何を伝えようとしているのだろう？　大臣が腕時計に目をやった。まもなく会議が始まるので、早く話を切りあげたいのだろう。

「決定的な証拠をつかんでいるの？」

アリはおずおずと首を横に振った。

「まだです。チーム内でも選り抜きのハッカーが解読を試みていますが、今のところ一部のファイルにしかアクセスできていないので」

「あなたたちはもっと重要な仕事をするべきでは？」

「ええ、ですが少なくとも……その文書を保存した人物が、内容を知られたら自分の命が危険にさらされると考えていたのは明らかです」

防衛大臣はため息をつくと、話し合いを打ち切るように立ちあがった。

「わたしに連絡をするようノルダール大佐に伝えてちょうだい。彼と話してみるわ」

アリは目を見開いて防衛大臣を見た。**彼女は知らなかったのか？**

「それは難しいと思います」

「なぜ？」

「ノルダール大佐はノルウェー防衛司令部にすべての証拠を提出する予定でしたが、その前日に脳血栓で亡くなっています」

防衛大臣は信じられないという顔でアリを見た。ありえそうにない話だが、目の前の男は大真面目に言っているようだ。

「そのメモリースティックを解読するのにどれくらいの時間がかかるの？」

「正確なことは言えませんが、さっき申しあげたとおり、今進めているところです」

「そうね、あなたの部下たちはもっと優先度の高い仕事を抱えているわけだから。この件についてはまた今度話しましょう」

アリは退席しようと立ちあがった。

「ありがとうございました、大臣」

彼は足を止め、望みをかけるように彼女を見た。

「ところでラヤコスキのほうは？　捜索救助隊を派遣してくださいますか？」

防衛大臣はこわばった笑みを浮かべた。

「考えておくわ」

アリが去ると、防衛大臣は困った事態になってしまったと頭を抱えた。一週間前なら、アリが並べる絵空事を真剣に受け止めるどころか、彼の助言に従おうなどとは思いもしなかっただろう。しかし状況は大きく変化し、今では彼女自身も疑念を抱いていた。

ノルウェーにどんな影響を及ぼしてしまうだろう?

同盟国への報告なしに部隊を派遣し、もしその任務で問題が起きたら、アメリカとNATOからの信頼を損ね、ノルウェーを守るという約束が反故にされてしまうかもしれない。そのうえ彼女自身も手腕のなさを証明することになり、政治的な罰を受けるだろう。同盟国に報告せずに部隊を派遣して任務が成功したとしても、NATO同盟国の体面を傷つけたという理由で非難されるに違いない。さらに西側諸国と敵対する国々は、永久に続く分割統治ゲームで勝利をおさめることになる。もっとも、NATOに報告したうえでアリの絵空事が事実だと判明すれば、連合軍のなかに私利私欲のために任務を妨害しようとする勢力が出てきて、あと十二時間で勃発するかもしれない世界戦争を回避する唯一の機会を逸してしまう可能性もある。いずれにせよ、地球最後の日の時計はあと数秒で午前零時になるわけで、彼女は選択を迫られていた。

理想的な展開は、同盟国と行方不明のパイロット、そして真実と世界を救うために、NATOの指揮下で部隊が配備されることだ。たしかにこの選択肢がもっとも望ましいが……防衛大臣はこのような事態の進展の仕方に対して悪い予感を抱いた。恐るべき速さで決定が下され、重要な保障条項がないがしろにされたり覆されたりして、絶対に辻褄が合わなくなるのだ。それでも、ローヴ将軍がこの件に関与しているという話は彼女には信じがたかった。何しろ、彼はもっとも冷静沈着な態度を示し、ロシアに対して穏便な回答をすることに積極的だったのだ。さらに彼は〈タイタンズ・セキュリティ〉から匿名の元ロシア軍のエリート兵士を派遣し、パイロットたちを捜索させることを申し出た。兵士たちの出どころがノルウェーやNATOだとわからないようにするために。ノルウェーもNATOも、そんな任務を許可するわけにはいかなかったからだ。結局、ローヴ将軍が実際に提供したのは、現代の戦争においてもっとも狡猾な武器である〝もっともらしい否認〟だった。

この状況は、どことなく二〇一一年を彷彿とさせた——もともと平和を愛するノルウェーが、リビアへの空爆を携帯電話のメールによって決定したときのことを。あれほど性急でずさんな決定が下された理由は、金曜日の午後だったため、代わりの解決策を議論する時間がなかったからだった。なぜなら、誰もがパブへ出かけようとしていたから！　当時、ニューヨークの国連職員だった彼女は、衝撃と恐怖を覚えながら自宅で成り行きを見守った。こんな理由で戦争を始めるなんて、ノルウェーは平和国家としての名声をどうやって回復するつもりなのだろう？　援助か貿易かをテーマとした会議で出会ったアフリカ人の人権活動家は、ノルウェーの外交政策について、いじめっ子がクラスで一番弱い子を痛めつけるのに手を貸したあとに、その子を慰めるためにお菓子を買う金を渡すようなものだと不満げに言っていた。とはいえ、終わったあとでもっともらしいことを言うのは簡単だ。結局のところ、そのときに持っている情報に基づいて行動しなければならない。もっと悪ければ、その情報を持っていないと自覚している場合もある。

　わざと目をつぶっていたにせよ、単に知らなかったにせよ、すんだことはもう取り返しがつかないのだ。

　当時、彼女は憤懣（ふんまん）やるかたない思いを抱いたものだが、今も似たようなジレンマに直面していた。解決不可能と思われる難題を一挙に解決しなければならない。しかも時間厳守で。

最優先すべきは、西側防衛同盟の結束を維持すること。国内的にも国際的にも団結しなければならない。作戦の司令部はブリュッセルのNATO本部に移されたが、彼女はまだチームの一員であり、チームプレーは昔から得意だ。それにしても、なぜ今になって疑念を抱いたのだろう？　その瞬間、彼女は果てしない葛藤の渦に巻きこまれながら、流血への欲望と、自分を焼き尽くすほど激しい怒りというものを理解した。しかし平静を保った。自分が何をすべきか、わかっていた。

53

高圧電流の流れる有刺鉄線が張られた国境の柵の向こうのロシア側に、〝地雷〟という標識がはっきりと見えた。ノルウェーとロシアの国境地帯に地雷が埋められていても、ストームは驚かなかった。ノルウェー・ロシア間の約百九十六キロメートルにも及ぶ境界線をこっそり越えるのは難しいことだ。ヤコブ川とパスヴィク渓谷が天然の障害物となり、広い立入禁止区域から成る地上国境は、電気柵によって警備が強化されている。地雷は、パスヴィク渓谷の南西にある柵のあいだの立入禁止区域に敷設されていた。

ストームとアリはあらゆるハッキング技術を駆使し、地雷の推定数と敷設パターンが予想できるかどうかを調べた。しかし残念ながら、その付近一帯に爆薬がばらまかれているということがわかっただけで、それ以上の情報は何も得られなかった。その地雷原は、ロシア軍が一九四五年にコラ半島と東フィンマルクからドイツ軍を追い出す際に、別れの挨拶として国境地帯に埋めたものなのか——つまり第二次世界大戦の遺物なのか、あるいはもっと最近になって埋められたものなのか、それさえもわからなかった。ひとつだけたしかなのは、イルヴァが無事にノルウェーへ戻るためには、その地雷原を越えなければならないということだった。

もうひとつの問題は、柵の両側にセンサーが取りつけられていて、触れると警報が鳴り、国境の両側から警備隊員が集まってくることだ。つまり、柵を切断して立入禁止区域に入ったら、柵と柵のあいだの六百から七百メートルの距離を、わずか三分足らずで移動しなければならないということだ。考えている時間はなく、たったひとつのミスも命取りになる。

ロシアの国境警備はFSBの管轄で、彼らが定期的にパトロールしていることをストームは把握していた。どの警備隊がどこの区域をいつ巡回するかが記された予定表もなんとか手に入れた。イルヴァを助けるためにできることは、国境を越える絶好のタイミングを伝えることくらいしかなかった。

いや、それだけでは足りない。六百メートル走の女子の世界記録は一分二十秒強だが、それはコンディションが良好な場合だ。運がよければ、イルヴァなら三分もあれば問題ないとはいえ、彼女はひどいけがを負っていて、コンディションは最悪だ。しかも地雷原を越えなければならないのだ。どうやったってうまくいくはずがない。そもそも、イルヴァがそれを試みるべきなのかどうかもわからない。北極圏の氷の地獄で五日近く過ごしたあとで、動ける人はほとんどいない。ましてや、地雷を避けながら六百メートルも全速力で走るなんて無理に決まっている。

ストームは絶望感に襲われ、自分の無力さを思い知った。イルヴァに地雷原を走らせるわけにはいかない。自殺行為に等しい。しかし彼女がロシア側にいてもそれは同じで、捕まるのは時間の問題だ。ストームはスペツナズの兵士たちのやり取りをハッキングし、iPadで常に最新情報を入手していた。彼らはパスヴィク渓谷の南側の国境地帯へ向かっている。あれこれ考え合わせた結果、イルヴァがそこから国境を越える可能性が高いと判断したらしい。迷っている時間はない。行動に出なければ。

六百メートル。イルヴァとの距離はたった六百メートルしか離れていないのに、彼にはどうすることもできないのだ。スペツナズに捕まるか、地雷を踏むか、どちらにしても成り行きを見守るしかない。どちらのほうがより悲惨なのか、ストームにはわからなかった。

国境の向こう側では、インガ・マリヤがイルヴァの体力回復に努めていた。イルヴァは今、あたたかいトナカイの上着にくるまれ、これが最後の食事であるかのようにビドを頬張っている。もしかしたら本当にそうなってしまうかもしれないと思い、インガ・マリヤは暗澹たる気持ちになった。イルヴァにサーミ人の服を着せたので、もしロシア人に呼び止められても、サーミ人のひとりだと思いこませることができるかもしれない。何しろ、イルヴァは実際にサーミ人の血を引いているし、ロシア語もサーミ語も流暢に話せるのだから。しかしその一方で、彼女はロシアの最重要指名手配リストに載っている。顔をひと目見れば、彼らはすぐに気づくだろう。つまり、自分たちと一緒にいてもイルヴァは長く生き延びられないことをインガ・マリヤはわかっていた。

イルヴァは食事を口にしたおかげもあって、体温を取り戻した。インガ・マリヤから携帯電話を渡され、電話の向こうからストームの声が聞こえた瞬間、彼女は必死に涙をこらえた。お互いに伝えたいことを伝え合うのは難しかった。時間もなかったため、妙にぎこちなく堅苦しい会話になってしまった。選択肢を提示するトスームの声は落ち着いているように聞こえた。

「イルヴァ、きみは自力で国境を越えてノルウェーに入らなければならない」

なんとかやれそうな気がしたので、彼女はうなずいた。

「わたしたちは立入禁止区域の近くにいるの。準備はできているわ」

ストームは黙ったままだ。彼が何か言うのをためらっているの感じて、イルヴァは戸惑った。

「あなたもそこにいてくれる？」

ストームの目に涙があふれた。

「ああ、イルヴァ、ここにいるよ」

イルヴァは安堵のため息をついた。ストームがそこにいて、彼女を待ってくれている。大丈夫、六百メートルなんてたいしたことない。やる気がわいてきた。ところが電話の向こう側でまたしても奇妙な沈黙が流れた。

「でも？」

運が尽きたことを最愛の人にどう伝えるべきか、ストームは葛藤した。

「イルヴァ、ひとつだけ知っておいてほしいことがある」

「何？」

「国境の柵に挟まれた地帯には地雷が埋まっているんだ」

「地雷ですって！」

どうやって立ち向かえばいいのだろう？　ショックと怒りと恐怖が同時に襲ってき

たが、イルヴァは平静な声を保った。

「どこに地雷が埋まっているか、わかっているの？」

ストームは咳払いをした。

「いや、わからない」

イルヴァはがっくりと肩を落とした。やみくもに地雷原を突っ走ることはできない。そんなの自殺行為だ。ほかのすべてと同じように、狂気の沙汰だ。

「わかった」イルヴァは言った。「やるわ」

落胆する彼女になんと声をかけていいかわからないまま、ストームは渋々電話を切った。

国境の向こう側では、イルヴァは押し黙ったまま立っていた。足元がぐらつき、筋肉が弱って体が鉛のように重い……けれど、心臓は早鐘を打っていた。姿が見えそうなくらいすぐ近くにストームがいるのだ。

ストームはイルヴァの母親に電話をかけた。彼女の娘を見つけたことを伝える義務があると思ったからだ。

「どうやって国境を越えさせるつもりなの？」知らせを聞くや否や、メアリーは強い口調できいた。

ストームは黙りこんだが、メアリーは引きさがろうとしなかった。

「国境は地雷だらけだって知っているでしょう」

「ええ」

メアリーは立っていられなくなり、少しのあいだ腰をおろした。彼女は自分のまわりで起きていることを頭から追い出すために、毎日エルと一緒に外へ出て、家畜の世話をしていた。そのおかげで太古の昔から変わらぬ自然の静けさを再発見し、思考が明瞭になった。自分の感情を鎮めて、穏やかな気持ちのまま生きることができるようになったのだ。

「彼らは戦争中、トナカイを使っていたわ」メアリーは言った。

「えっ？」

「戦時中に地雷原を通らなければならないとき、トナカイを先に走らせて地雷を爆発させていたの」

ストームは顔をあげた。一瞬心臓が止まったあと、ふたたび激しく高鳴り始めた。

彼は情報をくれた礼もそこそこに電話を切った。これならうまくいくかもしれない。

ただし、インガ・マリヤとイサトが承諾してくれればの話だ。彼はすぐにインガ・マリヤに電話をかけた。

電話に出た彼女は話を聞いて落胆した。トナカイを使う？　恐怖と苦痛のなかで死なせるために、トナカイを地雷原に送りこまなければならないの？　それが唯一の希望なのだとストームは説明した。

ストームの話を聞きながら、インガ・マリヤは群れに目をやった。一頭一頭が彼女の一部で、本能的に守るべき存在だった。トナカイの群れは彼らに属しているが、彼らもまた群れに属していて、みんなが生命の輪の一部なのだ。トナカイを殺すのは、耐えがたい苦しみを終わらせてやるためか、食べるためだけだ。人間がトナカイを守り、快適な暮らしを与えてやる代わりに、トナカイは命を捧げてくれる。こんなに臆病で感情的な動物を地獄のような戦場に送りこむなんて、とうてい無理な相談だ。そんなことができるわけない。

イルヴァはというと、真っ青な顔で国境の柵を見つめていた。すでに夕闇がおり始め、彼女はあきらめかけているようだ。

イサトがイルヴァに近づいて肩に手をまわすと、彼女は倒れこむように彼にもたれかかった。インガ・マリヤはイサトを悲しませることになるとわかっていたものの、いざとなれば夫は理解してくれるだろうとも思った。

イルヴァに国境を越えさせなければならない。

数分後、準備ができたイルヴァはサーミ人の家族とともに国境のロシア側に立ち、ノルウェー側で待つストームのほうを見た。アリから連絡がないということは、救助隊を派遣するように防衛大臣をなかなか説得できずにいるのだろう。イルヴァは柵に近づき、彼女たちを隔てている地雷原をじっと見つめた。地面は厚い雪に覆われ、見渡す限り誰の足跡もついていない。ふたたびストームのほうにちらりと目をやった。六百メートル、たったそれだけだ。インガ・マリヤが差し出した携帯電話を受け取ると、ストームと電話がつながっていた。

「準備はいいかい？」

イルヴァはうなずいた。ほかに選択肢はない。

ストームがためらうことなくノルウェー側の柵を切断すると同時に、イサトもロシア側の柵を切断した。インガ・マリヤと牧夫たちはトナカイたちを地雷原のなかへ追い立てた。怯えた動物たちが柵と柵のあいだの立入禁止区域に逃げこむと、イルヴァもそのあとに続いた。

彼女は国境地帯に入った。最初のうちは静かで、軽やかに雪を踏む蹄の音以外は何も聞こえなかった。

しかし次の瞬間、最初の爆発が起こった。

一頭のトナカイが地雷を踏み、どかーんという音とともに爆発した。その衝撃でイルヴァは地面に投げ出された。煙と血と雪が宙で混じり合い、ゆっくりと地面に落ち、彼女の上に降りかかる。ひどい耳鳴りがし、煙で目が痛かった。数頭のトナカイがパニックを起こして駆け戻ろうとした。イルヴァが体を丸めて頭をかばった瞬間、動物たちがまた地雷を爆発させた。爆発の衝撃で地面が揺れ、もっと多くの血と煤と煙が彼女に降り注いだ。イルヴァは立ちあがったが、方向がわからなくなっていた。耳鳴りはおさまるどころかますますひどくなり、遠吠えのように聞こえた。

最初のトナカイが走った場所を確認し、その足跡を追って弾孔までたどり着く。振り返ると、最初の十五メートルを進んでいた。

インガ・マリヤは柵と柵のあいだに、さらにトナカイを誘導した。

イルヴァのすぐそばでまた地雷が爆発し、ぎりぎりのタイミングでどうにか地面に身を投げ出し、激しい圧力波をかわした。煙がもうもうと立ちこめ、血まみれの肉片が飛び散って毛布のように彼女の上に着地する。不気味な静寂が漂っていた。そのとき、彼女のそばで地雷が音もなく爆発した。イルヴァは地面の振動しか感じなかった。

もはや頭のなかでけたたましく鳴っている口笛のような音以外、何も聞こえなかった。

　パニックを起こしたトナカイたちが彼女と同じように方向を見失い、逃げまどっている様子が視界の隅をかすめた。この混乱のなかで自分のいる位置を知るのは不可能だ。爆発の炎が黒い煙霧を照らしているが、イルヴァも方向感覚を失っていた。どちらへ向かって走ればいいのだろう？

　これこそが戦争なのだと、イルヴァは思った。

　父の死後、母とふたりで遺品を整理していたら、鍵のかかった引き出しの奥からコソボでの目撃証言がまとめられたフォルダーが出てきた。どうやら父は、自分が勝利に貢献したボスニア紛争の報告書や記録映像を集めていたらしい。父があの紛争について話したことは、イルヴァの覚えている限り一度もなかった。コソボ紛争以降、父の口数がめっきり少なくなったことから、あの紛争が父にとっての転機だったのだと気づいた。それですべてが腑に落ちた。一九九九年に何かが起こったのだ。

　イルヴァは父が集めた写真を見たり、残酷な戦争の描写を読んだりした。たしかに恐ろしかったけれど、それらは父や自分とは無縁のもので、別の世界で起きた他人事（ひとごと）にすぎなかった。父がどのような経験をしたのか知らなかったし、戦争の悲惨さを伝えるほかのニュースと同じに思えた。

さらに地雷が爆発する。イルヴァは悲鳴をあげた。

またしても強い衝撃を受けた。痛みに対処することはできても、まったく無秩序な爆発と、次の一歩で何が起きるか予測できない状態には耐えられなかった。呼吸をするたびに一歩ずつ死に近づいていく。これは最低の悪夢だ。イルヴァは昔から、誰かのひねくれた気まぐれや移り気に翻弄されるのが大嫌いで、自分ではどうすることもできない状況や予測不可能な展開は、何よりも避けたいことだった。

死んだほうがましだ。そうすれば戦いは終わる。ここでやめることもできるのだ。その気になれば、今すぐ選ぶことができる。

立ちあがって地雷原を走り抜け、しまいには地面が爆発し、雪の上に自分の血が降り注いだからってどうだというの？

ストームは柵の向こう側に立ち、国境地帯で展開されている地獄絵図を固唾をのんで見守った。混乱のなかで、イルヴァががっくりと膝をつくのが見えた。絶望的な気持ちになり、無理やり彼女から目を背け、爆発した地雷の配置を観察すると、爆発が起こらなかった場所もあることに気づいた。敷設パターンを推測できないだろうか？

さほど遠くない場所を戦闘機が低空飛行していた。ロシア側から飛び立って国境地帯へ向かっているイーゴリのフルバックだ。彼は脈が速くなるのを感じた。NATO機のパイロットがラヤコスキ付近のノルウェーとロシアの国境地帯で発見されたため、彼が射殺命令を受けたのだ。絶対にノルウェーへ行かせてはならない、と。

ストームは機体を目で確認する前に音に気づいたが、それでも自分とイルヴァのあいだで爆発している地雷に注意を戻した。この敷設パターンがノルウェー側まで続いているかどうかは定かではない。ここまで無事に逃げきったトナカイがまだ一頭もいないため、自分の推測を信じるしかない。彼は最初の一歩を踏み出した。爆発しない。さらにもう一歩。何も起こらない。

イーゴリは上空を飛びながら、地雷原にいるイルヴァとストームを観察した。イルヴァを見たとたん、イーゴリの心は沈んだ。やはり彼女だ。あの空中戦に参戦したパイロット。彼女がイーゴリの流血への欲求を刺激したのだ。背の高い男が彼女に向かって歩いている。あれはもうひとりのパイロットだろうか？　彼女と一緒にここまで来たのか？　現状を報告すると、ただちに射殺するよう命じられた。

イーゴリは轟音をあげながら彼らの頭上を飛んだ。ストームはどこを歩くべきかイルヴァに伝えようとしたが、彼女には聞こえていなかった。けれど彼女には、ふたりのあいだの地面にできた地雷の弾孔が見えていた。顔をあげると、ストームがこちらへ向かって地雷原を歩き続けていたので、イルヴァも立ちあがった。彼女は弾孔から弾孔へと身を投げ出し、先へ進み始めた。

イーゴリは機体の向きを変えた。今こそチャンスだ。これで悪夢を終わらせることができる。アドレナリンが出て完全に冷静になり、ターゲットが見えてきた。イーゴリはターゲットをロックオンした。

射撃の準備は整った。

イルヴァは極度の疲労によって体がふらふらした。まるで激しいストロボを浴びているみたいに目の前がちかちかするのだ。ストームが何か叫びながらノルウェー側の国境を指さし、こちらへ向かって走ってくるのがかろうじて見える。

彼だ、彼が来てくれた。

そのとき地雷が爆発し、ふたりのあいだに煙が立ちのぼり、すべてが真っ黒になった。

何も見えなくなり、イーゴリは悪態をついた。もう一度仕切り直さなければならないが、機体を旋回させてから戻ってきても、煙が消えればまだターゲットを射程圏内におさめられるだろう。

ストームはいちかばちかで残りの数メートルを走り抜け、ようやくイルヴァのもとにたどり着いた。彼女は煙のなかに立ち、ショックを受けた目で宙を見あげていた。飛行機の音を聞いたのだろうか？

彼はイルヴァの手をつかんだ。煙がもうもうと立ちこめていても、雪の上に残っている自分の足跡を見分けることはできた。ふたりをノルウェー側の国境まで導いてくれる道標だ。

イルヴァは自分では決断できない状態に陥っており、先へ進むのを拒んだ。ストームは彼女の目をじっと見つめた。

「ぼくを信じてほしい」

イルヴァはためらいを覚えた。そんなふうに感じる自分がいやだった。

「ぼくを信じて」ストームはもう一度言った。

彼女はうなずいた。

もうためらいは感じなかった。ふたりは互いにしがみつきながら、ストームが雪に覆われた地雷原に残してきた足跡をたどって駆け戻った。

イーゴリは引き金に指をかけたまま、イルヴァとストームが煙で覆われた地雷原を影のように走る姿をとらえた。ここから先はノルウェー側の国境地帯だ。今のところ、地雷を爆発させずに生きてそこまでたどり着いたトナカイはいないらしい。

彼は引き金に指を滑らせた……ふたりに照準を合わせる。これは自分の名誉を守り、嘘をなかったことにするまたとないチャンスだった。

そのとき、イーゴリの心は今まで味わったことのない静けさに満たされた。確信が芽生えたからだ。一点の曇りもない確信が。いや、それ以上に喜びを感じた。このうえない喜びを。彼は深呼吸をした。なんてすばらしいのだろう。この悪夢が始まって以来、初めて深く呼吸をし、イーゴリは完全に満たされた。

地上ではまだ地雷が爆発していたが、イルヴァの輪郭を確認することができた。よし、これでぼくの勝ちだ。安堵感が押し寄せたあと、冷静な判断力に取って代わられた。

〝あなたが正しいことをする人だと知っているわ、イーゴリ。わたしたちはあなたを愛しているし、信頼している。どんなときも〟

その日の朝、ナターシャから言われた言葉がイーゴリの心を満たし、彼女の存在を感じることができた。

彼女が本心からそう言ったことはわかっていた。家族が彼を信頼しているのと同じように、イーゴリも家族を信頼しているからだ。この思いだけはこの先もずっと変わらないだろう。これがすべてだ。信頼。だからこそ、この悪夢にひどく打ちのめされたのだ。彼らの信頼を裏切ってしまったから。

しかし今の彼は、家族の信頼に値するだろう。それがわかっただけでもよかった。イーゴリは毅然とした表情で引き金から指を離し……イルヴァとストームが恐怖に怯えながら走り抜けている地雷原の上空を通過した。

ストームとイルヴァは、ロシア軍の戦闘機が最後にもう一度低空飛行する轟音を聞いた。しかしその直後、戦闘機は煙のなかに消え、ロシアのツンドラ地帯へと戻っていった。

イーゴリは混乱した国境から離れ、夜の青い闇のなかを飛んだ。彼はもう怯えていなかった。やましいことも、恐れるものも何もない。イーゴリは家路についた。

54

間一髪だったが、ローヴはようやく安堵のため息をつくことができた。危機は回避され、世界は落ち着きを取り戻し始めている。イルヴァ・ノルダール少尉の帰還後、ローヴにとっては非常につらい日々が続いた。彼女の報告は……なんというか、まったく役に立たなかった。ジョン・エヴァンス少佐の支離滅裂なたわごとが公になったところで誰の得にもならなかったし、ローヴは自分に対する批判の声に蓋をするために、かなりの資源と政治資金を費やすことになった——具体的に言えば、〈タイタンズ・セキュリティ〉と彼自身がF-16の事故に一枚嚙んでいたことに対して。

さらに運が悪かったのは、〈タイタンズ・セキュリティ〉の少々特殊な顧客層が表沙汰になったことだ。世の中は公平ではなく、彼の業種においては、善人だけと取引していたのではやっていけないということを世間はなかなか理解してくれない。実社会では、支配と資源の使用権利がすべてで、誰もが食物連鎖のなかで自分の居場所を求めて争っている。人間も捕食者であり、ほかの動物界と同じように食うか食われるかの選択を迫られているのだ。今さら弱者に同情的なリベラル派を気取っても手遅れだ。もし同情的なリベラル派になっていた可能性があるとしたら、一九六一年にドワイト・D・アイゼンハワーが軍産複合体の不当な影響力に警鐘を鳴らしたことに感銘を受け、とっくにそうなっていただろう。若き理想主義者だったジョージ・ローヴは、大統領が退任演説で警鐘を鳴らすのを聞いた。しかし、人々が地球の資源を枯渇させながら略奪と大量殺戮を繰り返すのを見ているうちに、人生はゼロサムゲームだという結論に達した。つまり、勝者と敗者しか存在しない。彼は勝者になることを選んだ。

　権力には金がついてくるし、金には権力がついてくる。それは徐々に定員が減っていく、閉鎖的なシステムだ。ローヴがルールを作ったわけではないが、彼はこのゲームがすごくうまかった。世界各地の非課税地域（タックス・ヘイヴン）から〈タイタンズ・セキュリティ〉へ、さらに彼個人への金の流れに関する情報はもともと公開されていた。しかし、会社と彼自身がテロリスト組織や犯罪ネットワークと関連があることを裏づける大量の文書までインターネット上に流出したのだ。さすがにこれはまずかった。言うまでもなく、ダメージを最小限に食い止めるための行動に出なければならなかった。ローヴは悪さをして叱られた子どものような顔でマスコミや各国首脳と向き合い、潜在的な顧客の身元調査に関する社内手順を見直すと約束した。〈タイタンズ・セキュリティ〉は透明性の高い企業を目指すという印象を与えなければならなかった。昨今の政治情勢では、そういうことが求められるのだ。

不道徳な行いを批判され、大企業が事態を深刻に受け止めている証拠を見せろという声があがれば、誰かが犠牲にならなければならない。あらゆる階層の責任者の首が飛ぶことになるだろうし、スケープゴート探しはすでに始まっている。

〝混乱によって世間の気勢をそぐ〟――唯一の有効な戦略は情報支配だ。そのために社員が解雇され、誰がいつミスをしたかという情報が流された。マスコミはそれらを鵜呑みにし、世間の関心はあっという間にローヴや株主や顧客から、システムエラーや居眠りしていそうな出来の悪い中間管理職へと移った。

ローヴは今、記者会見場の最前列に座り、NATO事務総長が演壇にあがるのを眺めていた。彼が準備を手伝った声明をこわばった声で読みあげる事務総長の上唇に玉の汗が浮かんでいる。どうやらこの状況に心を動かされているらしい。戦争は回避され、平和がもたらされた。この場にいる人たちが安堵しているのが手に取るようにわかった。

55

イルヴァは記者会見とその後のマスコミ報道を病院で見ていて、不信感を募らせた。記者会見が終わると、どのチャンネルでもジョン・エヴァンスの話が繰り返し報じられた。ＮＡＴＯの戦闘機Ｆ‐16とロシアのフルバックが接近飛行中に接触した。悪いのはジョン・エヴァンスで、精神が不安定だったＮＡＴＯ機のパイロットがミスを犯したのだと。

いったいどうやったらそんな話をでっちあげられるのだろう？

誰の利益（クイ・ボーノ）になるのか？　得をするのは誰？

真実には誰も関心がないようだった。ストームが見つけた証拠によると、Ｆ‐16の事故だけでなく、ノルウェーへのサイバー攻撃とアレクセイ・ガルバ殺害についても、〈タイタンズ・セキュリティ〉の下請け会社が実行していたらしい。充分に試行を重ねた見事な戦略だった。恐ろしい暴力シーンを自ら演出したうえで、国は絶対的な権力を誇示し、行動を起こす意思を表明するべきだと国民が要求するように仕向けるのだ。

しかし、国民が求めたのは安全だった。それに誰も第三次世界大戦に勝とうとは思っていないことを、政治指導者たちも知っていた。どちら側も相手を全滅させる力を備えているものの、戦争を外部委託（アウトソーシング）するのが最近のトレンドなのだ。

問題は、ストームがローヴと〈タイタンズ〉社の関与を証明しようとしたときには、すでに隠蔽工作が行われていたことだ。ノルウェーの防衛大臣は、アリから得たすべての情報にローヴがアクセスできるようにした。するとあろうことか、イルヴァの母がストームに渡したメモリースティックに入っていたファイルまで消えてしまった。さらに消されるどころか誇張されたのは、神経衰弱に陥ったジョン・エヴァンスの悲惨なエピソードだった。墜落事故、リビアでの拘束、心的外傷後ストレス症候群（ＰＴＳＤ）の診断、深刻な依存症、妻への暴行などが暴露されたのだ。リビアでの体験が彼の精神的負担になっていたのだから、ＮＡＴＯは教官として働くことを許可するべきではなかった、と。〝誰か〟が彼に報酬を払い、ロシア側と事件を起こさせたという疑惑は、あまりにばかげているので公表されなかった。信じがたい話であるうえに、論拠に乏しかったのだろう。

ロシア大統領もＮＡＴＯ事務総長も危機が去って満足しているようだった。両国とも今回の事件をうまく切り抜け、ますます強さを増大させた。彼らは冷静な態度を保ち、記憶に残る結果を残すことに貢献した。こうして世界はまわっているのだ——今のところは。

エピローグ

イルヴァとストームがテキサス州に着いてレンタカーからおりたとき、熱を帯びた空気はゆらゆらと揺れていた。何もないところにぽつんと立っている小さな家の前に車を乗りつけると、母娘（おやこ）は家の前で彼らを待っていた。

ジョン・エヴァンスの娘は、長身の男性と一緒に車からおりてきた女性をひと目見て、すぐにイルヴァだとわかった。彼女のことはテレビやインターネットでよく目にしていたし、イルヴァ・ノルダールを知らない人はいない。悲しいかな、父のことを知らない人がいないのと同じように。もっとも、父は恥ずべき存在だけれど。

数分後、壊れた古い腕時計が娘の華奢（きゃしゃ）な手のひらに置かれた。時計の針は止まっている。少女が古い腕時計をそっと握り、胸に押し当てるのをイルヴァはじっと見守った。彼女の唇は震え、目には涙があふれていた。

傷ついた心は激しく脈打っていたが、少女は何も言わなかった。言葉が喉の奥につかえて出てこなかった。母親と見知らぬ人たちの前で泣きたくなかったので、黙って悲しみをのみこんだ。父の時計の針が止まった九時十三分には、リアは算数の勉強をしていた。そして彼女がその日の授業を終えたとき、父の乗った戦闘機はシベリアに墜落していた。シベリアとテキサスでは八時間の時差があるが、それは重要ではない。時計は真実を語り、彼女がすでに知っていることをはっきりと教えてくれた。父は永遠に戻らない。帰らぬ人となった。時計はそこで止まっていた。すべてはこれまでどおり続くけれど、人生はもう今までとはまるで違う。

ジョンはノルウェーへ戻るために必死に戦っていたとイルヴァが話すのを、リアとキャスリンは黙って聞いていた。ジョンは彼女たちのもとへ戻ろうとしていたのだと知ると、キャスリンは泣き崩れたが、リアはじっと座ったままだった。

イルヴァが話している男性に最後に会ってからずいぶん時間が経ったような気がした。父のことを必死で思い出そうとしていたのに、もうこの世にいないのだ。イルヴァは文字盤の裏側に刻まれた数字をメモするようキャスリンに言った。これは銀行の口座番号のはずで、このお金でふたりが暮らしていけるようにジョンが取り計らってくれたのだと、彼は最後の最後までふたりのことを気にかけていたと伝えた。

リアの気持ちを見抜いたように、イルヴァは少女を見つめた。まるで口に出せない秘密を共有しているように。

「あなたと同じ年の頃に、わたしも父を亡くしたの」イルヴァは言った。「死んだ理由は同じだけれど、死に方は違っていた」

リアは冷たい空虚感に襲われた。嘘だ、そんな話は信じない。お父さんは死んでなんかいない。もうすぐ帰ってくるのが彼女にはわかる。ドアから入ってきて、大声で笑いながら彼女を抱きあげ、足先がじんじんするまで振りまわすのだ。

「お悔やみ申しあげます」イルヴァが言った。

ほかになんと言えただろう？

リアはそれ以上話を聞くのが耐えられなかった。ほほえみと優しい言葉は彼女を慰めるためだとわかっていたが、かえって腹立たしいだけだった。

リアは古い腕時計を胸元でぎゅっと握りしめた。ひんやりして異質な感じがした。その瞬間、父の姿が脳裏をよぎった——森を走り抜け、薪を割り、暖炉に薪をくべ、火にかけた鍋の中身をかき混ぜ、テレビを観ながら母の足をマッサージし、シンクを修理し、風呂をわかし、釣竿（つりざお）を組み立てる姿が。父の手と目と声は覚えていた。けれど、寝る前に上掛けをきちんとかけたあと、強く抱きしめてくれたときのあたない気がした。

たかい笑顔は忘れなければならないだろう。忘れなければ、もう二度と幸せにはなれ

落ち着きを取り戻したキャスリンが、レモネードの入った大きな水差しとグラスを四つ持ってきた。彼らがポーチに座っているあいだに、生き物のいない砂漠の上で揺れていた熱気が、ジョンが二度と帰ることのない家のほうまで這い寄ってきた。

ジョンがどれほど彼女たちを気にかけ、どんなふうにふたりのことを語り、最後の最後までどれほど恋しがっていたかというイルヴァの話は、日が沈んだあともふたりの心をあたためてくれた。言葉が尽き、もう話すことがなくなっても、彼らはポーチにとどまった。家の上に見える暗い空に、小さな光がひっそりと散らばっていた。

砂漠の砂が青白い月明かりに照らされて白く揺らめいている。イルヴァの意識はツンドラ地帯へと舞い戻った。わたしが決着をつけてみせるわ、ジョン。イルヴァは胸の内でつぶやいた。絶対に忘れるものか。これは終わりではない。まだ始まったばかりだ。

著者の告白

二十年以上にわたって映画とテレビ番組の脚本・監督を手がけてきたわたしにとって、小説を書くということは、かなり新鮮な体験でした。「映画が固形スープの素なら、小説は一頭の牛だ」と言ったのは、たしかヘミングウェイだったと思いますが、なるほどとうなずけます。映画の脚本に比べて、小説ははるかに多くのフィクションをおさめることができるからです。

『メーデー　極北のクライシス』は、北極圏においてロシアとＮＡＴＯの地政学的対立が始まる危険性が高まっていることを出発点としています。このアイデアを思いついたのは、*Operation Arctic*（邦題『サバイバル・ランド』）の撮影中でした。わたしたちはＮＡＴＯの演習中にボードー空港で撮影をしていたのですが、滑走路に立つわたしたちのそばで、Ｆ‐16が次々と離陸していきました。ボードーは演習に参加している戦闘機パイロットでいっぱいで、わたしはそのうちの何人かと会話を交わすようになりました。

彼らの話によると、ノルウェーとロシアの国境ではたびたび、ロシアの戦闘機と緊迫した接近飛行が繰り返されているとのことでした。それを聞いてわたしは思いました……もし墜落事故が起きたら？

本書の執筆中、さまざまな方から貴重なアドバイスを得ました。それぞれの分野のノルウェーでの第一人者の話を聞いて学ぶことは、それ自体が心躍る体験でした。

まず最初に、わたしの担当編集者であるクヌート・ゲルベルに大きな感謝を伝えたいと思います。執筆開始時から今あなたが手にしている本ができるまで、ストイックなまでの忍耐力で原稿の進捗を見守り続けてくれました。

ボードーでNATOのパイロットと短い会話を交わしたあと――残念ながら彼らの名前は思い出せませんが――著名なスヴェルドラップ兄弟（ウルフとビョルン）が登場してくれました。わたしが一番学ぶべき分野の知識と経験を持つふたりは、わたしにインスピレーションを与え、この作品が正しい方向へ向かうようにさまざまな提案をしてくれました。また、元ノルウェー航空管制局のヘリコプター部門の責任者で、ノルウェー軍のヘリコプター操縦士ゲイル・ハムレも友好的に議論できる相手として力になってくれました。ゲイルは映画*Operation Arctic*にも大きな貢献をしてくれましたが、『メーデー　極北のクライシス』に関しても惜しみなく的確な助言を与えてくれました。

作家のなかでもっとも偉大な英雄のひとりであるトルキル・ダムハーグを執筆の相談役としてクヌート・ゲルベルから紹介されたとき、正直言って恐縮し、緊張しました。しかし、この作品を書き始めた当初から完成にいたるまでのトルキルの厚意と思慮深い指導のおかげで、作品の完成度が格段に向上しました。わたしは新人作家であり、あなた以上のよき師は望めなかったでしょう。編集長マリアン・フューゲルソ・ニルセンと、クリムクルッベン社の編集者アーニャ・ラルム、デザイン担当のミリアム・エドモンズ、カペレン・ダム・パブリッシング社のみなさんの心からのサポートと信念と信頼にも感謝を表します。

さらに、ノルウェーでもっとも優れたロシアとプーチンの専門家であるベルンハルト・モア氏にも感謝申しあげます。原稿を通読したうえで建設的な意見を述べてくださり、大変助かりました。最後の土壇場でハンス・ウィルヘルム・スタインフェルド氏からも洞察に満ちた意見をいただき、単なる誤解が核戦争を引き起こす危険があることを強調するという着想を与えてくださいました。その顕著な例が、一九八三年にスタニスラフ・ペトロフが賢明にも核戦争の危機を回避した事件で、スタインフェルド氏の著書*Putin*でその詳細が述べられていて、わたしも『メーデー 極北のクライシス』の百五十一ページで触れています。

わたしはここ数年、ノルウェー国営放送(NRK)と外国の映画制作会社のためにカウトケイノ村で行っていた撮影が楽しくてしかたがありませんでした。風景、文化、サプミの人々(サーミ人のことをサーミ語でSapmi(サプミ)という)は、わたしに忘れられない印象を与えてくれました。わたしたちは世界じゅうの先住民が大切にしてきた知恵を守り、耳を傾けるべきだと思います。親愛なる友メアリー・サーレにも感謝しています。彼女はサーミ人の生活について自らの体験を語ってくれ、国立サーミ劇場で行われた感動的な公演にも招待してくれました。また、サーミ人とノルウェー人のなかでもっとも有名なヨイク・シンガーであり、サーミの文化大使でもあるサラ・マリエル・ガウプ・ベアスカにも大きな感謝を捧げます。

わたしのヒロイン、イルヴァ・ノルダールは、F‐16の女性パイロットと同じくらい希少な存在です。調査の一環として、ノルウェーにいるふたりのF‐16の女性パイロットのうちのひとり、マリアンヌ・ミェルデ・クヌッセン少佐のお話をうかがうのはとても楽しかったです。彼女は伝説の人なので、正直に言うと、スターに会えてすっかり舞いあがってしまいました。また、F‐16を登場させるに当たってノルウェー軍からさらなる協力を得ましたが、それでも技術的な誤りがあった場合は、その責任はすべてわたしにあります。

本作のプロットは今現在の事実を反映させることを意図して作りましたが、必要と思われる部分では脚色も加えています。物語の執筆において、事実とフィクションの関係は常に議論の的になるとはいえ、創作の効果をあげるために事実から逸脱して自由に表現してもよいという意見に、わたし自身は同調します。完全なドキュメンタリーの枠を超えたところに、作家が活動する余地があると思うからです。

最後になりましたが、わたしの原稿に数えきれないほど何度も目を通してくれた恋人のトルベン・スネッケスタに感謝の気持ちを伝えます。彼はワシのような目で、意見を述べ、誤りを訂正してくれました。まるでボスのように！　トルベンは、イルヴァとジョンと北極圏の過酷な環境に――そしてわたしにも――かなり長いあいだ付き合ってくれました。彼の忍耐力と細部へのこだわりに感服すると同時に、心からのサポートに深く感謝します。願わくは、これに懲りずにこれからもどうぞよろしくお願いします。

みなさんがわたしのために時間を割き、知識を与えてくれたことをうれしく光栄に思います。みなさんの協力と家族や友人たちの支えのおかげで、『メーデー　極北のクライシス』はついに日の目を見ることになります。〝映画の脚本を書くのはバスタブのなかで泳ぐようなものだが、小説を書くのは海で泳ぐようなもの〟と言われています。本作で、わたしは船を進水させたことをここに正式に宣言します。

二〇二〇年十二月六日　グレーテ・ビョー

訳者あとがき

ノルウェー出身のグレーテ・ビョー。映画監督でもある彼女の初めての小説『メーデー　極北のクライシス』をお届けします。

ロシアとノルウェーの国境沿いでNATOの大がかりな冬期演習〈アークティック・ブリザード〉が行われ、ロシアを敵国として想定した軍事演習に、ロシア側の緊張も高まっていました。そんなとき、国境付近を飛ぶ民間ヘリの護衛についたNATOの戦闘機が威嚇飛行を行ってきたロシアの戦闘機と接触。コントロールを失ったNATO機はロシア領空内に侵入し、撃墜されてしまいます。ロシア側はNATOによる核基地への攻撃を阻止したと主張。第三次世界大戦が勃発する可能性が一気に高まるなか、撃墜された戦闘機から脱出したノルウェー空軍の女性パイロット、イルヴァ・ノルダール少尉と教官役を務めていたアメリカ空軍のジョン・エヴァンス少佐は凍てついた冬のロシアの大地を進み、ノルウェーとの国境を目指します……。

二〇二二年二月に始まった、ロシアによるウクライナ侵攻。この今まさに進行中の軍事侵攻は、ソビエト連邦の崩壊によって大きく領土を減らしたロシアの危機感が根底にあります。第二次世界大戦後に結成された集団安全保障のための政府間軍事同盟NATO（北大西洋条約機構）には現在、北アメリカの二カ国とヨーロッパ二十八カ国が加盟していますが、この多国間同盟とロシアは冷戦時代後に一時歩み寄る気配を見せながらも、その後対立を深めてきました。そしてソ連崩壊に伴う独立以来、親ロ派と親欧米派がせめぎ合ってきたウクライナで親欧米派が優勢になったことで、ロシアはウクライナのNATO加盟をなんとしても阻止しようと動いたわけです。この軍事侵攻は大国ロシアが圧倒的な力を見せつけて一気に片がつくかと思われましたが、今もまだ決着がついていません。それはNATO加盟国を含めた西側諸国がウクライナを支えているからであり、現在、NATOの存在感がいまだかつてなく増しているのと言えるのではないでしょうか。本書はウクライナ侵攻よりも前に書きあげられたものですが、この軍事侵攻に至る緊張に満ちたヨーロッパ情勢が背景にあることは間違いなく、本書冒頭で描かれる軍事演習がいかに一触即発の雰囲気を生み出していたかをご想像いただけると思います。

本書ではまた、新しい戦争の形も垣間見ることができます。ハイブリッド戦争などと呼ばれますが、現代では陸軍、海軍、空軍から成る伝統的な軍事力だけでなく、情報戦や心理操作といった非正規的手段も駆使されます。サイバー攻撃やＳＮＳ等を使った世論操作、フェイクニュースの流布といったものが、ウクライナ侵攻においても何度も報道されていました。兵器も時代とともにどんどん進化していきますし、戦争というのは時代の変化を敏感に映し出すものなのだと思い知らされます。

作者のグレーテ・ビョーは不穏な世界情勢を背景に、さまざまな立場の人間を登場させています。まず、主人公であるＮＡＴＯ側のノルウェー空軍パイロット、イルヴァ・ノルダールは、子どもの頃の父親の不審死という影を抱えながらも、父親と同じ戦闘機パイロットという職業にまだ正義を感じ、意義を見出しています。一方、演習中に彼女の教官役を務めるアメリカ空軍の伝説的パイロット、ジョン・エヴァンスは、世界各地で軍事作戦に従事するうちにその意義に疑問を抱くようになるとともに、リビアで捕虜生活を送ったことで心に傷を負っています。それからイルヴァが乗った戦闘機を撃墜する、ロシア空軍パイロットのイーゴリ・セルキン少尉。彼の祖父が戦った独ソ戦の様子やイーゴリが毎日ジョギングの途中で立ち寄る高さ三十五メートルの慰霊碑の描写を通して、彼の行動原理を示しています。これらの現場の人間に加えてNATOの事務総長やロシアの大統領の心の動きを表す描写も挟むことで、国際情勢はさまざまな人間の心の動きが多層的に積みあがって作られていくものだということを作者は示しているのではないでしょうか。

このほかにも極北の地の美しくも厳しい自然やそこに生きるサーミ人、彼らの伝説など、本書にはいろいろな魅力があります。スティーヴン・スピルバーグの撮影助手として働いていたこともあるという著者は映画監督としてキャリアを重ねてきて、二〇一五年のノルウェーの国際映画祭では、その作品がアマンダ賞を受賞しています。これは『サバイバル・ランド』という邦題で動画サービスなどで視聴できますので、機会があったらぜひご覧いただけたらと思います。

二〇二二年十二月

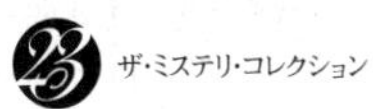

メーデー 極北のクライシス

2023年 2月20日　初版発行

著者　グレーテ・ビョー
訳者　久賀美緒

発行所　株式会社 二見書房
東京都千代田区神田三崎町2-18-11
電話　03(3515)2311［営業］
03(3515)2313［編集］
振替　00170-4-2639

印刷　株式会社 堀内印刷所
製本　株式会社 村上製本所

落丁・乱丁本はお取り替えいたします。
定価は、カバーに表示してあります。

ISBN978-4-576-22139-7
https://www.futami.co.jp/

＊の作品は電子書籍もあります。

2034 米中戦争＊

エリオット・アッカーマン／ジェイムズ・スタヴリディス
熊谷千寿［訳］

2034年、南シナ海で起こった事件から世界が恐ろしい事態に巻き込まれて行く。米軍最高司令官が予見する最も危険なシナリオとは…。全米震撼のベストセラー！

ゴースト・フリート出撃す（上・下）

P.W.シンガー＆オーガスト・コール／伏見威蕃［訳］

2026年、中国が太平洋支配に動きハワイ制圧！ そのサイバー攻撃で、アメリカはハッキングの影響を受けない旧い艦艇からなる「幽霊艦隊」でハワイ奪還を目指す！

中国軍を駆逐せよ！（上・下）

ラリー・ボンド／ジム・デフェリス
伏見威蕃［訳］

中国が東シナ海制圧に動いた！ 日本は関係諸国と中国の作戦を阻止するため「沿岸同盟」を設立するが……アジアの危機」をリアルに描いた、近未来戦争小説の傑作！

レッド・ドラゴン侵攻！（上・下）

ラリー・ボンド／ジム・デフェリス
伏見威蕃［訳］

肥沃な土地と豊かな石油資源を求めて中国政府のベトナム侵攻が始まった!元海軍将校が贈るもっとも起こりうる近未来の恐怖のシナリオ、中国のアジア制圧第一弾！

石油密輸ルート

トム・クランシー
棚橋志行［訳］

アップリンク社に届いた深海油井開発をめぐる不審な取引をほのめかす一通のメール。〈剣〉の長ピートは調査を開始するが…圧倒的人気の国際謀略シリーズ最終巻！

ロシア軍侵攻（上・下）

デイル・ブラウン
伏見威蕃［訳］

越境したタリバン一派が米国の石油採掘施設やパイプラインを占拠！ 世界最大量の石油が眠る中央アジアの砂漠で米ロが軍事衝突か？ 軍事ハイテク小説の最高作！

絶滅（上・下）

J・T・ブラナン
棚橋志行［訳］

頻発する異常現象数々——これは世界の破滅の始まりなのか？ 人類は終焉をむかえるのか？ ベストセラー『神の起源』の著者が放つ新時代のアクション・スリラー！